Aminoglykoside in der Behandlung schwerer Infektionen

Herausgegeben von G. Linzenmeier, Essen

Mit Beiträgen von

D. Adam, K. U. Adam, B. Behn, K. Borner, I. Braveny, F. Daschner, L. Dettli, B. Fangmann, P. Federspil, H. Freiesleben, G. Fuchs, W. Graninger, H. Hess, C. G. Höcke, H. Jakob, G. Kahlmeter, H. Knothe, H. Langemaack, H. Lode, R. Lorber, R. Marre, A. W. Mondorf, W. Ritzerfeld, E. Rubinstein, K. Sack, H.-H. Schassan, J. E. Scherberich, W. Schoeppe, R. Schröder, C. E. Schulz, H. P. Schuster, P. M. Shah, K. H. Spitzy, A. Steffens, I. A. Tabachnick, H. Vogel, J. Wagner, C. M. Warns, L. Weißbach, E. R. Weissenbacher, G. Weppelmann, B. Wiedemann.

perimed Fachbuch-Verlagsgesellschaft mbH
D-8520 Erlangen

CIP-Kurztitelaufnahme der Deutschen Bibliothek

Aminoglykoside in der Behandlung schwerer Infektionen/
hrsg. von G. Linzenmeier.
Erlangen: perimed-Fachbuch-Verlagsgesellschaft, 1981.
ISBN 3-88429-118-1
NE: Linzenmeier, Götz [Hrsg.]

ISBN: 3-88429-118-1

Satz: Weihrauch, Würzburg
Druck: frankendruck, Nürnberg

Inhaltsverzeichnis

Begrüßung

In den letzten Jahren ist es fast schon zur Gewohnheit geworden, neue Chemotherapeutika auf einem Symposium den fachlich besonders Interessierten und Versierten vorzustellen. All dies wird der Ärzteschaft später in einem Bericht-Band zur Kenntnis gebracht. In diesem Zusammenhang zur Bedeutung von Symposien über neue Antibiotika muß ich an die Frage eines Reporters, nicht eines Fachjournalisten, auf dem 3. Internationalen Chemotherapie-Kongreß in Stuttgart, 1963 denken. Als damaliger Pressereferent, ein wenig begehrenswerter Posten, antwortete ich, daß es sicher nichts Weltbewegendes zu erwarten gäbe, aber hoffentlich viele kleine Mosaiksteinchen zur Vervollständigung und Verbesserung der antibakteriellen Chemotherapie. Damit war dessen Neugierde gestillt; Ihre, die Sie nach München gekommen sind, sicher nicht, da Sie das Flair oder das Wetter allein nicht hierher gelockt hat.

Ein Aminoglykosid neu einzuführen oder vorzustellen, ist fast schon ein Wagnis, wo neue β-Lactam-Antibiotika nicht nur am Horizont stehen, sondern Wirkungsspektren haben, die viele Keime, die bisher nur von Aminoglykosiden erfaßt werden konnten, betreffen.

Ich nehme an, daß das Haus *Byk Essex* dafür gesorgt hat, daß erfahrene Untersucher berichten, und zwar die Wahrheit, wobei Kritik hier mehr nützen wird, als Schönfärberei. Die Mikrobiologen, die Toxikologen und die Pharmakokinetiker haben es dabei etwas einfacher als die Kliniker, um Wert oder Unwert einer Substanz herauszustellen. Vor wenigen Jahren hat der verehrte Kollege *Siegenthaler* aus Zürich, der bei solchen Symposien nie zu fehlen pflegt, in Karlsruhe, dem Mekka der Ärzte, wie man dort sagt, den Satz geprägt, daß alle Aminoglykoside doch eigentlich eine „recht ähnliche“ chemische Struktur hätten. Dieser besonderen Weisheit habe ich keine bessere hinzufügen können, als daß diese auch für ein „ähnliches antibakterielles Spektrum“ gilt.

Was soll also schon Neues kommen? Damals war es gerade das Amikacin und vorher das Tobramycin, die dem Gentamicin als bemerkenswerte Substanzen hinzugefügt wurden. Man sollte hoffen, daß dem Netilmicin heute auch Einiges abzugewinnen ist.

G. Linzenmeier

Mikrobiologie

Die antibakterielle Aktivität von Netilmicin im Vergleich zu anderen Aminoglykosiden gegen Staphylococcus aureus

H. Knothe

In jüngster Zeit ist von verschiedenen Autoren über das Auftreten von gentamicinresistenten Stämmen von Staphylococcus aureus berichtet worden. Es handelte sich hierbei überwiegend um Stämme mit extrachromosomaler Resistenz, wobei die Übertragung durch Transduktion mittels Bakteriophagen erfolgt. Die biochemische Charakterisierung ist in der Enzymaktivität bezüglich der Acetyltransferase (AAC), der Adenyltransferase (ANT) sowie der Phosphotransferase gegeben. Netilmicin, ein C-3-NH_2 aethyliertes Sisomicin kann nicht durch die C-3-NH_2-Acetyl-Transferase inaktiviert werden. Ebenso ist es durch adenylierende Enzyme schwer angreifbar.

Bei insgesamt 50 Stämmen von Staphylococcus aureus (MHK gegen Gentamicin $\geqq$ 8,0 µg/ml), die in den Jahren 1979 und 1980 aus menschlichem Untersuchungsmaterial von 31 verschiedenen Kliniken des Rhein-Main-Gebietes isoliert wurden und die mittels quantitativem Röhrchenverdünnungsverfahren (Medium *Mueller-Hinton*, Inoculum $0,5 \times 10^6$/ml) untersucht wurden, wurde bei therapeutisch realisierbaren Konzentrationen von 4,0 µg/ml Gentamicin, Tobramycin, Sisomicin und Dibekacin kein Stamm erfaßt. Bei Netilmicinkonzentrationen von 4,0 µg/ml wurden 49% der Isolate, bei Konzentrationen von 8,0 µg/ml 69% gehemmt. 82% der Erreger sprachen weiterhin auf 16,0 µg/ml Amikacin an. Mittels Chequer-board-Titration ließ sich bei diesen Stämmen ein Synergismus bei therapeutisch erreichbaren Konzentrationen von Netilmicin und Clindamycin in 71%, bei Netilmicin und Cephalotin bzw. Cefotaxim in 40% feststellen. Antagonismus wurde nicht beobachtet.

Stellung der Aminoglykoside im mikroskopischen Spektrum der Antibiotika

I. Braveny

Nach der Einführung von hochwirksamen Cephalosporinen und Breitspektrumpenicillinen ergibt sich die Frage nach dem heutigen Stellenwert der Aminoglykosid-Antibiotika unter Berücksichtigung der neueren Substanzen. Neben dem bewährten Gentamicin stehen das Tobramycin, Sisomicin, Amikacin und jetzt das Netilmicin - ein Derivat des Sisomicins - zur Verfügung. Dem Netilmicin wird die Wirksamkeit bei einem Teil der gentamicinresistenten Stämme (1, 2) und geringere Nephro- und Ototoxizität bescheinigt (3, 4). Durch die enge chemische Verwandtschaft der Aminoglykoside sind höchstens Unterschiede in der Aktivität, nicht aber im Spektrum zu erwarten. Zu den therapeutisch erfaßbaren Erregern gehören Enterobacteriaceae, Pseudomonas und Staphylococcus. Die gute In-vitro-Wirksamkeit gegen Haemophilus, Neisseria und z.T. auch andere Erreger ist ohne klinische Bedeutung.

Unsere Studie befaßt sich mit der antimikrobiellen Wirksamkeit der Aminoglykoside bei den drei erwähnten Erregergruppen. Die Aussagekraft derartiger Untersuchungen ist gerade bei Aminoglykosiden eingeschränkt, da methodische Unterschiede, v.a. die Zusammensetzung der Nährmedien, die Ergebnisse wesentlich beeinflussen können. Die Resistenzverhältnisse variieren auch von Klinik zu Klinik. Vorteilhaft ist deshalb eine geographische Streuung der untersuchten Isolate und eine einheitliche Untersuchungsmethode.

Wir haben die Aktivität der erwähnten Antibiotika sowie verschiedener Cephalosporine und Penicilline an 1000 klinischen Isolaten geprüft, die kontinuierlich acht Wochen lang gesammelt wurden (5). Von einem Patienten wurde jeweils ein Stamm pro Spezies in die Untersuchung miteinbezogen. Das Material erhielten wir von der eigenen Klinik und verschiedenen Krankenhäusern und niedergelassenen Ärzten in München und Umgebung. 82% der Isolate stammten von hospitalisierten, 18% von ambulanten Patienten. Darüber hinaus berichten wir über die Aktivität gegen Nonfermenter, die im Rahmen einer multizentrischen Studie untersucht wurden, sowie über das Kombinationsverhalten von Netilmicin und Gentamicin mit Piperacillin. Die minimalen Hemmkonzentrationen wurden mittels Mikrodilution in *Mueller-Hinton-Medium* bestimmt.

Bei Staphylococcus aureus (Tab. 1) vermochte Netilmicin als einzige Substanz alle Stämme bei 4 mg/l zu hemmen. Auch ein Vergleich mit dem jeweils neuesten Vertreter der Breitspektrumpenicilline und Cephalosporine - Piperacillin und Cefotaxim - zeigte eine Überlegenheit des Netilmicins. Gerade bei der Aktivität gegen Staphylococcus aureus liegt die Schwäche der neueren Breitspektrumpenicilline. Auch die Aktivität der neuen Cephalosporine gegenüber Staphylococcus aureus ist nicht optimal, wie es besonders bei Lamoxactam ausgeprägt ist. Auch im Schrifttum (Tab. 2) wird die gute Hemmwirkung des Netilmicin auf Staphylococcus aureus bestätigt - eine Tatsache, die bisher wenig beachtet wurde.

Bei den Enterobacteriaceae, wie Escherichia coli, Proteus mirabilis und indolpositive Pro-

	Kumulativer Prozentsatz gehemmter Stämme (mg/l)							
	0,125	0,25	0,5	1	2	4	8	16
Netilmicin	79	92	95	96	99	100		
Gentamicin	54	83	92	96				
Sisomicin	83	93	95	96				98
Tobramycin	61	82	93	96			97	99
Amikacin	28	37	58	73	87	93	99	
Piperacillin	1		2	15	37	51	53	56
Cefotaxim				19	91	97		

Tab. 1 Antibakterielle Aktivität von Netilmicin im Vergleich zu anderen Antibiotika gegen Staphylococcus aureus (n = 155).

Autoren	Jahr	Anzahl d. Stämme	Bereich der MHK in mg/l
Fu und Neu	1976	20	0,05–0,8
Eickhoff u. Ehret	1977	75	0,05–3,1
Thornsberry u.a.	1980		
Methicillin-empfindlich		50	0,12–2
Methicillin-resistent		10	0,12–1

Tab. 2 Antibakterielle Aktivität von Netilmicin gegen Staphylococcus aureus – Literaturangaben.

teus, lassen sich nur relativ geringe Unterschiede in der Aktivität der Aminoglykoside feststellen; die Empfindlichkeitsquote liegt zwischen 94 und 100%. Klebsiella spp. wurde durch Amikacin (≤ 16 mg/l) zu 100%, von Netilmicin zu 87% (≤ 4 mg/l) erfaßt. Andere Aminoglykoside waren relativ wenig wirksam: 69% der Klebsiella-Stämme wurden von Tobramycin (≤ 4 mg/l) und nur 62% von Gentamicin (≤ 4 mg/l) gehemmt. Im Vergleich zu Cefotaxim ist Netilmicin gleich gut wirksam; Piperacillin ist dem Netilmicin hier unterlegen (Tab. 3).

Enterobacter bildet eine Ausnahme unter den Enterobacteriaceae (Tab. 4). Mit 57 Stämmen wurde Enterobacter relativ häufig isoliert und von Netilmicin in relativ niedrigen Konzentrationen von höchstens 2 mg/l immer gehemmt. Gerade bei dieser Spezies liegt die Resistenzquote bei vielen Antibiotika hoch. So wirken Cefotaxim, Piperacillin und Mezlocillin nur mäßig. Obwohl bei Aminoglykosiden erhebliche zeitliche und lokale Unterschiede in den Resistenzquoten bestehen, lassen sich die günstigen Ergebnisse bei Enterobacter für Netilmecin auch bei anderen Autoren feststellen (Tab. 5).

Bei Pseudomonas aeruginosa waren die Unterschiede ebenfalls gering. Bei gentamicinresistenten Isolaten zeigte sich ein hohes Maß an Parallelresistenz: Bis auf einen Stamm waren alle gentamicinresistenten Isolate gleichzeitig gegen Tobramycin, aber nur zu 50% gegen Netilmicin resistent. Zur Frage der Parallelresistenz zwischen Gentamicin und Netilmicin finden sich in der Literatur unterschiedliche Angaben: Während einerseits Netilmicin bei gentamicinresistenten Pseudomonas von *Habwe* und *Shadomy* (6) als hundertprozentig wirksam beschrie-

	Kumulativer Prozentsatz gehemmter Stämme (mg/l)								
	0,25	0,5	1	2	4	8	16	32	64
Netilmicin	16	61	80	91	94	96	97	100	
Gentamicin	15	54	74	81	83	89	92	96	98
Sisomicin	36	69	81	85	91	93	95	97	99
Tobramycin	8	46	71	81	86	92	96	98	99
Amikacin	2	8	42	74	90	97	99	100	
Piperacillin	12	21	36	53	65	68	70	72	74
Cefotaxim	86	89	93	94	95	96	97	98	99

Tab. 3 Antibakterielle Aktivität von Netilmicin im Vergleich zu anderen Antibiotika gegen Enterobacteriaceae (Escherichia coli, Klebsiella, Citrobacter, Enterobacter, Proteus, Serratia) (n = 609).

	Kumulativer Prozentsatz gehemmter Stämme (mg/l)								
	0,125	0,25	0,5	1	2	4	8	16	32
Netilmicin	2	44	97	98	100				
Gentamicin	4	42	75	77		80	95	98	
Sisomicin	7	65	77		81	98		100	
Tobramycin		21	74	77		80	95	98	
Amikacin		2	12	83	98			100	
Piperacillin				2	18	48	65	68	70
Cefotaxim	30	44	65	70	75	79	82		84

Tab. 4 Vergleich der antibakteriellen Aktivität von Netilmicin und anderen Antibiotika gegen Enterobacter spp. (n = 57).

Autoren	Jahr	Anzahl der Stämme	Bereich der MHK in mg/l
Rahal u.a.	1976	20	0,39–6,25 (MBK!)
Watanakunakorn	1976	18	1 –4
Fu und Neu	1976	25	0,2 –6,3
Eickhoff u. Ehret	1977	35	0,2 –1,56
Dhawan u.a.	1977	279	0,5 –4
Thornsberry u.a.	1980	25	0,25–2

Tab. 5 Antibakterielle Aktivität von Netilmicin gegen Enterobacter spp. – Literaturangaben.

ben wurde, haben *Kantor* und *Norden* (7) komplette Parallelresistenz zwischen Gentamicin und Netilmicin gefunden. Der eigene Befund einer 50%igen Parallelresistenz entspricht dem von *Meyers* und *Hirschman* (8).

Faßt man alle gentamicinresistenten Staphylococcus aureus-, Enterobacteriaceae- und Pseudomonas-Isolate zusammen, so waren 97% auf Amikacin und 67% auf Netilmicin empfindlich.

Bei Pseudomonas kommt es häufig vor, daß Kopien ein und desselben Stammes isoliert werden und die Resistenzquoten nur die re-

	n	Netilmicin	Gentamicin	Tobramycin	Amikacin
		100% der durch MHK gehemmten Stämme (mg/l)			
Acinetobacter	6	1	4	4	16
Pseudomonas maltophilia	5	1	1	1	4
Pseudomonas fluorescens	5	1	0,5	0,5	4
Pseudomonas cepacia	5	> 128	> 128	> 128	> 128
Pseudomonas stutzeri	3	1	1	1	2
Achromobacter spp.	2	128	128	64	> 128

Tab. 6 Aktivität verschiedener Aminoglykoside gegen gramnegative Nonfermenter.

gionale Situation widerspiegeln. Um eine breite Streuung zu erhalten, haben wir eine multizentrische Studie durchgeführt, an der sich fünf Großkliniken beteiligt haben. In einem Zeitraum von zwei Wochen wurden alle Pseudomonas-Spezies in Münster (*Ritzerfeld*), Kiel (*Ullmann*), Frankfurt (*Knothe*) und an zwei Zentren in München (*Ruckdeschel, Machka*) gesammelt, von uns identifiziert und getestet. Von insgesamt 318 Stämmen waren 28 (9%) sog. Nonfermenter. Bei Pseudomonas aeruginosa kam die überlegene Aktivität von Tobramycin bei gentamicinresistenten Isolaten deutlich zum Ausdruck. Diese Ergebnisse werden an anderer Stelle publiziert.

In der Tabelle 6 ist die Aktivität gegen Nonfermenter, die zunehmend häufiger isoliert und auch differenziert werden, dargestellt. Das Verhalten der Aminoglykoside war weitgehend ähnlich – alle Pseudomonas cepacia und Achromobacter spp. waren resistent.

Aminoglykoside kommen relativ selten als Monotherapie zum Einsatz. Bei schweren, lebensbedrohenden Infektionen muß häufig eine ungezielte Breitspektrumtherapie durchgeführt werden. Die Frage nach dem geeigneten Kombinationspartner hat deshalb große klinische Bedeutung. Bei Kombinationen von Aminoglykosiden und Chloramphenicol wurden in vitro antagonistische Effekte beschrieben und im Tierversuch bestätigt (9). Auch Clindamycin zeigte eine Beeinträchtigung der Absterbekinetik von Gentamicin und Netilmicin, vor allem in der Frühphase bei Escherichia coli, Klebsiella und Staphylococcus aureus (10, 11). Tierversuche konnten diese Beobachtungen allerdings nicht bestätigen (12). Die Kombination mit Cephalosporinen hat eine gesteigerte Nephrotoxizität zur Folge. Als ideale Kombinationspartner sind die Penicilline, vor allem die Breitbandpenicilline, anzusehen.

Untersuchungen von *Moellering* und *Weinberg* (13) mit markiertem Streptomycin haben die langjährige Vermutung über den Mechanismus der synergistischen Wirkung mit Penicillinen bestätigt: Durch die Veränderung der Zellwand in Anwesenheit von Penicillin (und auch anderen ß-Lactam-Antibiotika) wird die Penetration der Aminoglykoside beschleunigt und somit die Hemmung der ribosomalen Proteinsynthese verstärkt.

Wir haben die Kombinationseffekte von Netilmicin/Piperacillin und Gentamicin/Piperacillin an 134 Enterobacteriaceae und 52 grampositiven Kokken mittels Checkerboard-Titration untersucht. Die international akzeptierte Definition des Synergismus ist relativ streng: Es wird eine Verminderung auf $\frac{1}{4}$ der MHK für beide Substanzen gefordert. Derartiges Verhalten zeigte sich bei der Kombination Piperacillin/Netilmicin bei 32% gegenüber 17% bei der Kombination Piperacillin/Gentamicin bei Enterobacteriaceae. Bei grampositiven Kokken – Staphylococcus aureus, Staphylococcus epidermidis, Streptococcus faecalis - zeigte die Kombination Piperacillin/Netilmicin bei 19% synergistisches Verhalten gegenüber 13% bei der Kombination Piperacillin/Gentamicin.

Die Aminoglykoside sind in der Klinik nach wie vor wichtige Antibiotika, in manchen Situationen unersetzlich; dies gilt v.a. für die Kombinationstherapie. Ein großer Teil der Staphylokokken-, Enterobacteriaceae- und Pseudomonas-Isolate wird durch Aminoglykoside gehemmt. Die Parallelresistenzentwicklung blieb bisher relativ gering, der Anstieg der Resistenzquoten geht mit dem meist breiten Einsatz der Aminoglykoside konform. Da größere lokale Unterschiede bestehen können, ist die genaue Kenntnis der jeweiligen Resistenzlage vorteilhaft.

Es stellt sich auch die Frage, ob wir neue Aminoglykoside benötigen. Wenn eine neue Substanz mehr Stabilität gegen inaktivierende Enzyme bietet und eine geringere Nephro- und Ototoxizität besitzt, stellt sie sicher eine Bereicherung für die Therapie dar. Neben dem Amikacin haben wir jetzt mit dem Netilmicin eine weitere Substanz, die bei einem Großteil der gentamicinresistenten Isolaten wirksam ist. Die Vorteile bei der Kombinationstherapie mit Netilmicin gegenüber Gentamicin müssen erst durch klinische Untersuchungen bestätigt werden.

Literatur

1. *Knothe, H.*: Mikrobiologische Aspekte der neuen Aminoglykosid-Antibiotika. Advances in Clinical Pharmacology, 15 (1978), 1–12

2. *Seligman, St.J.*: Frequency of resistance to kanamycin, tobramycin, netilmicin, and amikacin in gentamicin-resistant gram-negative bacteria. Antimicrob. Agents Chemother. 13 (1978), 70–73

3. *Federspil, P.J.*: Evaluation of the ototoxicity of netilmicin. Curr. Chemother. 2 (1978), 975-976

4. *Luft, F.C., R. Bloch, R.S. Sloan, M.N. Yum, R. Costello, D.R. Maxwell*: Comparative nephrotoxicity of aminoglycoside antibiotics in rats. J. Infect. Dis. 138 (1978), 541–545

5. *Braveny, I., J. Voeckl, K. Machka*: Antimicrobial activity of netilmicin in comparison with gentamicin, sisomicin, tobramycin, and amikacin and their resistance patterns. Arzneim.-Forsch./Drug Res. 30 (I) (1980), 491–495

6. *Habwe, V., S. Shadomy*: Comparative in vitro studies with netilmicin, amikacin, gentamicin, sisomicin and tobramycin. J. Antimicrob. Chemother. 5 (1979), 73–79

7. *Kantor, R.J., C.W. Norden*: In vitro activity of netilmicin, gentamicin and amikacin. Antimicrob. Agents Chemother. 11 (1977), 126–131

8. *Meyers, B.R., S.Z. Hirschman*: Antimicrobial activity in vitro of netilmicin and comparison with sisomicin, gentamicin, and tobramycin. Antimicrob. Agents Chemother. 11 (1977), 118–121

9. *Sande, M.A., J.W. Overton*: In vivo antagonism between gentamicin and chloramphenicol in neutropenic mice. J. Infect. Dis. 128 (1973), 247

10. *Zinner, S.H., R.B. Provonchee, K.S. Elias, G. Peter*: Effect of clindamycin on the in vitro activity of amikacin and gentamicin against gram-negative bacilli. Antimicrob. Agents Chemother. 9 (1976), 661

11. *Steigbigel, N.H., J.I. Cassy, M. Wexler*: Prog. Abstr. Intersci. Conf. Antimicrob. Ag. Chemother., 14th, San Francisco, Abstr. 286, 1974

12. *Ekwo, E., G. Peter*: Effect of clindamycin on aminoglycoside activity in a murine mo-

del of invasive *Escherichia coli* infection. Antimicrob. Agents Chemother. 10 (1976), 893–898

13. *Moellering R.C., Jr., A.N. Weinberg*: Studies on antibiotic synergism against enterococci. II. Effect of various antibiotics on the uptake of C-labeled streptomycin by enterococci. J. Clin. Invest. 50 (1971), 2580

Resistenzsituation in der aktuellen Antibiotika-Therapie

W. Ritzerfeld

Nachweis und Beeinflussungsmöglichkeit wichtiger pathogener Mikroorganismen bestimmte Zeiträume hinweg werden von uns laufend erfaßt und in regelmäßiger Folge publiziert. Ziel dieser Erhebungen ist es, den jeweils aktuellen Stand des bakteriellen Spektrums eines bestimmten Einzugsgebietes - bei uns das Universitäts-Klinikum Münster - aufzuzeigen und evtl. Keimverschiebungen zu erkennen. Gleichzeitig soll dem behandelnden Arzt ein erster Hinweis für antibiotische Maßnahmen gegen den Erreger geliefert werden, wobei auch die Art des eingesandten Untersuchungsgutes Berücksichtigung finden muß. Mit der Darstellung der aktuellen Resistenzsituation wird gleichzeitig eine Hilfe für die einzuleitende Bekämpfung des infektiösen Geschehens schon vor der gezielten Therapie aufgrund des spezifischen Antibiogramms gegeben. Zusätzlich können Aspekte des bakteriellen Hospitalismus ebenso wie epidemiologische Fragestellungen bearbeitet werden - unter Berücksichtigung der personengebundenen und der personengelösten Analyse.

Voraussetzungen für diese Untersuchungen sind eine konstante und regelmäßige Einsendung des Materials der einzelnen Kliniken, die Differenzierung der Bakterien nach einem einheitlichen Schema sowie die einheitliche Durchführung und Auswertung der Resistenzbestimmung. Diese Voraussetzungen sind bei uns gegeben. Für das Jahr 1980 konnten wir die entsprechenden bakteriologischen und Resistenzbefunde mit Hilfe der EDV-Auswertung schon jetzt erstellen. Nachfolgend werden einige der gewonnenen Ergebnisse in Relation zu bestimmten Erregergruppen - vor allem den sog. Problembakterien - dargelegt und besprochen.

Die Tabelle 1 zeigt das Keimspektrum für 1980 - insgesamt fast 19 000 Bakterienstämme. Dabei wird die absolute Zahl und der prozentuale Anteil am Gesamtmaterial aufgeführt. Unter den Stäbchenbakterien steht Escherichia coli mit fast 5 000 Stämmen im Vordergrund. Es folgt Pseudomonas aeruginosa mit über 1 500 Stämmen - zusammen mit den übrigen Stämmen der Pseudomonas-Gruppe sind das 10% aller Keime, ein Befund, der wegen der hohen Resistenz dieser Bakterien von besonderer Signifikanz ist. Diese Keime zählen zu den wichtigsten Problembakterien. Proteus-Spezies machen weitere 8% des Keimmaterials aus. Beachtenswert ist dabei der relativ hohe Anteil von indol-positiven Proteus-Stämmen, die durch hohe Antibiotika-Resistenz gekennzeichnet sind. Dieser Befund macht ebenfalls die Schwierigkeiten bei der Bekämpfung von Problembakterien deutlich. Günstiger sieht zur Zeit die Situation für die Klebsiella- und die Enterobacter-Gruppe aus; hier finden sich in lediglich 4% bzw. 2% aller Fälle entsprechende Erreger. Serratia, ein Keim, der in den letzten Jahren verstärkte Beachtung gefunden hat, liegt in seiner Häufigkeit bei uns noch unter 1%.

Staphylokokken liefern den Hauptanteil der Kokkenbakterien, wobei der große Anteil von Staphylococcus aureus mit negativem Coagulase-Test (15%) zu betonen ist. Daß dieser Keim für das pathogenetische Ge-

Keimart	n	%	Keimart	n	%
E. coli	4 914	26	S. aureus c +	2 318	12
Proteus mir.	1 067	6	S. aureus c o	2 883	15
Prot. indol pos.	402	2	S. epiderm.	607	3
Klebs. Gr.	667	4	Enterokokken	2 406	13
Enterob. Gr.	442	2	vergr. Str.	506	3
Serratia	57	<1	haemol. Str.	95	<1
Pseud. Gr.	395	2	B-Strept.	217	1
Pseud. aerug.	1 537	8	Sonstige	412	2

Tab. 1 Keimspektrum 1980 (n = 18 925).

schehen zunehmend an Bedeutung gewonnen hat, ist unlängst in Wiesbaden wieder von kompetenter Seite hervorgehoben worden. Primäre Reinkulturen dieser Stämme werden von uns regelmäßig auf ihre Antibiotika-Empfindlichkeit geprüft. Enterokokken sind mit 13% die häufigsten Streptokokken. Sie werden immer mitgetestet und liefern recht ungünstige Antibiogramme. Dieses gilt nicht für vergrünende und hämolysierende Streptokokken; ihre Ansprechbarkeit ist generell gesehen noch immer gut. Auffallend ist auch bei uns der neuerdings relativ häufige Nachweis von B-Streptokokken (1%). Diese Keime haben vor allem auf Kinderklinik- und geburtshilflichen Stationen Beachtung gefunden.

Die hier gezeigte Verteilung auf die einzelnen Keimarten bezieht sich auf Isolierungen aus den verschiedensten Einsendematerialien. In den Urinproben (n = 7238) wurde am häufigsten Escherichia coli nachgewiesen, gefolgt von Enterokokken und Proteus-Stämmen. In Abstrichmaterialien (n = 9166) fanden sich am häufigsten Staphylokokken – zu gleichen Teilen coagulase-positive und coagulase-negative – sowie Escherichia coli, Enterokokken und Pseudomonas. Blutkulturen (n = 384) lieferten ebenfalls häufig Staphylokokken, gefolgt von Escherichia coli und vergrünende Streptokokken. Im Liquor (n = 169) standen nach den Staphylokokken die Pseudomonas-Keime an zweiter Stelle, gefolgt von Pneumokokken und Escherichia coli. In Sputumproben (n = 948) fanden sich Escherichia coli, Pseudomonas, Klebsiellen und Staphylokokken.

Staphylokokken, Escherichia coli und Pseudomonas waren die häufigsten Keime in der Kinderklinik, während in der Inneren Medizin Escherichia coli und Staphylokokken vorherrschten. Von der Chirurgie kamen in erster Linie ebenfalls Escherichia coli und Staphylokokken, wobei die Klinik für Anästhesiologie und operative Intensivmedizin zusätzlich einen hohen Anteil von Enterokokken aufwies; das gleiche gilt für die Urologie. Für die Orthopädie standen Staphylokokken an erster Stelle, gefolgt von Escherichia coli. In der Frauenklinik war die Beteiligung von Escherichia coli besonders hoch; es folgten Enterokokken. Die HNO-Klinik lieferte zu fast gleichen Teilen Pseudomonas und Staphylokokken.

Die isolierten Bakterienstämme wurden auf ihre Antibiotika-Empfindlichkeit routinemäßig im Diffusionstest geprüft. Die Bewertungsstufen waren „empfindlich“, „mäßig empfindlich“ und „resistent“, in enger Anlehnung an die Empfehlungen des DIN-Ausschusses für Resistenzbestimmungsmethoden. Kontrollstämme wurden immer mitgeführt. Bei der Beurteilung der Ergebnisse kann man davon ausgehen, daß bei günstiger Pharmakokinetik und bei geringer Nebenwirkungsquote entsprechender Sub-

Keimart	n	Ampicillin	Ticarcillin	Azlocillin	Cefazolin	Cefuroxim	Cefotaxim	Gentamicin
E. coli	4 914	40	28	28	15	9	2	2
Klebs. Gruppe	667	87	58	46	30	14	5	8
Enterob. Gruppe	442	74	46	44	59	36	15	7
Proteus mir.	1 067	17	11	10	14	9	2	2
Proteus indol pos.	402	82	35	39	80	68	12	2
Pseudomonas Gr.	395	86	25	16	85	79	22	15
Pseud. aeruginosa	1 537	98	8	9	98	97	15	4
			Penicillin G.	Oxacillin	Cefalotin			
S. aureus Coag. pos.	2 318	28	32	11	4		8	16
S. aureus Coag. neg.	2 883	22	28	10	2		5	16
Enterokokken	2 406	3	6	48	8		37	32

Tab. 2 Resistente Stammanteile pathogener Mikroorganismen 1980.

stanzen Stämme mit der Bewertung „mäßig empfindlich" durch hohe Dosierungen noch zu beeinflussen sind. Generell ist festzustellen, daß viele Erregerstämme durch eine ganze Reihe von den antibakteriell wirkenden Substanzen nach dem Ergebnis des in vitro-Tests zu beeinflussen sind. Allerdings zeigen auch diese aktuellen Erhebungen, daß resistente Mikroorganismen in allen Keimgruppen vorkommen – vor allem unter den sog. Problembakterien.

In der Tabelle 2 sind die Anteile resistenter Stämme pathogener Bakterien für das Jahr 1980 in Bezug auf die wichtigsten antibiotischen Substanzen dargestellt. Ampicillin lieferte die ungünstigsten Resultate; Pseudomonas, Klebsiella und indol-positive Proteusstämme waren durch Ampicillin kaum zu beeinflussen. Günstiger war die Situation für Enterobacter und vor allem für Escherichia coli. Proteus mirabilis zeigte gute Empfindlichkeit. Die Staphylokokken waren nur zu einem Viertel resistent und Enterokokken wurden fast immer durch Ampicillin gehemmt. Ticarcillin und Azlocillin ergaben in etwa übereinstimmende Resistenzquoten bei Escherichia coli, Enterobacter, Proteus-Spezies sowie bei Pseudomonas aeruginosa. Klebsiella und die Pseudomonas-Gruppe waren gegen Azlocillin empfindlicher als gegen Ticarcillin.

Von den Cephalosporin-Derivaten hatte Cefotaxim die größte Aktivität. Die Substanz lieferte sehr geringe Resistenzquoten bei Escherichia coli, Klebsiella und Proteus mirabilis; auch Enterobacter, indol-positive Proteusstämme, Pseudomonas sowie Staphylokokken wurden zumindest in vitro in sehr starkem Maße eindeutig gehemmt. Die höchste Resistenzquote für Cefotaxim zeigten die Enterokokken. Cefazolin und Cefuroxim wurden routinemäßig nur bei Stäbchenbakterien mitgeführt. Cefuroxim ergab bei allen Keimarten höhere Aktivität. Beide Substanzen beeinflußten kaum die Pseudomonas-Keime.

Gentamicin lieferte sehr günstige Resultate für sämtliche Stäbchenbakterien und die Staphylokokken. Enterokokken wurden dagegen weniger gehemmt; diese Keimart zeigte gute Beeinflussungsmöglichkeit durch Penicillin G und Cefalotin, die beide neben Oxacillin nur bei Kokkenbakterien eingesetzt wurden. Penicillin G hatte eine Resistenzquote bei den Staphylokokken von rund 30% und Oxacillin eine solche von 10%.

Keimart	n	Gentamicin S	MS	R	Cefotaxim S	MS	R	Azlocillin S	MS	R
E. coli	2 215	88	10	2	98	1	1	67	5	28
Klebs. Gr.	219	82	7	11	95	2	3	32	20	48
Enterob. Gr.	116	79	13	8	87	7	6	46	11	43
Prot. mir.	675	89	9	2	98	1	1	88	2	10
Proteus Gr.	205	90	8	2	87	5	8	42	17	41
Pseud. aerug.	270	88	7	5	70	20	10	91	4	5
Pseud. Gr.	92	78	12	10	60	17	23	69	13	18

Tab. 3 Resistenzsituation bei Urinkeimen (1.–4. Quartal 1980, n = 3 792) S = sensibel, MS = mäßig empfindlich, R = resistent.

Cefalotin lieferte nur wenige resistente Anteile. Nach diesen Ergebnissen ist festzustellen, daß unter den benutzten Antibiotika bei den Stäbchenbakterien Gentamicin und Cefotaxim die geringsten resistenten Anteile aufwiesen und daß bei den Kokkenbakterien diese Aussage zusätzlich für Cefalotin gilt.

Die dritte Tabelle gibt die Ansprechbarkeit der Urinkeime des Jahres 1980, aufgeschlüsselt nach allen 3 Bewertungsstufen für Gentamicin, Cefotaxim und Azlocillin, wieder. Die Befunde beziehen sich auf rund 3 800 Stämme. Sie zeigen, daß Cefotaxim für Escherichia coli, Klebsiella, Enterobacter und Proteus mirabilis die höchsten Empfindlichkeitsquoten gibt, dicht gefolgt von Gentamicin. Gentamicin liefert dagegen für indol-positive Proteusstämme, Pseudomonas aeruginosa und Pseudomonas-Gruppe bessere Resultate als Cefotaxim. Azlocillin erweist sich lediglich bei Pseudomonas aeruginosa dem Cefotaxim in deutlichem Umfang und dem Gentamicin geringgradig überlegen. Proteus mirabilis wird von Azlocillin meistens gehemmt.

Von besonderem Interesse für die Frage einer gezielten Bekämpfung schwerer Infektionen unter besonderer Berücksichtigung der Aminoglykoside war die Beeinflussung gentamicin-resistenter Stämme durch andere Antibiotika dieser Wirkstoffgruppe. Bei Gentamicin-Resistenz wird routinemäßig Amikacin, Sisomicin und Tobramycin mitgetestet. Auf besondere Anforderung hin erfolgt die Prüfung von Netilmicin und Dibekacin. Die dabei gewonnenen Befunde ergaben für 82 gentamicin-resistente Stämme in der Hälfte der Fälle noch eine Netilmicin-Empfindlichkeit.

Die Tabelle 4 zeigt die Empfindlichkeit gentamicin-resistenter Stämme (n = 307) im Jahre 1980 gegen Cefotaxim und andere Aminoglykoside. Die 91 Escherichia coli-Stämme wurden am stärksten durch Cefotaxim gehemmt; es folgt Amikacin und dann erst Tobramycin sowie Sisomicin. Klebsiella (51 Stämme) wies ebenfalls die größte Empfindlichkeit gegen Cefotaxim auf, jedoch war Amikacin hier nicht wesentlich weniger wirksam. Die beiden anderen Substanzen beeinflußten Klebsiella nur geringgradig. Enterobacter (31 Stämme) zeigte gegenüber Cefotaxim und Amikacin in rund der Hälfte noch gute Empfindlichkeit. Tobramycin war aktiver als bei den zunächst besprochenen Keimarten, Sisomicin war dagegen auch hier wenig wirksam. Die nur geringe Anzahl von Proteusstämmen (n = 25) ließ signifikante Aussagen lediglich bedingt zu. Proteus mirabilis wurde neben Cefotaxim v.a. durch Sisomicin und Tobramycin gehemmt. Die indol-positiven Proteusstämme ergaben mit Ausnahme von Amikacin deutlich geringere Empfindlichkeitsquoten. Pseudomonas aeruginosa (56 Stämme) war generell sensibler als die Keime der Pseudo-

Keimart (n)	Amikacin S	MS	R	Sisomicin S	MS	R	Tobramycin S	MS	R	Cefotaxim S	MS	R
E. coli (91)	55	23	22	16	30	54	30	31	39	91	4	5
Klebs. Gr. (51)	61	23	16	9	42	49	25	39	36	78	6	16
Enterob. Gr. (31)	47	33	20	7	47	46	37	30	33	58	16	26
Prot. mir. (17)	38	44	18	53	27	20	50	38	12	88	12	0
Prot. ind. pos. (8)	50	33	17	0	17	83	33	34	34	63	25	12
Pseud. Gr. (53)	30	8	62	6	19	75	25	15	60	45	10	45
Ps. aerug. (56)	61	22	17	18	9	73	47	13	40	54	16	30

Tab. 4 Empfindlichkeit gentamicin-resistenter Stämme (1980; n = 307) S = sensibel, MS = mäßig empfindlich, R = resistent.

monas-Gruppe (53 Stämme). Gegenüber Pseudomonas aeruginosa besaß Amikacin die höchste Aktivität, dicht gefolgt von Cefotaxim und Tobramycin. Bei den Keimen der Pseudomonas-Gruppe stand dagegen an erster Stelle Cefotaxim.

Die Gesamtaufstellung über die Empfindlichkeit gentamicin-resistenter Stämme zeigt somit, daß bei gezielter Austestung ein Teil der Keime noch durch andere Aminoglykoside oder durch Cefotaxim zu beeinflussen ist. Von Fall zu Fall ist zu entscheiden, welche Substanz für die Therapie herangezogen wird. Nach den Ergebnissen unserer Erhebungen wird damit auch in Zukunft den Aminoglykosiden ein bestimmter Stellenwert für die Therapie schwerer Infektionskrankheiten zuzumessen sein – allerdings ist die Dosis-Limitierung wegen möglicher Nebenwirkungen zu berücksichtigen. Netilmicin wird in dieser Beziehung nach ersten Berichten vielleicht eine echte Alternative sein können.

Literatur

1. *Bösenberg, H., W. Ritzerfeld:* Mikrobiologisch-hygienische Erhebungen und Überlegungen zur Intensiv-Therapie. Intensiv-Behandlung 4 (1979), 145–153

2. *Fegeler, W.*: Resistenzauswertung und -überwachung mittels EDV in der Routine. Verhandlungen 37. Tagung DGHM, Berlin 1979, II, 11

3. *Fegeler, W., W. Ritzerfeld:* Nachweishäufigkeit und Resistenzsituation bakterieller Mikroorganismen aus klinischem Untersuchungsgut im ersten Halbjahr 1979 – unter besonderer Berücksichtigung von Cefotaxim. Infection 8, Suppl. 4 (1980), 365–371

4. *Fegeler, W., W. Ritzerfeld:* Überlegungen zur Auswertung patientenbezogener Resistenzinformationen. Hygiene & Medizin (im Druck)

5. *Ritzerfeld, W.*: Urine isolated Strains and the Situation in 1978 with Regard to Resistance: Data from the Münster University Cli-

nics. Pyelonephritis, Vol. IV, *Losse H., A.W. Asscher, A.E. Lison* (Hrsg.). Verl. G. Thieme, Stuttgart 1980

6. *Ritzerfeld, W.*: Zur Resistenzlage von pathogenen Mikroorganismen, isoliert im 1. Quartal 1980 aus Urinproben. Urologe B, 20 (1980), 222–224

7. *Winterhoff, D., H.J. Otte, W. Ritzerfeld:* Resistenzentwicklung von Bakterien gegen Chemotherapeutica im Krankenhaus – Epidemiologische EDV-Analyse. Öfftl. Ges. Wesen 38 (1976), 697–710

Mechanismen, genetische Grundlagen und Epidemiologie der Aminoglykosidresistenz

B. Wiedemann und G. Weppelmann

Die Empfindlichkeit von Bakterien gegenüber Aminoglykosiden kann durch mehrere Mechanismen so verändert werden, daß ein Bakterienstamm einer klinischen Therapie mit diesen Chemotherapeutika nicht mehr zugänglich ist. Eine besondere Rolle spielen hierbei Mutationen am bakteriellen Ribosom (Streptomycin-Resistenz), Veränderungen in der Permeabilität der Zellwand (Amikacin-Resistenz) und die Produktion von Aminoglykosid-inaktivierenden bzw. -modifizierenden Enzymen. Epidemiologische Untersuchungen zeigen, daß den Aminoglykosidantibiotika modifizierenden und inaktivierenden Enzymen die größte klinische Bedeutung beizumessen ist. Dieses Phänomen ist neben der Mutation zur Streptomycin-Resistenz am besten untersucht. Im Hinblick auf die neuen Aminoglykosidantibiotika wie Gentamicin, Sisomicin, Tobramycin, Netilmicin und Amikacin, spielen die Mutationen am bakteriellen Ribosom klinisch wohl keine Rolle.

Sowohl bei grampositiven als auch bei gramnegativen Bakterien findet man Enzyme, die Aminogruppen acetylieren können, sog. Acetyltransferasen (AAC), sowie Enzyme, die OH-Gruppen adenylieren können, sog. Adenyltransferasen (AAD) und Enzyme, die OH-Gruppen phosphorylieren können, sog. Phosphotransferasen (APH) (1) (Tab. 1). Die Enzyme erhalten ihre Bezeichnung je nach der Stelle, an der sie am Substratmolekül ihre Substitution durchführen, wobei Enzyme, die an der gleichen Stelle eine Veränderung ausführen, aber Unterschiede im Substratprofil aufweisen, mit I, II, III usw. bezeichnet werden. Insgesamt kennen wir ca. 21 verschiedene Aminoglykosid-inaktivierende Enzyme.

Aus dem periplasmatischen Raum von resistenten Bakterien kann man die Transferasen durch osmotischen Schock gewinnen und sie dann durch ihre in vitro-Reaktionen charakterisieren (2). Dies ist zwar für epidemiologische Untersuchungen noch ein relativ aufwendiges Verfahren, man kann es jedoch an einer begrenzten Anzahl von Bakterienstämmen durchführen.

Wir haben bei klinischen Isolaten der Bonner Universitätsklinik von 475 gramnegativen Bakterien derartige Untersuchungen durchgeführt und dabei die Enzyme aus 46 gentamicin-resistenten Stämmen charakterisiert (Tab. 2). Es fällt besonders der hohe Anteil gentamicin-resistenter Klebsiella-Stämme auf. Da in vielen Bakterien zwei oder auch drei Enzyme gleichzeitig vorkommen, ist die Zahl der untersuchten Enzyme wesentlich höher als die Zahl der untersuchten resistenten Stämme (Tab. 3). Die Bedeutung der durch die genannten Enzyme hervorgerufenen Resistenz wird dadurch deutlich, daß wir lediglich bei Pseudomonas aeruginosa zwei Stämme gefunden haben, in denen die Resistenz aufgrund einer Permeabilitätsveränderung zustande kam. Am häufigsten wurde die APH-(3′)I nachgewiesen. Da sie aber lediglich Kanamycin, Neomycin, Paromomycin, Ribostamycin und Lividomycin inaktiviert, spielt sie für die moderne Aminoglykosidtherapie keine Rolle. Das gleiche gilt für die ebenfalls häufig vorkommenden Enzyme AAD-(3′′) und APH-

	gramnegativ	grampositiv
Phosphotransferasen		
APH-(3′)I, II, III	+	+
APH-(3′)IV	−	+
APH-(3′′)	+	+
APH-(6)	+	−
APH-(2′′)	−	+
Adenylyltransferasen		
ANT-(2′′)	+	?
AAD-(3′′)	+	+
AAD-(4′, 4′′)	−	+
AAD-(6)	−	+
Acetyltransferasen		
AAC-(2′)	+	−
AAC-(3)	+	?
AAC-(6′)	+	+

Tab. 1 Vorkommen der Aminoglykosidtransferasen in gramnegativen und grampositiven Bakterien.

Species	Total	davon gentamicin-resistent
Escherichia coli	217	5
Citrobacter	5	1
Enterobacter cloacae	20	5
Enterobacter hafniae	3	–
Enterobacter agglomerans	1	–
Klebsiella pneumoniae	85	27
Klebsiella ozaenae	3	–
Pseudomonas aeruginosa	52	6
Proteus mirabilis	82	2
Proteus morganii	2	–
Proteus vulgaris	5	1
	475	46

Tab. 2 Übersicht über die Zahl der isolierten und die Zahl der gentamicin-resistenten gramnegativen Bakterienstämme.

(3′′), die Streptomycin und Spectinomycin bzw. lediglich Streptomycin inaktivieren können.
Ganz besonders fällt aber die ANT-(2′′) ins Gewicht, die insbesondere bei Klebsiella pneumoniae eine große Häufigkeit hat. Dieses ist ein mehrfach-inaktivierendes Enzym, das die meisten modernen Aminoglykosidantibiotika inaktivieren kann. In Tabelle 4 sind noch einmal die wichtigsten Enzyme, die bei gramnegativen Bakterien die Resistenz gegen die modernen Aminoglykosidantibiotika verursachen können, aufgeführt. In unserem Material wurden die aus der Literatur bekannten Enzyme AAC-(3)III und die AAC-(6′)II nicht gefunden. Die AAC-(6′)I, die bei unseren Proben in drei Pseudomonas-Stämmen nachgewiesen wurde, unterscheidet sich von den in der Literatur beschriebenen Enzymen durch Unterschiede in ihrer Aktivität. Dieses Enzym ist besonders interessant, da es nach Übertragung des entsprechenden Resistenzgens in Escherichia coli zwar gebildet wird, aber keine Resistenz mehr gegenüber den modernen Aminoglykosidantibiotika verursacht. Daß das Gen dennoch vorhanden und zur Resistenzausprägung fähig war, konnte durch eine weitere Transformation in Pseudomonas aeruginosa nachgewiesen werden. Hier trat die ursprüngliche Resistenz wieder auf. Wenn dieses Enyzm auch Amikacin inaktivieren kann, so sind die Pseudomonas-

Resistenz-mechanismus	E. coli	Klebsiella pneumoniae	Enterobacter cloacae	Proteus species	Citrobacter freundii	Ps. aeruginosa	Total
AAC-(3)I		1				1	2
AAC-(3)II		2		2			4
AAC-(2′)				1			1
AAC-(6′)						3	3
ANT-(2′′)	5	24	4		1		34
AAD-(3′′)	5	18	4		1		28
APH-(3′′)		7				4	11
APH-(3′)I	5	24	4	3	1	3	40
APH-(3′)II						2	2
Permeabilitäts-veränderung						2	2

Tab. 3 Übersicht über die Resistenzmechanismen in 46 gentamicin-resistenten gramnegativen Bakterien.

Acetyltransferasen	n	Substratprofile												
AAC-(3′)I*	2	GmC_1	C_1	C_2	Sis									
AAC-(3)II	4	$GmC_{1\alpha}$	C_1	C_2	Sis	Tm	Km	Dm						
AAC-(3)III		$GmC_{1\alpha}$	C_1	C_2	Sis	Tm	Km	Dm	Nm	Pm	Liv	Net		
AAC-(2′)	1	$GmC_{1\alpha}$	C_1	C_2	Sis			Dm	Nm	Pm	Liv	Net	But	
AAC-(6′)I*	3	$GmC_{1\alpha}$		C_2	Sis	Tm	Km	Dm	Nm			Net	But	Ami
AAC-(6′)II		$GmC_{1\alpha}$		C_2	Sis	Tm	Km	Dm	Nm			Net	But	
Adenylyltransferasen														
ANT-(2′′)	34	$GmC_{1\alpha}$	C_1	C_2	Sis	Tm	Km	Dm				Net		

Tab. 4 Substratprofile der am häufigsten vorkommenden Aminoglykosidtransferasen.

* Von diesen Enzymen existieren verschiedene Typen

Stämme, die das Enzym tragen, gegenüber Amikacin empfindlich. Dies steht in einem gewissen Gegensatz zu Gentamicin C_1, das zwar fast nicht inaktiviert wird, das aber dennoch auch als alleinige Komponente inaktiv ist. Wahrscheinlich besteht zwischen beiden Substanzen durch einen unterschiedlichen Membrantransport ein ungleiches Verhalten in der Aktivität (3). Unser besonderes Interesse galt dem häufig vorkommenden Enzym ANT-(2′′), das, auch wenn es nicht Speciesspezifisch ist, vornehmlich in Klebsiellen vorkommt. Dieses Enzym ist immer durch Plasmide codiert, die sich auf Escherichia coli übertragen lassen. Sehr häufig kommt es in Kombination mit anderen Enzymen, insbesondere mit der AAD-(3′′), mit der APH-(3′) oder mit beiden Enzymen gleichzeitig vor, wobei die letzte Gruppe, bei der auf dem gleichen Plasmid die AAD-(3′′) und die APH-(3′) codiert sind, dominiert (Tab. 5).

Die genetische Grundlage für die Aminoglykosidresistenz stellen im allgemeinen Resistenzplasmide, die in einigen Fällen konjugierbar und in anderen Fällen nicht konjuga-

Stämme		Enzyme			Resistenzmuster
Gruppe I	1 E. coli 2 Enterob.	ANT-(2'')		AAD-(3'')	Gm Sis Tm Dm Km Sm Spe
Gruppe II	4 Klebs. 4 E. coli	ANT-(2'')	APH-(3')		Gm Sis Tm Dm Km Nm Pm
Gruppe III	22 Klebs. 4 Enterob.	ANT-(2'')	APH-(3')	AAD-(3'')	Gm Sis Tm Dm Km Nm Pm Sm Spe

Tab. 5 Vorkommen von Enzymen zusammen mit der ANT-(2'') und die Ausprägung der Resistenz.

	E. coli	Klebsiella	Enterob.	Serratia	Prot. mir.	Pr. Ind. +	Ps. aerug.	St. aureus
Gentamicin	3	12	15	20	8	7	16	9
Sisomicin	2	6	10	12	7	5	9	7
Tobramycin	2	10	11	22	5	6	6	7
Amikacin	1	0	3	0	2	1	4	1

Tab. 6 Prozentsatz aminoglykosid-resistenter Bakterienstämme.

tiv sind. Es gelang uns nur in wenigen Fällen nicht, die plasmidgebundene Natur der Resistenz nachzuweisen, so bei einem Pseudomonas aeruginosa-Stamm mit der AAC-(3)I, bei einem Proteus-Stamm mit der AAC-(2') und bei den zwei Pseudomonas-Stämmen, die aufgrund einer Permeabilitätsänderung resistent waren. Alle anderen Bakterienstämme trugen das Gen, das für die Resistenz verantwortlich ist, auf einem Plasmid. Von besonderem Interesse für die Ausbreitung der Resistenzeigenschaften ist die Frage, inwieweit die Gene auf transponierbaren Elementen liegen, die aufgrund ihrer besonderen Struktur in der Lage sind, von einer genetischen Einheit auf eine andere - z.B. von einem Plasmid auf ein anderes - überzuspringen. Solche Transpositionen sind nachgewiesen für die AAC-(3)I und II, aber auch für das so häufig vorkommende Enzym ANT-(2'') (4,5), und kürzlich konnten wir die Transposition der AAC-(6')I nachweisen. Ein derartiges Transposon ist in seiner Heteroduplex-Struktur in Abbildung 1 dargestellt.

Betrachtet man die aktuelle Resistenzlage anhand der Studie der Arbeitsgemeinschaft Resistenz in der *Paul-Ehrlich*-Gesellschaft aus dem Jahre 1979, (6), so ist der Anteil resistenter Stämme mit Ausnahme von Serratia nach wie vor relativ niedrig (Tab. 6).

Die enzymatischen Mechanismen sprechen für eine komplette Kreuzresistenz zwischen Gentamicin und Sisomicin. Die Werte in Tabelle 6 zeigen aber eine niedrigere Resistenzquote für Sisomicin besonders bei Klebsiella und Enterobacter-Stämmen an. Diese Diskrepanz läßt sich leicht durch folgenden Sachverhalt erklären: Das häufigste Enzym in diesen Stämmen ist die ANT-(2''), das seinen Wirtsstämmen keine hohe Resistenz (MHK $\leqq$ 16 µg/ml) gegenüber beiden Substanzen verleiht. Bei der Empfindlichkeitsprüfung mit dem Blättchendiffusionstest ist der Durchmesser beim Gentamicin 12–14 mm und beim Sisomicin 14–18 mm. Bei einem Grenzwert von 14 mm wird daher für das Gentamicin meistens Resistenz angegeben, beim Sisomicin jedoch mäßige Empfindlichkeit. Klinisch sind aber sicherlich beide Substanzen unwirksam.

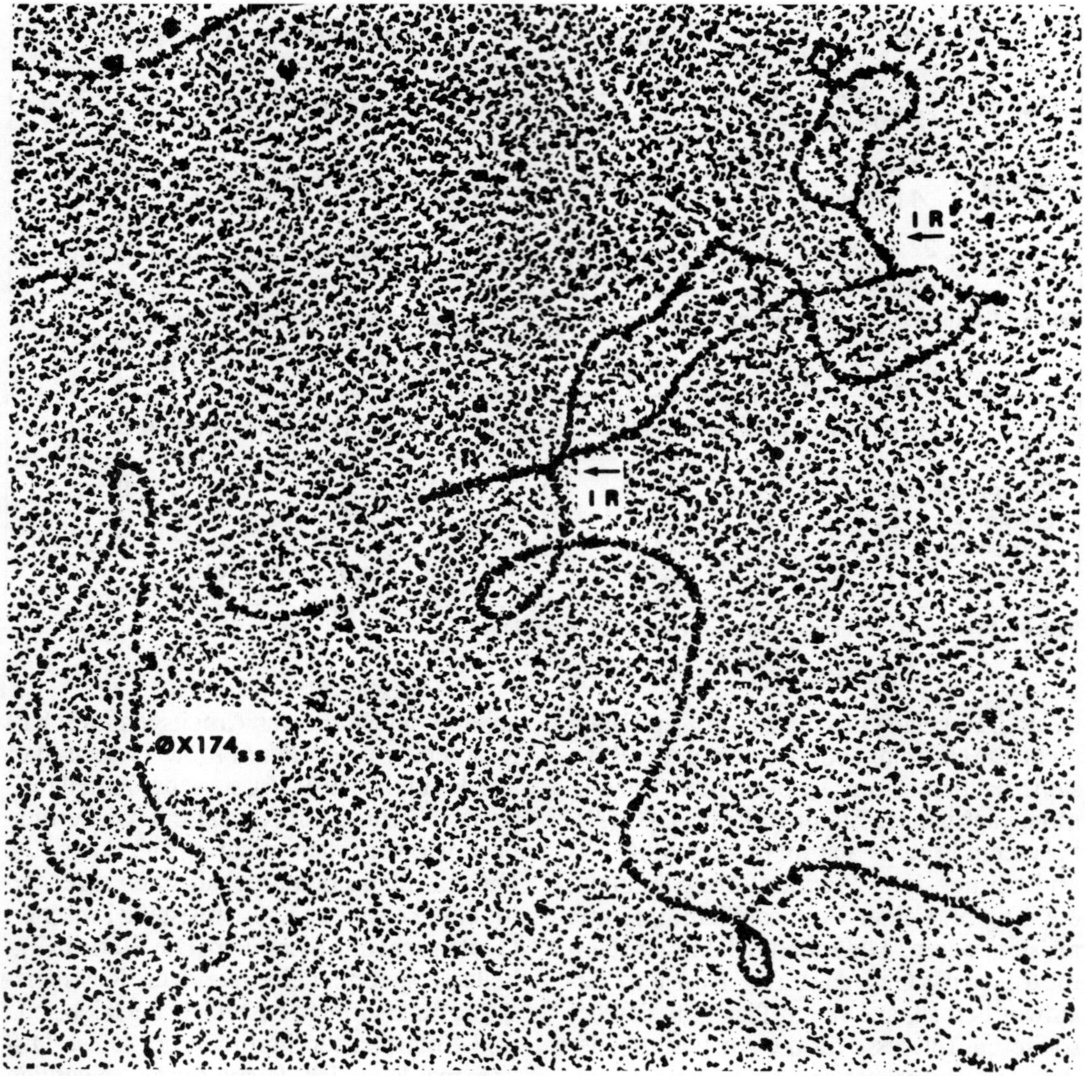

Abb. 1 Elektronenmikroskopische Aufnahme der Heteroduplexstruktur von pBR 322 mit pBR 322 Tn 2401. Das Transposon ist als einzelsträngige DNA mit 2 doppelsträngigen invertierten Repetitionen (IR) deutlich zu erkennen und hat eine Länge von 7,9 kb.

Die Untersuchungen der Arbeitsgemeinschaft Resistenz in der *Paul-Ehrlich*-Gesellschaft zeigen, daß sich der Anteil aminoglykosidresistenter Bakterienstämme in den letzten Jahren nicht verändert hat, so daß man erwarten kann, daß die Aminoglykosidantibiotika bei rationalem Einsatz auch in Zukunft ihre Wirksamkeit behalten werden.

Literatur

1. *Davies, J.E., D.J Smith:* Plasmid determined resistance to antimicrobial agents. Ann. Rev. Microbiol. 32 (1978), 469

2. *Wiedemann, B., G. Tetzlaff, U. Van Treeck:* Die Ausbreitung von Aminoglykosid-Trans-

ferasen bei gramnegativen Bakterien. Int. J. of clin. pharmacol. and biopharm. 17 (1979), 138

3. *Davies, J.E., S.A. Kagan:* What is the mechanism of plasmid-determined resistance to aminoglycoside antibiotics. In: *J. Drews, G. Högenauer:* Topics in infectious diseases, Vol. 2. R factors: Their properties and possible control, S. 207, *Springer* Verlag Wien New York 1977

4. *Nugent, M.E., D.H. Bone, N. Datta:* A transposon, Tn 732, encoding gentamicin/tobramycin resistance. Nature, London 282 (1979), 422

5. *Rubens, C.E., W.F. McNeill, W.E. Farrar:* Transposable plasmid deoxyribonucleic acid sequence in Pseudomonas aeruginosa which mediates resistance to gentamicin and four other antimicrobial agents. *J. Bacteriol.* 139 (1979), 877

6. *Schmidt, F., J. Kratz, B. Wiedemann:* Indentification of Tn 2401, a transposon encoding multiresistance to aminoglycosides. Symposium der Arbeitsgemeinschaft Resistenz der *Paul-Ehrlich*-Gesellschaft für Chemotherapie e.V.: Bacterial resistance to aminoglycoside antibiotics. Bad Honnef 1981

7. *Paul-Ehrlich*-Gesellschaft für Chemotherapie e.V., Arbeitsgemeinschaft Resistenz: Resistenz klinischer Isolate einiger Enterobacteriaceae sowie Pseudomonas aeruginosa, Staphylococcus aureus und Streptococcus faecalis gegenüber Chemotherapeutika: Ergebnisse einer überregionalen kooperativen Studie aus dem Jahre 1979. Infection 8 (1980) 307

Wirksamkeit von Aminoglykosiden gegen Staphylococcus aureus

W. Graninger und K.H. Spitzy

Von verschiedenen Autoren wird über das vermehrte Auftreten von Staphylococcus aureus als Erreger von Wundinfektionen und Septikämien besonders im nosokomialen Bereich berichtet (3). Daher wurden routinemäßig klinische Isolate von Staphylococcus aureus aus dem Bereich des Allgemeinen Krankenhauses in Wien gegen die Aminoglykoside, Gentamicin, Tobramycin, Netilmicin und Amikacin getestet.

Die Resistenzbestimmung erfolgte im Agardiffusionstest auf DST Agar mit Testblättchen von 10 mcg bei Gentamicin, Tobramycin und Amikacin und 30 mcg bei Netilmicin. Als empfindlich wurden alle Stämme beurteilt, die Hemmhöfe von mehr als 18 mm zeigten. Dabei zeigte sich ein hoher Prozentsatz von gentamicin- und tobramycin-resistenten Stämmen (Tab. 1). Der Anteil netilmicinempfindlicher Stämme war erstaunlicherweise höher als der der amikacinempfindlichen, nämlich 86,5% bei in Blutkulturen nachgewiesenen Staphylokokken gegenüber 67% amikacinsensiblen und nur 54% gentamicinempfindlichen Stämmen. Das war überraschend, da in der Literatur (1) bisher kein wesentlicher Unterschied im Wirkungsspektrum von Gentamicin und Netilmicin festgestellt wurde. Wir führten diese Unterschiede auf den unterschiedlichen Wirkstoffgehalt der Blättchen zurück. Um die bekannten Fehlerquellen des Blättchentests auszuschalten, testeten wir alle gentamicinresistenten Stämme im Agar-Lochplattentest. Wir benutzten das Einschichtverfahren mit einer Keimeinsaat von 10^7 in Isosensitest Agar. Pro Näpfchen wurden 50 mcl der Gentamicin- bzw. Netilmicinlösungen in einer Konzentration von 16 mcg/ml aufgetragen. Ein Hemmhofdurchmesser von mehr als 15 mm entsprach bei der Bestimmung der minimalen Hemmkonzentration (2) einer durchschnittlichen MHK von 4 mcg/ml. Wie aus Abbildung 1 hervorgeht, sind 23,6% der gentamicinresistenten Keime noch netilmicinempfindlich, wenn man eine MHK von mehr als 4 mcg/ml als Grenze ansieht. Bedingt durch die höhere Dosierung von Netilmicin kann man mit einem noch höherem Prozentsatz an empfindlichen Keimen rechnen. Das bedeutet, daß bei Staphylokokken-Infektionen mit gentamicinresistenten Stämmen mit Netilmicin ein wirksames Aminoglykosid zur Verfügung steht. Man sollte daher bei gentamicinresistenten Stämmen von Staphylococcus aureus die Empfindlichkeit gegenüber Netilmicin testen.

	Gentamicin	Tobramycin	Netilmicin	Amikacin
		% resistent		
Wundabstriche n = 115	53%	52%	26%	47%
Blutkulturen n = 52	46%	41%	13%	33%

Tab. 1 Empfindlichkeit gegenüber Aminoglykosiden von Staphylococcus aureus aus den Universitätskliniken Wien, 1980.

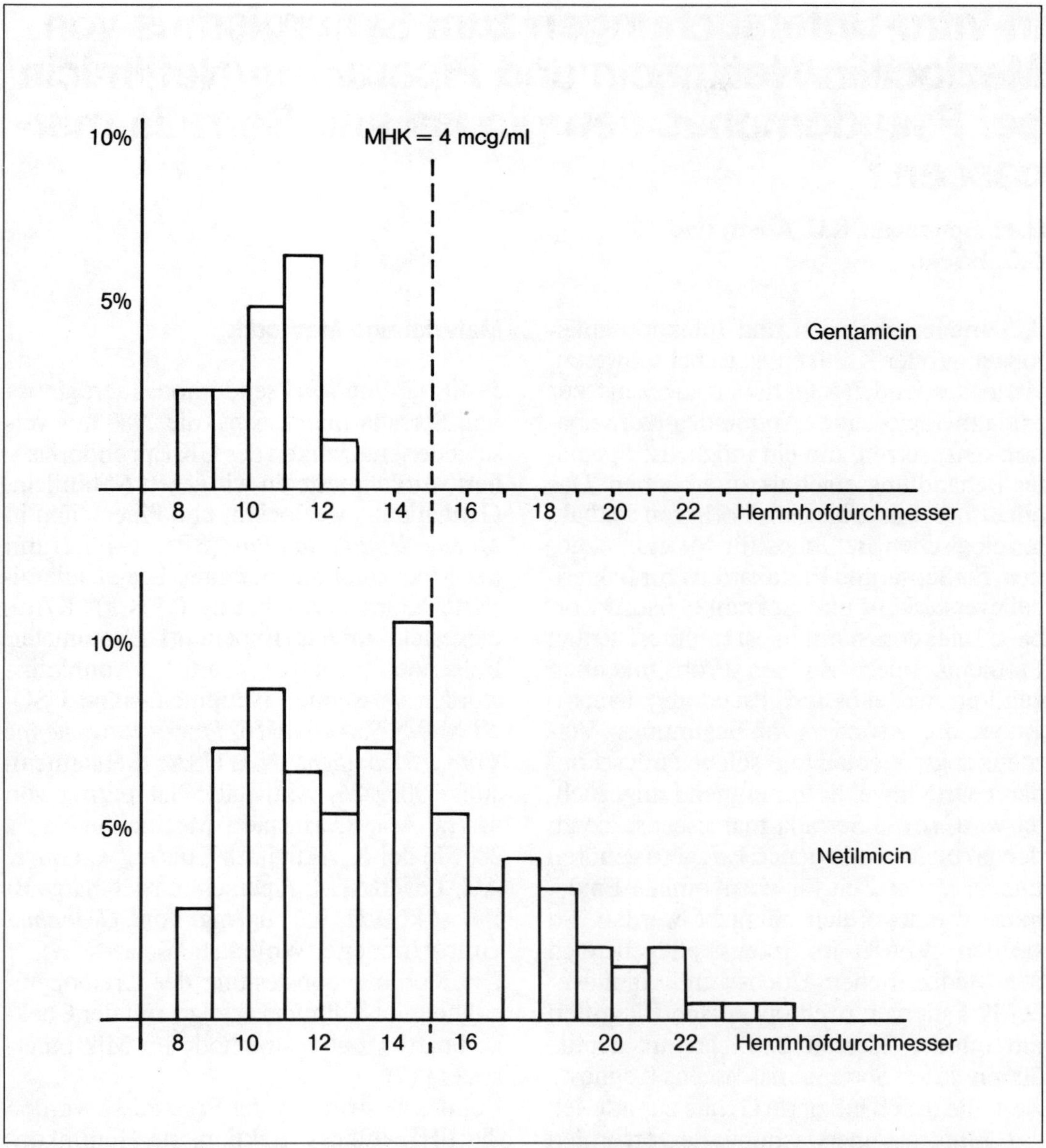

Abb. 1 Vergleich von Gentamicin und Netilmicin im Agarlochplattentest bei 115 gentamicinresistenten Stämmen von Staphylococcus aureus.

In-Vitro-Untersuchungen zum Synergismus von Mezlocillin/Netilmicin und Piperacillin/Netilmicin bei Pseudomonas aeruginosa und Serratia marcescens

H.-H. Schassan, K.U. Adam und C.G. Höcke

Auf Intensivstationen und Infektionsabteilungen großer Kliniken ist es bei schweren, vitalbedrohenden Infektionen angezeigt, zur Initialtherapie eine Antibiotika-Kombination einzusetzen, um ein möglichst optimales Behandlungsergebnis zu erreichen. Das gilt insbesondere bis zum Vorliegen des bakteriologischen Befundes für Mischinfektionen, für Sepsis und Endokarditis zur Bakterizidieverstärkung und für krankenhauserworbene Infektionen mit meist multiresistenten Problemkeimen. Zu den Problemkeimen gehören zweifellos auch Pseudomonas aeruginosa, der besonders von Beatmungs-, Verbrennungspatienten und solchen mit sekundärer Osteomyelitis zunehmend angezüchtet wird, sowie Serratia marcescens, die zu den fakultativ pathogenen Erregern gehören und in letzter Zeit für nosokomiale Epidemien verantwortlich gemacht werden. So wurden 1979/80 im Intensivpflegebereich der Medizinischen Hochschule Hannover bei 19 Patienten nach operativen Eingriffen am offenen Herzen bzw. Thorax Septikämien durch Serratia marcescens diagnostiziert, die durch infizierte Geräte zur arteriellen Blutdrucküberwachung hervorgerufen worden waren (9).

Ziel der vorliegenden Untersuchung war es, festzustellen, inwieweit die Wirkung der beiden Ureidopenicilline Mezlocillin bzw. Piperacillin gegen Pseudomonas aeruginosa und Serratia marcescens durch simultane Gabe von Netilmicin in vitro synergistisch oder additiv gesteigert werden kann oder nicht.

Material und Methodik

Je 40 Stämme von Pseudomonas aeruginosa und Serratia marcescens, die 1980 aus verschiedenen Kliniken des UK Eppendorf isoliert wurden, testeten wir gegen Netilmicin, Gentamicin, Mezlocillin und Piperacillin in *Mueller-Hinton-Bouillon* (BBL, pH 7,2) mit der Mikrodilutionsmethode. Die standardisierte Keimeinsaat betrug $0{,}5 \times 10^6$ K/ml, eingestellt mittels Eppendorf Photometer. Folgende Chargen der geprüften Antibiotika wurden verwendet: Netilmicin-sulfat USQ-NLM-9-N-9, Aktivität 627 mg/g von *Schering Corp., Bloomfield, N.J.*/USA; Gentamicinsulfat 9009286, Aktivität 581,4 µg/mg von *Merck* AG, Darmstadt; Mezlocillin-Na Pt 280 576-301-R, Aktivität 891 µg/mg von *Bayer* AG, Leverkusen; Piperacillin-Na Charge B-114, Aktivität 910 µg/mg von *Cyanamid* GmbH/Lederle, Wolfratshausen.

Die Kombinationstestung der Ureidopenicilline mit Netilmicin erfolgte mit der Chekkerboard-Titrationsmethode im Mikrotitersystem (7).

Für die Auswertung der Ergebnisse wurden die FHK-Indices (fraktionierte Hemmkonzentrationen) errechnet, um synergistische, additive und indifferente bzw. antagonistische Effekte zwischen den kombinierten Substanzen unterscheiden zu können. Der FHK-Index wird nach der Formel in Tabelle 1 berechnet.

Die Kombinationseffekte werden in Tabelle 2 definiert.

Synergismus liegt vor, wenn der FHK-Index $\leqq 0{,}5$ beträgt, d.h. wenn mindestens eine

Kombinationen von Ureidopenicillinen mit Netilmicin

I. Methode: Checkerboard-Titration
II. Auswertung: FHK-Index (fraktionierte Hemmkonzentrationen)

$$\text{FHK-Index} = \frac{\text{MHKp Komb.}}{\text{MHKp Mono}} + \frac{\text{MHK}_N \text{ Komb.}}{\text{MHK}_N \text{ Mono}}$$

P = Penicillin
N = Netilmicin

Tab. 1 In-vitro-Aktivität von Netilmicin, Gentamicin, Mezlocillin, Piperacillin gegen Pseudomonas aeruginosa (n = 40).

Kombinationseffekte

Synergismus: FHK = ≤0,5
Addition – part. Synerg.: FHK = >0,5 –≤0,75
Addition – additiv: FHK = >0,75–≤1
Indifferenz: FHK = >1 (unveränderte MHK)
Antagonismus: FHK = >2 (höhere MHK)

Tab. 2 In-vitro-Aktivität von Netilmicin, Gentamicin, Mezlocillin, Piperacillin gegen Serratia marcescens (n = 40).

4 fache Verringerung (= 2 Verdünnungsstufen) der Hemmkonzentrationen beider Antibiotika gegenüber den MHK's der Einzelsubstanzen eintritt (Beispiel: je ¼ MHK). Unter Addition wurden Kombinationseffekte zusammengefaßt, die FHK-Indices von > 0,5 bis 1 aufweisen. Die sog. partiell synergistischen Effekte mit einem FHK-Index von > 0,5 bis 0,75 (Beispiel: ¼ MIC + ½ MIC) wurden zur Addition gezählt; eine typische Addition liegt vor, wenn die Hemmkonzentrationen beider Antibiotika um das 2fache reduziert werden (Beispiel: ½ MIC + ½ MIC, FHK-Index = 1). Ist der FHK-Index > 1, d.h. sind die MHK-Werte bei Einzel- und Kombinationsprüfung unverändert, sprechen wir von Indifferenz. Antagonismus wird angenommen, wenn der FHK-Index > 2 ist und die MHK's in der Kombination höher als in der Einzeltestung sind.

Ergebnisse

Bei gentamicin-sensiblen Pseudomonas aeruginosa-Stämmen ist Gentamicin im Mittel um eine Stufe wirksamer als Netilmicin (mittlere MHK: 0,57 µg/ml Gentamicin, 0,90 µg/ml Netilmicin). 90% der Pseudomonasstämme werden von 1 µg/ml Gentamicin bzw. von 2 µg/ml Netilmicin gehemmt (Abb. 1).
Piperacillin ist gegen Pseudomonas aeruginosa viermal wirksamer als Mezlocillin (m. MHK 10,6 µg/ml Piperacillin, 42,2 µg/ml Mezlocillin). Von Piperacillin und Mezlocillin werden 50% der Stämme von 8 bzw. 32 µg/ml und 90% der Stämme von 32 bzw. 128 µg/ml inhibiert.
Gegen Serratia marcescens zeigte Netilmicin die beste mittlere Wirksamkeit (mittlere MHK 1,36 µg/ml Netilmicin, 1,80 µg/ml Gentamicin). In den niedrigen Konzentrationsbereichen ist Gentamicin effektiver als Netilmicin: so werden 50% der Serratiastämme von 0,5 µg/ml Gentamicin und von 2 µg/ml Netilmicin gehemmt. 90% der Stämme werden dagegen von 4 µg/ml Netilmicin und von 16 µg/ml Gentamicin inhibiert (Abb. 2). Ein Viertel der Serratiastämme sind gentamicin-resistent, gegen Netilmicin sind hingegen alle Serratien sensibel. Piperacillin ist nur im empfindlichen Bereich bis 4 µg/ml gegen Serratien wirksamer als Mezlocillin. Bei einer Konzentration von 2 µg/ml wurden 50% der Stämme von Mezlocillin und 60% von Piperacillin erreicht. Der $MIC_{90\%}$-Wert lag für beide Antibiotika > 128 µg/ml. 20 bis 30% der Serratiastämme waren resistent gegen die beiden Ureidopenicilline.
Wegen der unterschiedlichen Wirkungsmechanismen der Penicilline und Aminoglykoside mit Eingriff in die Zellwandbiosynthese bzw. in die Cytoplasmamembran und Proteinsynthese ist bei simultaner Anwendung

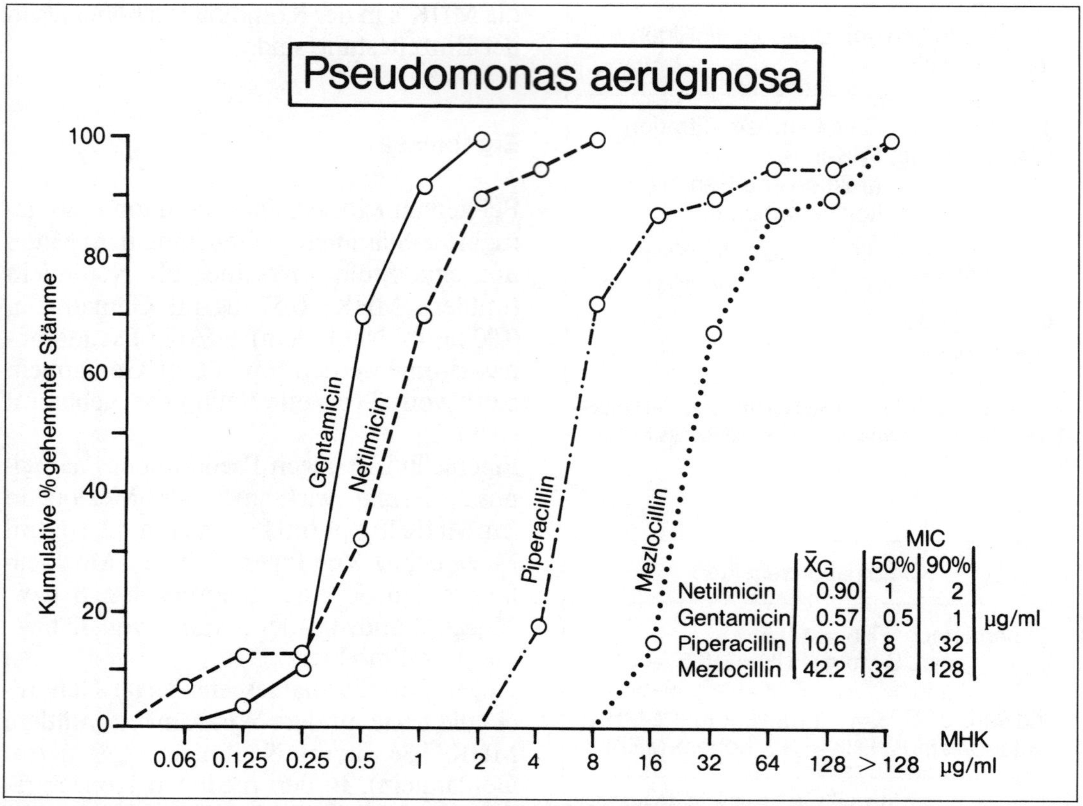

Abb. 1 In-vitro-Aktivität von Netilmicin, Gentamicin und Piperacillin gegen Pseudomonas aeruginosa (n = 40).

eine Potenzierung zu erwarten. Bei der Kombination von Penicillinen mit Cephalosporinen sind bei einigen Präparaten, z.B. bei Cefoxitin und Azlocillin, bei zahlreichen Spezies und Stämmen antagonistische Effekte beschrieben worden, die zur Vorsicht mahnen (6, 16). Daher bevorzugen wir die Kombination von Penicillinen mit Aminoglykosiden wie Mezlocillin oder Piperacillin mit Netilmicin. Betrachten wir zunächst die Potenzierbarkeit der Kombination Mezlocillin/Netilmicin (Tab. 3), so ergeben sich bei Pseudomonas aeruginosa in 30% synergistische und in 67,5% additive Effekte; lediglich bei 1 Stamm zeigte sich ein indifferentes Verhalten: Serratiabakterien ließen sich deutlich besser potenzieren, denn in 55% wurde Synergismus und in 45% Addition festgestellt. Sehr ähnlich liegen die Verhältnisse bei der Kombination Piperacillin/Netilmicin (Tab. 4):

Bei Pseudomonas aeruginosa ergab die Kombination in 32,5% einen synergistischen und in 65% einen additiven Effekt, auch hier zeigte ein Stamm Indifferenz. Die Serratiabakterien zeigten mit Piperacillin/Netilmicin zu je 50% Synergismus bzw. Addition.

Für die therapeutische Erreichbarkeit der Problemkeime ist vor allem die Frage von Interesse, in welchem Bereich die MHK-Werte nach simultaner Einwirkung der Penicilline und Aminoglykoside liegen. Dazu wurden 14 Serratiastämme mit MHK's von 64 bis >1024 µg/ml in der Einzeltestung, deren

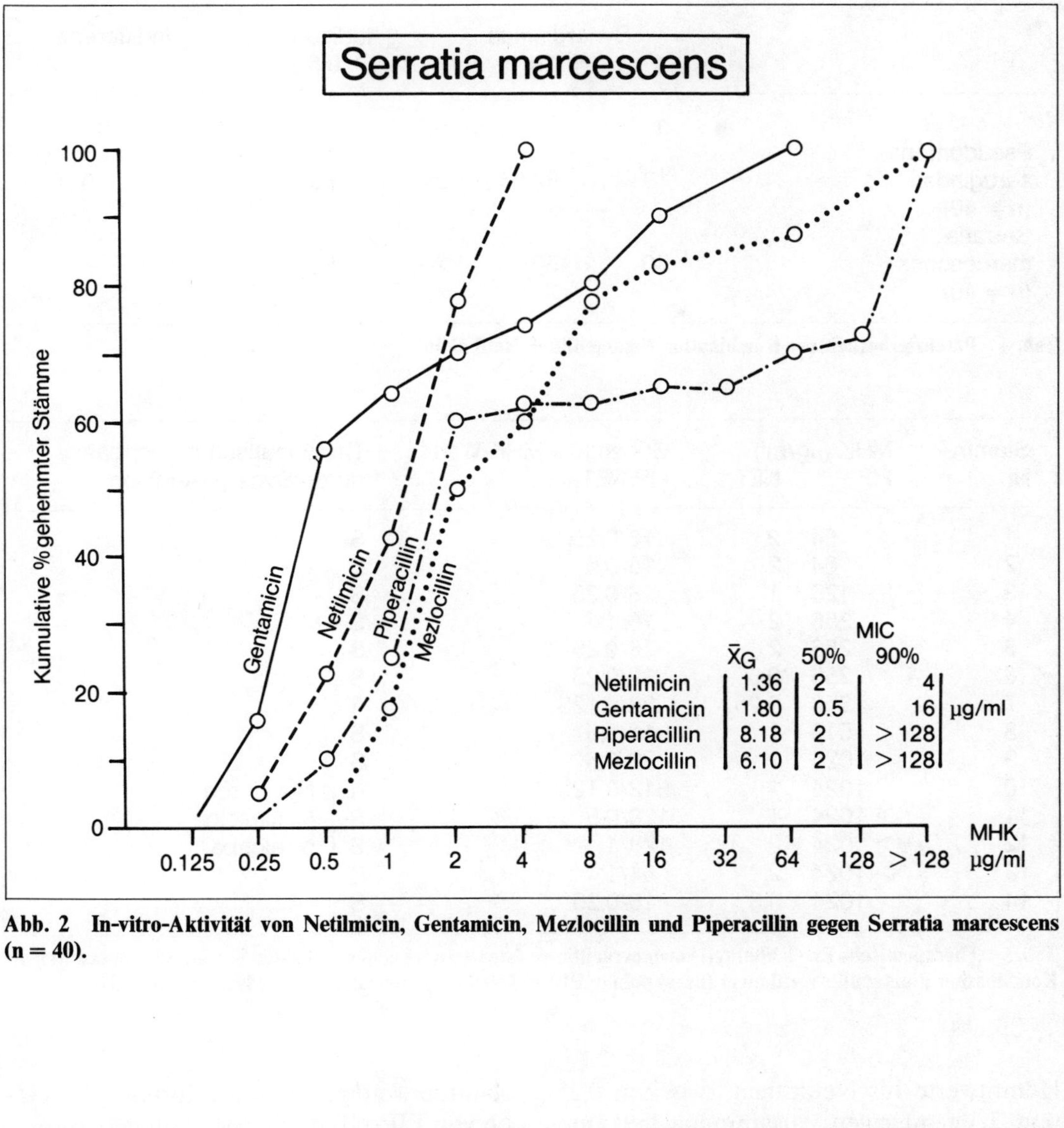

Abb. 2 In-vitro-Aktivität von Netilmicin, Gentamicin, Mezlocillin und Piperacillin gegen Serratia marcescens (n = 40).

	Synergismus ≤ 0,5		Addition > 0,5		Indifferenz > 1	
	n	%	n	%	n	%
Pseudomonas aeruginosa (n = 40)	12	30	27	67,5	1	2,5
Serratia marcescens (n = 40)	22	55	18	45	–	–

Tab. 3 Potenzierbarkeit der Kombination Mezlocillin + Netilmicin.

	Synergismus ≤ 0,5		Addition > 0,5		Indifferenz > 1	
	n	%	n	%	n	%
Pseudomonas aeruginosa (n = 40)	13	32,5	26	65	1	2,5
Serratia marcescens (n = 40)	20	50	20	50	–	–

Tab. 4 Potenzierbarkeit der Kombination Piperacillin + Netilmicin.

Stamm-Nr.	MHK (µg/ml) PIP	NET	Günstigste MHK-Werte PIP/NET	Therapeutisch erreichbar durch Synerg./Addition	
1	64	2	16/0,25	S	
2	64	2	16/0,5	S	
3	128	1	16/0,25	S	
4	256	2	16/1	S	
5	256	2	16/0,25	S	
6	256	0,5	32/0,25	S	
7	256	0,25	32/0,125	A	
8	512	1	16/0,5	S	
9	1024	1	32/0,5	S	
10	1024	1	512/0,125	A	Nur durch Netilmicin erreichbar
11	> 1024	1	128/0,5	S	
12	> 1024	2	128/1	S	
13	> 1024	2	64/1	S	
14	> 1024	0,5	16/0,25	S	

Tab. 5 Therapeutische Erreichbarkeit von piperacillin-resistenten oder mäßig-sensiblen Serratiastämmen durch die Kombination Piperacillin/Netilmicin (breakpoints: PIP = MHK ≤ 64 µg/ml; NET = MHK ≤ 8 µg/ml).

Hemmwerte für Netilmicin zwischen 0,25 und 2 µg/ml lagen, zusammengefaßt und verglichen mit den günstigsten MHK-Wertepaaren in der Kombination PIP/NET (Tab. 5). 11 Serratiastämme wurden durch synergistische bzw. einmal durch additive Effekte auf PIP-Konzentrationen von 16 bis 64 µg/ml gesenkt und damit wieder in den PIP-sensiblen Bereich zurückgeholt. Drei Stämme mit MHK-Werten von 128 und 512 µg/ml waren nur durch den Netilmicin-Anteil therapeutisch erreichbar. Alle 14 PIP-mäßig-sensiblen bzw. resistenten Serratiastämme werden durch die kombinierte Gabe von PIP/NET in jedem Fall gehemmt.

Bei Pseudomonas aeruginosa wurden 2 Netilmicin-mäßig-sensible, 2 PIP-mäßig-sensible und 2 PIP-resistente Stämme auf ihre therapeutische Erreichbarkeit in der Kombination PIP/NET untersucht (Tab. 6).

Die beiden NET-mäßig-sensiblen Pseudomonaden wurden in der Kombination PIP/NET auf Netilmicin-Hemmwerte von 0,25 bzw. 0,5 µg/ml gesenkt und somit durch synergistische Effekte wieder voll empfindlich gegen Netilmicin. Die Pseudomonas-

Stamm-Nr.	MHK (µg/ml) PIP	MHK (µg/ml) NET	Günstigste MHK-Werte PIP/NET	Therapeutisch erreichbar durch Synerg./Addition
1	8	8	8/0,25	S
2	8	8	8/0,5	S
3	64	4	8/2	S
4	64	1	8/0,5	A
5	512	1	16/0,5	S
6	512	1	128/0,5	A*

Tab. 6 Therapeutische Erreichbarkeit von netilmicin-mäßig sensiblen, piperacillin-mäßig sensiblen und piperacillin-resistenten Pseudomonasstämmen durch die Kombination Piperacillin/Netilmicin (breakpoints: PIP = MHK ≤ 64 µg/ml, NET = MHK ≤ 8 µg/ml. *Nur durch Netilmicin erreichbar.

	Piperacillin allein						PIP-Anteil in Kombination				PIP-R + PIP-MS = Sensibel in PIP/NET	
	S		MS		R		S		R			
Species	n	%	n	%	n	%	n	%	n	%	n	%
Serratia marcescens (n = 40)	26	65	2	5	12	30	37	92,5	3	7,5	11/14	78,6
Pseud. aerug. (n = 40)	36	90	2	5	2	5	39	97,5	1	2,5	3/4	75

Tab. 7 In der Kombination Piperacillin/Netilmicin therapeutisch erreichbare piperacillin-resistente bzw. -mäßig sensible Serratia- und Pseudomonasstämme.

stämme mit einer PIP-MHK von 64 µg/ml wurden durch Synergismus bzw. Addition auf MHK's von je 8 µg/ml reduziert und damit wieder voll PIP sensibel. Pseudomonasstamm Nr. 5 wurde mit einer MHK von 512 µg/ml gegen PIP in der Kombination auf 16 µg/ml gesenkt und so wieder in den sensiblen Bereich geholt. Lediglich Pseudomonasstamm Nr. 6 mit einer PIP-MHK von 512 µg/ml wurde jeweils nur um 1 Verdünnungsstufe reduziert, so daß er nur durch Netilmicin therapeutisch erreichbar ist. Tabelle 7 faßt die Ergebnisse zusammen: 65% der Serratien waren gegen PIP allein voll empfindlich, 30% waren resistent. In der Kombination mit Netilmicin werden durch den PIP-Anteil 92,5% erfaßt, während 7,5% nur durch den Netilmicin-Anteil erreicht wird. Es werden also 11 von 14 Serratiastämmen (= 78,6%) in der Kombination wieder in den piperacillin-sensiblen Bereich geholt. Bei Pseudomonas waren 90% PIP-sensibel und je 5% mäßig sensibel bzw. resistent. In der Kombination PIP/NET werden jedoch 97,5% von PIP erreicht, d.h. 3 von 4 Pseudomonasstämmen (= 75%) sind in der Kombination wieder im therapeutischen Bereich von PIP.

Abschließend wurde der Frage nachgegangen, ob zwischen der Potenzierbarkeit der Kombinationen und den MHK's der Bakterien eine Beziehung besteht. Dazu wurden

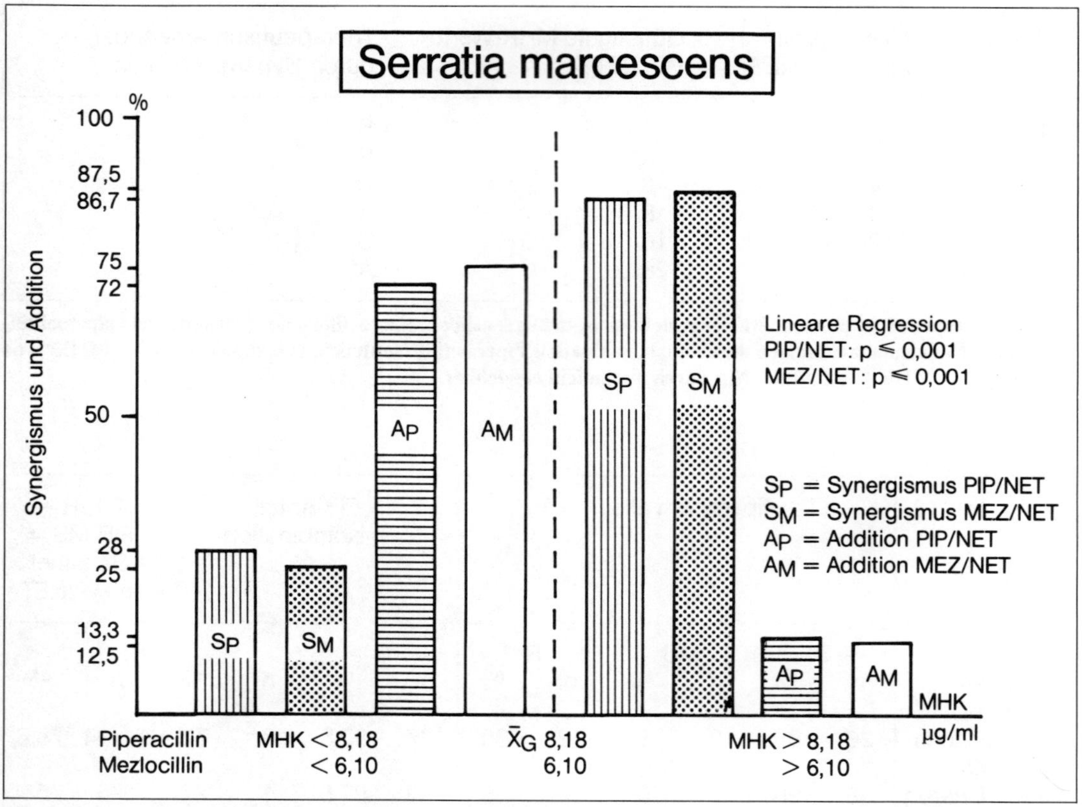

Abb. 3 Potenzierung der Ureidopenicillin/Netilmicin Kombinationen bei Serratia marescens in Abhängigkeit von der MHK der Ureidopenicilline.

die Serratia- und Pseudomonasstämme in je 2 Gruppen eingeteilt, die durch den geometrischen Mittelwert getrennt sind (Abb. 3). Diese beiden Kollektive unterscheiden sich durch gute bzw. schlechtere Empfindlichkeit gegen die Ureidopenicilline.
Vergleicht man nun durch Auszählen die synergistischen und additiven Kombinationseffekte in den beiden Gruppen, so zeigt sich sowohl für PIP wie für MEZ ein geringer Synergismus (25 bzw. 28%) und eine ausgeprägte Addition (72 bzw. 75%) im hochsensiblen Kollektiv, dagegen ein hoher Synergismus (86,7 bzw. 87,5%) und wenig additive Effekte (12,5 bzw. 13,3%) im Kollektiv jenseits des Mittelwertes.

Abbildung 4 demonstriert dieselben Verhältnisse bei Pseudomonas aeruginosa, d.h. vorwiegend additive Kombinationseffekte im sensiblen Kollektiv und synergistische Effekte in der gegenüber Ureidopenicillinen weniger empfindlichen und resistenten Gruppe. Die Unterschiede sind statistisch signifikant. Die Ergebnisse zeigen, daß resistente und wenig sensible Bakterienstämme sich besser potenzieren lassen als hochsensible.

Diskussion

Das aus Gentamicin weiterentwickelte Netilmicin (Certomycin®) bietet aufgrund seiner

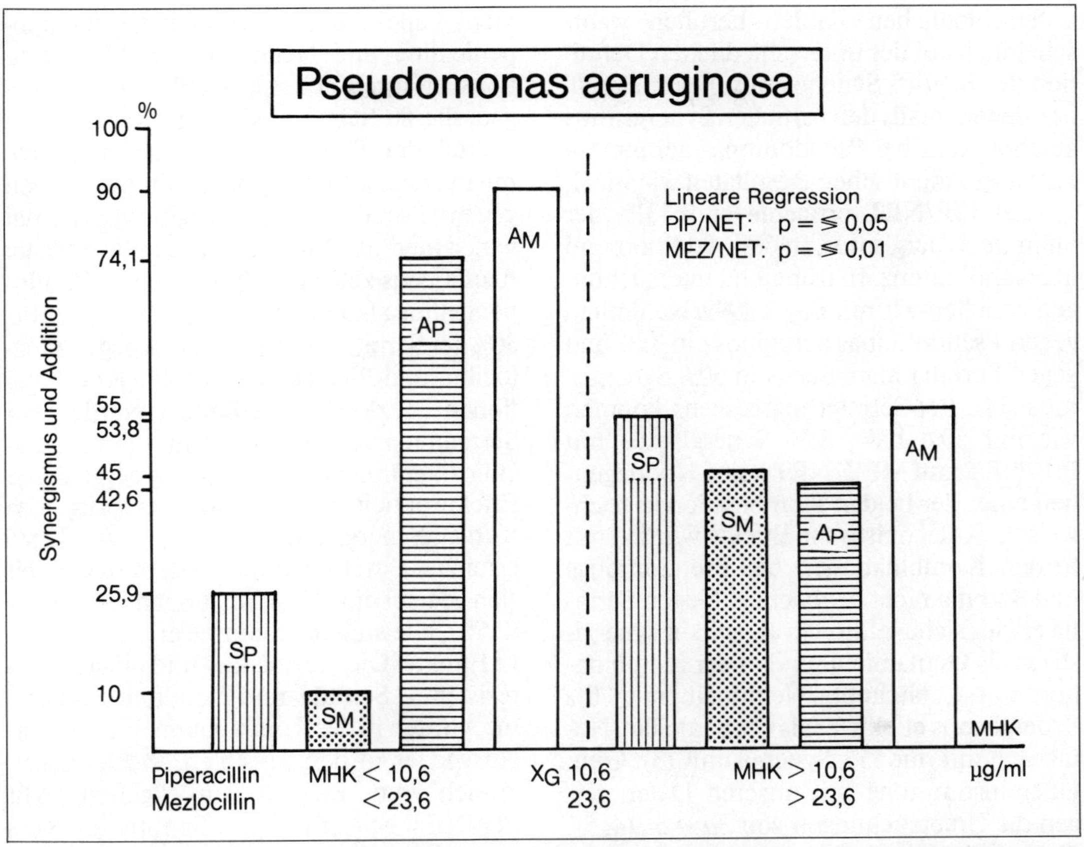

Abb. 4 Potenzierung der Ureidopenicillin/Netilmicin Kombinationen bei Pseudomonas aeruginosa in Abhängigkeit von der MHK der Ureidopenicilline.

Enzymstabilität und der geringeren Oto- und Nephrotoxizität Vorteile gegen multiresistente Erreger und bei Infektionen mit eingeschränkter Nierenfunktion. Die Alanin-Aminopeptidase-Ausscheidung im Urin nach Netilmicingabe (3 mg/kg) liegt zwischen der von Tobramycin und Gentamicin, allerdings scheint die geringere Tubulustoxizität des Netilmicin im Vergleich zum Gentamicin und Sisomicin nach den Untersuchungen von *Mondorf* (10) dosisabhängig zu sein. Wegen der guten Verträglichkeit und Wirkung auch gegen resistente Bakterienstämme ist Netilmicin besonders zur Kombinationsbehandlung mit β-Laktam-Antibiotika geeignet. Um möglichst strenge Parameter für den Synergismus anzuwenden, wurde der Begriff des partiellen Synergismus bei dieser Studie nicht übernommen.

Synergistische Effekte zwischen Mezlocillin, Azlocillin und Aminoglykosiden wurde von *Neu et al.* (11) bei Escherichia coli, Klebsiella Enterobacter, Citrobacter, Proteus (indolpositiv), Serratia und Pseudomonas mitgeteilt, wobei zwischen Azlocillin und Netilmicin in 72% der ausgeprägteste Synergismus im Vergleich zum Gentamicin (56%) und Amikacin (40%) beobachtet wurde. Während Neu mit MEZ/NET bei Pseudomonas in 50% Synergismus nachwies, fanden wir bei dieser Kombination in 30% und mit PIP/NET in 32,5% synergistische Effekte. Diese unterschiedlichen Zahlen beruhen wahrscheinlich auf der unterschiedlichen Definition des Begriffs Synergismus. Denn *Daschner*, der ebenfalls den partiellen Synergismus ablehnt, kam bei Pseudomonas aeruginosa zu nahezu identischen Resultaten wie wir (1, 2): mit PIP/NET erreichte er in 31% der Stämme Synergismus, in 66% Addition und in 3% Indifferenz. In früheren Untersuchungen erzielten wir mit Bay k 4999/Netilmicin gegen Pseudomonas aeruginosa in 35% und gegen Serratia marcescens in 60% Synergismus (14). Bei Serratia marcescens konnten wir mit 50% bzw. 55% Synergismus mit PIP/NET und MEZ/NET keine Überlegenheit einer der beiden Kombinationen nachweisen. Antagonistische Effekte wurden mit beiden Kombinationen bei Pseudomonas und Serratia nicht beobachtet. Gegen Serratia erwies sich Netilmicin als stärker synergistisch als Gentamicin, und in der Kombination war Cefamandol/Netilmicin mit 70% Synergismus effektiver als Carbenicillin/Netilmicin mit nur 55% Synergismus (3). Gute Übereinstimmung mit unseren Daten zeigen die Untersuchungen von *Fu et al.* (4, 5), die bei Serratia marcescens mit Azlocillin und Mezlocillin in Kombination mit Netilmicin in je 59% synergistische Wirkungen nachwiesen. *Pogwizd* et al. (12) konnten mit Carbenicillin/Netilmicin bei Serratia in 47% eine Potenzierung erreichen. Für die Behandlung der Streptokokken-Endokarditis ist von Bedeutung, daß auch Enterokokken durch kombinierte Gabe von Penicillin und Netilmicin zu 50 bis 100% synergistische Wirkungssteigerungen zeigten (8, 13). Auch für die bei Endo- und Myokarditis bekannten B-Streptokokken sind ähnlich gute Kombinationseffekte beschrieben worden (15).

Zusammenfassung

Je 40 Stämme von Pseudomonas aeruginosa und Serratia marcescens wurden gegen Netilmicin, Gentamicin, Mezlocillin und Piperacillin allein und in Kombination, Ureidopenicilline und Netilmicin im Mikrodilutionsverfahren getestet. Netilmicin war gegen alle 80 Stämme wirksam, während ein Viertel der Serratiastämme gegen Gentamicin resistent war. Piperacillin erwies sich gegen Pseudomonas aeruginosa viermal wirksamer als Mezlocillin, gegen Serratia marcescens zeigten sich die beiden Ureidopenicilline als annähernd gleichwertig. 20 bis 30% der Serratien waren resistent gegen Mezlocillin und Piperacillin. Mit den Kombinationen Mezlocillin/Netilmicin wurden bei Serratia marcescens in 55% und mit Piperacillin/Netilmicin in 50% synergistische Effekte erzielt, bei Pseudomonas aeruginosa wurde Synergismus in 30% bzw. 32,5% erreicht. Ein Pseudomonasstamm verhielt sich gegen beide Kombinationen indifferent (2,5%), alle anderen Stämme ergaben additive Effekte. Die mezlocillin- und piperacillinresistenten Serratia- und Pseudomonasstämme wurden in der Kombination mit Netilmicin wieder in den sensiblen, therapeutisch erreichbaren Bereich zurückgeholt. Mit PIP/NET gelang dies bei Serratia in 78,6% und bei Pseudomonas in 75%, d.h. in diesen Fällen wurden die PIP-resistenten Stämme in der Kombination wieder PIP-sensibel. Insgesamt wurden 92,5% der Serratien in der Kombination PIP/NET allein durch den PIP-Anteil und 97,5% der Pseudomonaden durch PIP gehemmt. Mit Netilmicin wurden in beiden Kombinationen gegen beide Spezies jeweils 100% der Stämme inhibiert. Zwischen Potenzierbarkeit der Antibiotika-Kombinationen und MHK der Bakterien besteht eine enge Korrelation derart, daß Stämme mit geringer Empfindlichkeit gegen die Ureidopenicilline sich besser potenzieren lassen als solche mit hoher Sensibilität. Resistente Bakterienstämme zeigen in signifikant höherer Frequenz Synergismus als sensible Stämme: bei Serratia mit beiden Kombinationen in 86,7 bzw. 87,5% Synergismus im weniger empfindlichen Kollektiv gegenüber 25 bzw. 28% im sensiblen Kollektiv. Bei schweren, vitalbedrohenden Infektionen mit gramnegativen Problemkeimen stellen die Ureidopenicilline in Kombination mit Netilmicin eine vielversprechende Kombination dar.

Literatur

1. *Daschner, F.*: Untersuchungen zur Frage des Synergismus zwischen Piperacillin und Aminoglykosiden bei gramnegativen nichtfermentierenden Keimen. Piperacillin-Symposium, München 1980, S. 35–39

2. *Daschner, F., A. Steffens, H. Langmaack:* In vitro efficacy of Bay k 4999, a new ureidopenicillin, in combination with aminoglycosides against Pseudomonas aeruginos, Escherichia coli, Klebsiella pneumoniae and Proteus strains. Chemotherapy 25 (1979), 282–285

3. *Flournoy, D.J.*: Netilmicin synergy with Carbenicillin or Cefamandole against Serratia. J. Antibiotics Vol. 31, 2 (1978), 131–134

4. *Fu, K.-P., H.C. Neu*: In vitro synergistic effect of Netilmicin, a new aminoglycoside antibiotic. Antimicrob. Agents Chemother. 10 (1976), 511–518

5. *Fu, K.-P., H.C. Neu:* The comparative synergistic activity of Amikacin, Gentamicin, Netilmicin and Azlocillin, Mezlocillin, Carbenicillin and Ticarcillin against Serratia marcescens. J. Antibiotics Vol. 31, 2 (1978), 135–140

6. *Grimm, H.*: Bakteriologische Untersuchungen zum Antagonismus von β-Laktamantibiotika. Symposium „Die Resistenz gegenüber Beta-Lactam-Antibiotika“ der *Paul-Ehrlich*-Gesellschaft für Chemotherapie e.V., Bad Honnef (1980), S. 199–205

7. *Höcke, C.G.*: In-vitro-Aktivität von Bay k 4999, Mezlocillin, Netilmicin und Sisomicin und ihrer Kombinationen gegen Serratia marcescens und Pseudomonas aeruginosa. Dissertation, Fachbereich Medizin der Universität Hamburg, 1980

8. *Korzeniowski, O.M., C. Wennerstein, R.C. Moellering:* Penicillin-Netilmicin synergism against Streptococcus faecalis. Antimicrob. Agents Chemother. 13 (1978), 430–434

9. *Malottke, R., E. Bednarska, J. Potel, H. Oelert:* Anwendung von Cefotaxim bei nosokomialer Infektion mit Serratia marcescens. Diagnostik & Intensivtherapie 5 (1980), 175–178

10. *Mondorf, A.W.*: Alanin-Aminopeptidase-Ausscheidung nach parenteraler Piperacillin-Gabe. Piperacillin-Symposium, München 1980, S. 123–129

11. *Neu, H.C., K.-P. Fu:* Synergy of Azlocillin and Mezlocillin combined with Aminoglycoside Antibiotics and Cephalosporins. Antimicrob. Agents Chemother. 13 (1978), 813–819

12. *Pogwizd, S.M., S.A. Lerner:* In vitro activity of Gentamicin, Amikacin and Netilmicin alone and in combination with Carbenicillin against Serratia marcescens. Antimicrob. Agents Chemother. 10, 6 (1976), 878–884

13. *Sanders, C.C.*: Synergy of penicillin-netilmicin combinations against enterococci including strains highly resistant to Streptomycin or Kanamycin. Antimicrob. Agents Chemother. 12 (1977), 195–200

14. *Schassan, H.-H., C.G. Höcke:* Synergy studies of Bay k 4999 and Mezlocillin in combination with Sisomicin and Netilmicin. 18th Interscience Conf. Antimicrob. Agents Chemother. Atlanta/USA, 1978, No. 109

15. *Schauf, V.*: Study of the combined action of Netilmicin and Ampicillin against group B Streptococci in vitro. Curr. Chemother. 1 (1978), 252–254

16. *Busch, W., P. Hessler, W. Stille:* Untersuchungen zur In-vitro-Aktivität von Piperacillin. Piperacillin-Symposium, München 1980, S. 63–66

In-vitro-Untersuchungen über die Kombinationswirkung von Netilmicin mit vier Cefalosporinen bzw. mit Piperacillin

H. Langmaack, F. Daschner und A. Steffens

Über in-vitro-Untersuchungen von Netilmicin in Kombination mit Cefotaxim, Cefoperazon, Cefsulodin, Moxalactam, sowie mit Piperacillin soll hier berichtet werden. Zahlreiche Untersuchungen über Kombinationswirkung von Penicillinen und Cefalosporinen mit Netilmicin gegen Enterobacteriaceae, grampositive Kokken und Pseudomonas aeruginosa liegen bereits vor (3–12), die Gruppe der Nonfermenter jedoch wurde bislang ausgespart. Diese Gruppe spielte bei Infektionen bisher eine unbedeutende Rolle. In den letzten Jahren aber nehmen die Infektionen durch Nonfermenter zu, wie dies die Ergebnisse vom CDC zeigen. 1978 wurden z.B. Acinetobacter um 14% häufiger als Erreger krankenhauserworbener Infektionen isoliert als in den Jahren 1974 bis 1977 (1). Deshalb erschien es wichtig, Nonfermenter ebenfalls in die Untersuchungen von Antibiotikakombinationswirkungen einzubeziehen. Die ersten Ergebnisse liegen bereits vor (2).

Material und Methode

57 nicht-fermentierende Stämme wurden untersucht (17 Acinetobacter anitratus, 6 Acinetobacter lwoffi, 8 Pseudomonas aeruginosa, 11 Pseudomonas maltophilia, 11 Pseudomonas fluorescens putida, 4 Pseudomonas cepacia). Diese Stämme waren von Patienten mit Hospitalinfektionen, bzw. aus deren Umgebung isoliert worden.
Alle Empfindlichkeits-Tests wurden durchgeführt auf *Mueller-Hinton-Agar*, pH 7,2 (Merck AG, Darmstadt, Lot Nr. 8614843). Die minimale Hemmkonzentration (MHK) von Cefotaxim allein und in Kombination mit Aminoglykosiden wurde bestimmt mittels der Checkerboard-Agar-Dilutionsmethode unter Benutzung von Mikrotiter-Platten und dem MHK-2000-Automatic-Diluter (Flow Laboratories).
Ein Inokulum von 5×10^7 Kolonie-bildenden Einheiten/ml, das durch Verdünnung einer frischen, über Nacht in *Mueller-Hinton-Bouillon* gezüchteten Kultur gewonnen worden war, wurde verwendet. Die Platten wurden 18 Stunden lang bei 37 °C inkubiert. Die MHK wurde definiert als die niedrigste Konzentration des Antibiotikums, welche die Entwicklung sichtbaren Wachstums von mehr als einer Kolonie auf Agar hemmte. Ein Synergismus wurde nur dann angenommen, wenn für die Kombination zumindest eine vierfache Reduzierung der MHKs beider Antibiotika nachgewiesen werden konnte. Eine zweifache Reduzierung der MHKs von beiden oder einem der Antibiotika wurde als Addition und keine Veränderung der MHKs als Indifferenz eingestuft.

Ergebnisse und Diskussion

Es gibt innerhalb der non-fermentierenden Bakterien zwei Gruppen (Tab. 1). Bei der einen Gruppe (Pseudomonas aeruginosa) treten sehr viel häufiger synergistische, bzw. additive Wirkungen auf als bei der zweiten Gruppe (Acinetobacter). Vergleicht man die Anzahl der Bakterienstämme, bei denen ei-

Kombi-nations-wirkung	Anzahl der Stämme aus 5 Kombinationen Ps. aerug. (40)	Ps. malto-philia (53)	Ps. fluor-putida (57)	Ps. cepacia (20)	Ac. anitratus (90)	Ac. lwoffii (28)
Syn.	11	13	4	1	4	0
add.	21	13	15	6	29	5
ind.	8	27	38	13	57	23
Wahrschein-lichkeit einer Kom-binations-wirkung	4 : 1	1 : 1	0,7 : 1	0,5 : 1	0,5 : 1	0,2 : 1

Tab. 1 Kombinationswirkung von Netilmicin mit Piperacillin, Cefotaxim, Cefsulodin, Cephoperazon und Moxalactam.

Kombinationspartner Antibiotikum	Piperacillin	Cefotaxim	Cefsulodin	Cephoperazon	Moxalactam
Keimspecies (n)					
Pseud. aerug. (8)	8	7	6	5	6
Pseud. maltophilia (11)	6	6	8	4	1
Pseud. fluor. putida (11) (Moxalaktam) (13)	2	4	2	2	9
Pseud. cepacia (4)	0	1	2	2	2

Tab. 2 Häufigkeit einer synergistischen und additiven Wirkung bei Nonfermentern durch die Kombination von Netilmicin mit vier Cefalosporinen bzw. Piperacillin.

ne Kombinationswirkung besteht, mit der Anzahl derjenigen, bei denen keine besteht, so ergeben sich deutliche Unterschiede. Auf 4 Pseudomonas aeruginosa-Stämme mit Kombinationswirkung kommt nur einer ohne. Acinetobacter-Stämme verhalten sich genau umgekehrt, z.B. auf 5 Acinetobacter lwoffi-Stämme ohne Kombinationswirkung kommt nur ein Stamm mit Kombinationswirkung. Das bedeutet, daß bei der letzten Gruppe eine Kombinationstherapie nicht in Frage kommt. Welche Antibiotikakombination führt am häufigsten zu einer synergistischen bzw. additiven Wirkung innerhalb der Gruppe der Pseudomonaden?

Wie aus der Tabelle 2 ersichtlich ist, scheinen bei Pseudomonas aeruginosa zwischen den 5 Kombinationspartnern (Piperacillin, Cefotaxim, Cefsulodin, Cefoperazon, Moxalactam) keinen Unterschied zu geben. Bei Pseudomonas fluorescens putida scheint jedoch Moxalactam sehr viel häufiger zu einer synergistischen bzw. additiven Wirkung zu führen als die anderen 4 Antibiotika im Gegensatz zur Pseudomonas maltophilia. Bei diesem Bakterium ruft Cefsulodin eine Kombinationswirkung hervor.

Welche Bedeutung haben diese in vitro-Befunde für eine Therapie?

Bei den 8 getesteten Pseudomonas aeruginosa (Tab. 3) kam es am häufigsten zur additiven synergistischen Wirkung durch die Kombination Netilmicin mit Piperacillin, bzw. mit Cefotaxim. Die MHK der 8 Pseud.

Antibiotika-konzen-tration Stamm-Nr.	Netil-micin		Pipera-cillin	Netil-micin		Cefsu-lodin	Netil-micin		Cepho-perazon	Netil-micin		Moxa-lactam	Netil-micin		Cefo-taxim
01	2/0.06*	add.	4/2	2/0.5	syn.	2/0.5	2/0.25	syn.	4/2	2/0.5	syn.	16/4	2/0.5	syn.	16/4
03	4/1	syn.	16/2	4/1	syn.	4/1	4/0.125	add.	16/8	2/0.5	syn.	32/8	4/0.5	syn.	64/16
04	4/0.25	add.	4/2	4/0.5	add.	2/1		ind.		2/0.25	add.	16/8	4/2	add.	16/2
08	2/0.06	add.	8/4		ind.		4/2	add.	8/0.25	2/0.5	syn.	16/4		ind.	
09	4/0.125	add.	8/4	4/0.25	add.	4/2	4/0.25	add.	8/4	2/0.5	syn.	32/8	4/0.25	add.	32/16
010	2/0.25	add.	4/2		ind.			ind.		2/0.5	add.	16/4	2/0.125	add.	16/8
011	4/1	syn.	4/1	4/0.25	add.	2/1	4/0.25	add.	4/2		ind.		4/0.5	syn.	16/4
012	4/0.25	add.	4/2	4/0.5	add.	2/1		ind.			ind.		4/0.25	add.	16/8

Tab. 3 Wirkung von Netilmicin in Kombination mit 4 Cefalosporinen oder Piperacillin auf Pseud. aeruginosa Stämme (n = 8)
***MHK (µg/ml) des Antibiotikums allein/in Kombination.**

Antibiotikum	Ps. aerug.	Ps. maltophilia	Ps. fluor. putida	Ps. cepacia
Netilmicin	3,2	20,95	1,5	59,71
Piperacillin	5,66	64,0	8,52	2,38
Cefotaxim	20,75	26,49	28,21	3,36
Cefsulodin	2,39	38,66	38,66	256,0
Cephoperazon	5,66	13,0	11,68	26,91
Moxalactam	16,0	8,0	92,95	4,0

Tab. 4 Durchschnittliche minimale Hemmkonzentration (geometrischer Mittelwert).

aeruginosa-Stämme gegenüber Netilmicin und Piperacillin lagen im therapeutischen Bereich, bei Cefotaxim nicht.
In der Gruppe der untersuchten Pseudomonaden fiel Pseudomonas maltophilia als besonders resistent gegen die geprüften Antibiotika auf (Tab. 4), mit Ausnahme von Moxalactam. Trotz der synergistischen und additiven Kombinationswirkung von Cefsulodin mit Netilmicin konnte bei den 10 geprüften Stämmen nur bei dreien die MHK in den therapeutischen Konzentrationsbereich gesenkt werden (Tab. 5).
Das gleiche zeigte sich bei Piperacillin (2/10) und bei Cefotaxim (1/10).
Bei Moxalactam zeigte sich überhaupt keine Kombinationswirkung, jedoch lagen die MHKs gegenüber Moxalactam bei 5 Stämmen im therapeutischen Bereich. Das bedeutet, daß bei Infektionen durch Pseudomonas maltophilia Moxalactam das Mittel der Wahl ist. Eine Kombinationstherapie käme nur nach gezielter Austestung in Frage.
Bei 9 von 13 Pseudomonas fluorescens putida wirkte Moxalactam + Netilmicin synergistisch bzw. additiv (Tab. 2).
Die MHK von Moxalactam wird in therapeutische Bereiche gesenkt.
Netilmicin erweist sich gegen eine Vielzahl von gramnegativen Bakterien als aktiv (2, 5). Eine antibakterielle Aktivitätssteigerung von Netilmicin durch eine Kombination mit Penicillinen und einigen Cephalosporinen wie z.B. Cephalotin, Cefazolin und Cefamandol gegenüber Enterokokken, Staphylokokken, Enterobakterien, sowie Pseudomonas aeruginosa (2, 3, 4, 9, 12) in vitro, aber auch z.T. in vivo (9) erreicht werden. In unserer Untersuchung konnte ebenfalls durch eine Kombination von Netilmicin mit 4 neueren Cefalosporinen (Cefotaxim, Cefsulodin, Cefoperazon, Moxalaktam), sowie mit dem neue-

Stamm-No.	Netil-micin		Pipera-cillin	Netil-micin		Cefsu-lodin	Netil-micin		Cefo-taxim	Netil-micin		Moxa-lactam
27 411	64/64	ind.	64/64	64/1	add.	4/2 T*	64/64	ind.	4/4 T*	64/64	ind.	128/128
084	128/32	syn.	64/16	128/16	syn.	64/8	128/32	syn.	128/32	128/128	ind.	8/8 T*
19 049	16/8	add.	128/0.25	16/2	syn.	256/64	16/4	add.	64/16 T	16/16	ind.	32/32
19 031	64/16	syn.	256/16	64/16	syn.	256/16	64/16	syn.	128/32	64/64	ind.	8/8 T*
19 201	64/1	add.	32/16	64/8	add.	4/2 T*	64/16	add.	4/2 T*	64/64	ind.	2/2 T*
11 010	64/64	ind.	32/32	64/64	ind.	4/4 T*	64/64	ind.	4/4 T*	64/64	ind.	2/2 T*
26 385	32/32	ind.	1/1 T*	32/32	ind.	32/32	32/32	ind.	64/64	32/32	ind.	8/8 T*
19 008	32/8	syn.	256/32 T	32/8	syn.	128/4 T	32/8	add.	128/32	nicht 916/27820	64/64	2/2 T
25 970	32/8	syn.	64/16 T	32/8	syn.	16/2 T	32/16	add.	8/1 T*	gete- 974/9026	16/16	2/2 T*
15–1	8/8	ind.	64/64	8/1	syn.	16/4 T	8/8	ind.	8/8 T*	stet 896/27350	128/32	2/0.5 T*

Tab. 5 Wirkung von Netilmicin in Kombination von 3 Cefalosporinen bzw. Piperacillin auf Pseud. maltophilia (n = 10; T = Therapie in Kombination möglich, T* = Mono-Therapie.

ren Penicillinderivat Piperacillin eine Wirkungssteigerung gegenüber nicht-fermentierenden Bakterienstämmen erzielt werden. Die 57 von Patienten mit Hospitalinfektionen, bzw. aus deren Umgebung isolierten Stämme bildeten hierbei 2 Gruppen: Bei Pseudomonaden (besonders Ps. aeruginosa) konnte 8× häufiger eine solche Aktivitätssteigerung erreicht werden als bei Acinetobakterstämmen. Bei Pseudomonas aeruginosa erwiesen sich alle 5 Antibiotika in der Kombination als synergistisch bzw. additiv. Bei Cefotaxim jedoch konnte die MHK dieser Substanz seltener in den therapeutischen Bereich gesenkt werden. Trotz einer synergistischen bzw. additiven Kombinationswirkung konnten bei den 4 untersuchten Ps. cepacia-Stämmen therapeutische Konzentrationen nicht erzielt werden.

Ähnliche Ergebnisse zeigten sich bei Ps. maltophilia mit einer Ausnahme. Moxalaktam in der Kombination mit Netilmicin führte nicht zur einer Aktivitätssteigerung, die MHK's dieser Substanz lagen aber bei 7 von 10 Stämmen bereits in therapeutischen Konzentrationen, im Gegensatz zu den übrigen 4 Kombinationspartnern.

Während bei Ps. maltophilia Moxalaktam keine Wirkungsteigerung zeigte, erwies sich dieses Antibiotikum als bester Kombinationspartner bei Ps. fl. putida mit klinischer Relevanz.

Literatur

1. Center for Disease Control: Morbidity and Mortality Weekly Report 28 (1979), 169–171

2. *Daschner, F.D., A. Steffens, M. Just, M. Metzger:* Synergismus von Netilmicin und anderen Aminoglykosiden mit Cefotaxim gegen nosokomiale, nicht fermentierende Erreger. Infection 8 (1980), Suppl. 4, S. 433

3. *Fluoronoy, D.J.:* Netilmicin synergy with carbenicillin or cefamandole against Serratia. J. Antibiot. 31 (1977), 131–134

4. *Habwe, V., S. Smith:* Comparative in vitro studies with netilmicin, amikacin, gentamycin, sisomycin and tobramycin. J. Antimicrob. Chemother. 5 (1979), 73–79

5. *Yoshikawa, Th. T., Sh. A. Shibata, A.W. Chow, L.B. Guze:* Outbreak of multiply drug resistant Proteus mirabilis originating in a surgical intensive care unit: In vitro susceptibility pattern. Antimicrob. Agents Chemother. 13 (1978), 177–179

6. *Pickering, L.K., P. Gearhart:* Effect of time and concentration upon interaction between gentamicin, tobramycin, netilmicin, or amikacin and carbenicillin or ticarcillin. Antimicrob. Agents Chemother. 15 (1979), 592

7. *Ramphal, R., R. M. Kluge:* Acinetobacter calcoaceticus variety anitratus: An increasing nosocomial problem. Am. J. Med. Sci. 277 (1979), 57–66

8. *Daschner, F.D., A. Steffens, H. Langmaack:* In vitro efficacy of Bay k 4999, a new ureidopenicillin, in combination with aminoglycosides against Pseudomonas aeruginosa, Escherichia coli, Klebsiella pneumoniae and Proteus strains. Chemotherapy 25 (1979), 282–285

9. *Watanakunakorn, Ch., Ch. Glotzbecker:* In vitro activity of sisomycin and netilmicin alone and in combination with nafcillin, oxacillin and methicillin against enterococci. Chemotherapy 24 (1978), 236–239

10. *Fu, K.P., H.C. Neu:* The comparative synergistic activity of amikacin, gentamycin, netilmicin and azlocillin, mezlocillin, carbenicillin and tircarcillin against Serratia marcescens. J. Antibiot. 31 (1977), 135–140

11. *Klastersky, J., R. Cappel, D. Daneau:* Clinical significance of in vitro synergism between antibiotics in gram-negative infections. Antimicrob. Agents Chemother. 2 (1972), 470–475

12. *Watanakunakorn, Ch., Ch. Glotzbecker:* Enhancement of antistaphylococcal activity of nafcillin and oxacillin by sisomycin and netilmicin. Antimicrob. Agents Chemother. 12 (1977), 346–348

Pharmakokinetik

Pharmakokinetik der Aminoglykoside bei normaler und bei eingeschränkter Nierenfunktion

L. Dettli

Die für das pharmakokinetische Verhalten eines Pharmakons weitaus wichtigste Eigenschaft ist die Polarität des Moleküls. Ein Molekül wird als polar (hydrophil, lipophob) bezeichnet, wenn seine Atome so angeordnet sind, daß in der Umgebung des Moleküls ein elektrisches Feld nachweisbar ist. Alle Aminoglykoside sind hochgradig polar, weil sie bis zu acht hydrophile Seitenketten enthalten. Vom pharmakokinetischen Standpunkt aus betrachtet treten bei den Aminoglykosiden gegenüber der Polarität alle anderen Moleküleigenschaften derart in den Hintergrund, daß die Kinetik aller Derivate praktisch identisch ist. Im Organismus sind polare Arzneimittelmoleküle durch zwei pharmakokinetische Elementareigenschaften ausgezeichnet:

1. Sie penetrieren praktisch nicht durch epithelähnliche Membranen.
2. Sie reagieren nicht mit den arzneimittelreaktiven Makromolekülen des Organismus. Unter arzneimittelreaktiven Makromolekülen verstehen wir diejenigen Makromoleküle des Organismus, die sich mit Arzneimittelmolekülen verbinden können. Es handelt sich im wesentlichen um das Serumalbumin und arzneimittelmetabolisierende Enzymmoleküle.

Aufgrund dieser Elementareigenschaften läßt sich das pharmakokinetische Verhalten polarer Moleküle im Organismus folgendermaßen annähernd quantitativ voraussagen:

1. Polare Arzneimittel werden gastrointestinal nur in Spuren resorbiert. Dies trifft für die Aminoglykoside bekanntlich zu. Es sei aber darauf hingewiesen, daß dieser geringe resorbierte Bruchteil der Dosis bei repetierter oraler Verabreichung von Aminoglykosiden an schwer nierengeschädigten Patienten (z.B. zum Zweck der Darmsterilisierung) zur Intoxikation führen kann.
2. Der Übertritt polarer Moleküle in den Liquor cerebrospinalis ist stark behindert. Diese Tatsache stellt bekanntlich eine Schwierigkeit bei der Behandlung bakterieller Meningitiden mit Aminoglykosiden dar.
3. Das Verteilungsvolumen polarer Moleküle entspricht ungefähr dem Extracellulärwasser, d.h. 15–20% des Körpergewichts. Werte dieser Größenordnung sind bei den Aminoglykosiden gefunden worden.
4. Da die Membran der renalen Tubuli epithelialer Natur ist, wird keine tubuläre Rückresorption stattfinden. Da außerdem die Bindung an die Serumproteine nur geringfügig sein kann, muß die renale Clearance annähernd gleich groß sein wie das Glomerulumfiltrat, nämlich 80–100 ml/min. Dies ist tatsächlich der Fall.
5. Wegen der mangelnden Reaktivität polarer Moleküle mit den arzneimittelmetabolisierenden Enzymen findet praktisch kein Stoffwechsel statt. Dementsprechend gilt für alle Aminoglykoside, daß ihre totale Clearance gleich groß ist wie die renale.
6. Die globale Eliminationskonstante k und damit die Eliminationshalbwertszeit $t_{1/2}$ kann aufgrund der folgenden bekannten Beziehung zwischen der Eliminationskonstante k der globalen Clearance Cl_D und dem Verteilungsvolumen V quantitativ vorausgesagt werden:

$$k = Cl_D/V \quad (1)$$

Mit einem relativen Verteilungsvolumen von 15% des Körpergewichts erhält man für ein Individuum von 70 kg den Wert V = 14 l; mit der oben erwähnten globalen Clearance Cl_D = 80 ml/min = 0,08 l/min findet man nach Gleichung 1:

$k = 0{,}08/14 = 0{,}0057\ min^{-1} = 0{,}343\ h^{-1}$

Aufgrund der bekannten Beziehung $t_{1/2} = ln2/k$ ergibt sich:

$t_{1/2} = 0{,}693/0{,}343 = 2$ Stunden

ein Wert, der bekanntlich für alle Aminoglykoside ungefähr zutrifft.

7. Da polare Moleküle mit den arzneimittelreaktiven Makromolekülen des Organismus nicht reagieren, sind keine pharmakokinetischen Wechselwirkungen wie Verdrängung aus der Serumproteinbindung, kompetitive Eliminationshemmung oder Enzyminduktion zu erwarten. Ebenso wenig sind Sättigungserscheinungen der Elimination zu befürchten. Beide Voraussagen treffen für die Aminoglykoside zu.

8. Die Eliminationsgeschwindigkeit eines Moleküls, das praktisch nur renal eliminiert wird, muß in extremem Maße von der Nierenfunktion abhängig sein, eine Tatsache, die für Aminoglykoside zutrifft. Außerdem ist zu erwarten, daß praktisch die gesamte intravenös verabreichte Dosis in unveränderter Form im Urin gefunden wird. In dieser Beziehung bestand ein bis vor kurzem nicht erklärbarer Widerspruch zu den experimentellen Ergebnissen, indem die meisten Autoren nur etwa 80% der Dosis im Urin fanden. Seit wenigen Jahren weiß man, daß diese Diskrepanz darauf beruht, daß ein Teil der Aminoglykosiddosis in ein sogenanntes „tiefes Kompartiment" des Organismus eindringt. Aus diesem Kompartiment wird das Antibiotikum extrem langsam während Wochen wieder freigegeben. Mit empfindlichen Nachweismethoden läßt sich nachweisen, daß bei den Aminoglykosiden die sog. „dominante" Halbwertszeit von etwa 2 Stunden in eine „terminale" Halbwertszeit von über 100 Stunden übergeht. Dies hat zur Folge, daß der Patient nach Absetzen der Aminoglykosidverabreichung noch während mehrerer Wochen das Antibiotikum in kleinen Mengen in den Urin ausscheidet. Es ist bekannt, daß sowohl die Niere wie das Innenohr, d.h. diejenigen Organe, an denen sich die Aminoglykosid-Toxizität manifestiert, zu diesem tiefen Kompartiment gehören. Die ausgeprägteste Aminoglykosid-Anreicherung findet in den Nierentubuli statt. Der Mechanismus dieser Anreicherung ist bekannt. Es handelt sich um einen pinozytotischen Transport vom luminalen Bürstensaum in die tubulären Lysosomen, die in der Folge lipoid degenerieren und zugrunde gehen. Das tiefe Kompartiment ist deshalb eine Voraussetzung für das Verständnis der Aminoglykosid-Toxizität.

Auf die Aminoglykosid-Kumulation im Plasma bei repetierter Dosierung wirkt sich das tiefe Kompartiment nur in geringem Maße aus. Will man dagegen den gesamten Aminoglykosidgehalt im Organismus berechnen, muß das tiefe Kompartiment berücksichtigt werden; andernfalls wird diese Menge grob unterschätzt. Aus der Tatsache, daß die Aminoglykosidmenge im tiefen Kompartiment und damit das Toxizitätsrisiko während längerer Zeit von Dosis zu Dosis zunimmt, muß die Forderung abgeleitet werden, die Dauer einer Aminoglykosidtherapie so kurz wie möglich zu halten.

Aminoglykoside sind wie alle polaren Moleküle gut dialysierbar. Wegen der Existenz des tiefen Kompartiments wird jedoch der Gesamtgehalt an Aminoglykosid im Organismus durch die Dialyse wenig beeinflußt.

Eliminationskinetik der Aminoglykoside bei Niereninsuffizienz

Abbildung 1 zeigt die Eliminationshalbwertszeit $t_{1/2}$ des Gentamicins in Abhängigkeit von der Kreatinin-Clearance Cl. Wie man sieht, nimmt mit zunehmenden Clearance-Werten die Halbwertszeit leicht zu, bis ein Wert von 10–20 ml/min erreicht ist. Bei

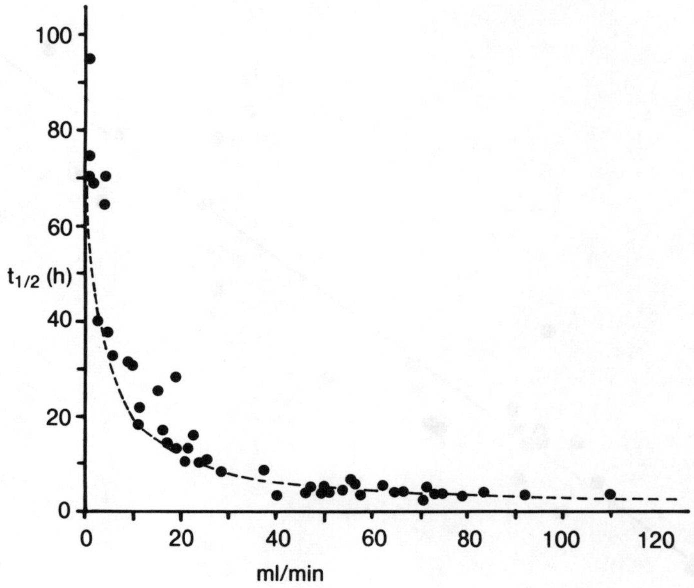

Abb. 1 Abhängigkeit der Halbwertszeit $t_{1/2}$ des Gentamicins (Ordinate) von der endogenen Kreatinin-Clearance Cl (Abszisse).

einem weiteren Absinken der Kreatinin-Clearance nimmt die Halbwertszeit in dramatischer Weise zu und erreicht beim Anuriker den 50fachen Normwert. Die gleiche Beziehung zwischen Kreatinin-Clearance und Halbwertszeit wurde mit nur geringfügigen quantitativen Abweichungen bei allen Aminoglykosiden festgestellt. Es ist jedoch unmittelbar einzusehen, daß es schwierig ist, aus der in Abbildung 1 dargestellten kurvilinearen Beziehung exakte Dosierungsregeln abzuleiten. Die Beziehung zwischen Cl und der Eliminationsgeschwindigkeit wird linear, wenn man diese nicht durch die Halbwertszeit, sondern durch die Eliminationskonstante k beschreibt, wobei die Beziehung gilt: $k = 0{,}7/t_{1/2}$.

Diese lineare Beziehung ist in Abbildung 2 dargestellt. Die Eliminationskonstante nimmt von ihrem Normalwert von etwa k = 0,3 beim gesunden jugendlichen Erwachsenen (Cl = 100 ml/min) linear mit der Kreatinin-Clearance ab und erreicht im Anuriker (Schnittpunkt mit der Ordinate) einen Mittelwert von k = 0,006, d.h. die Eliminationskonstante sinkt im Anuriker auf 1/50 der Norm ab.

Für den Gebrauch am Krankenbett haben wir die in Abbildung 2 dargestellte lineare Beziehung durch Einführung der sogenannten Eliminationsfraktion Q vereinfacht. $Q = k/k_N$ drückt die Eliminationsgeschwindigkeit des Medikaments als Bruchteil der normalen Eliminationsgeschwindigkeit aus. Bei normaler Nierenfunktion findet man deshalb für sämtliche Medikamente den Wert $Q = Q_N = 1{,}0$. Andererseits findet man beim Anuriker die sogenannte minimale Eliminationsfraktion Q_0, deren Wert beim Gentamicin nach dem oben Gesagten $Q_0 = 0{,}006/0{,}3 = 0{,}02$ beträgt. Auf der Basis dieser einfachen Zusammenhänge ist das in

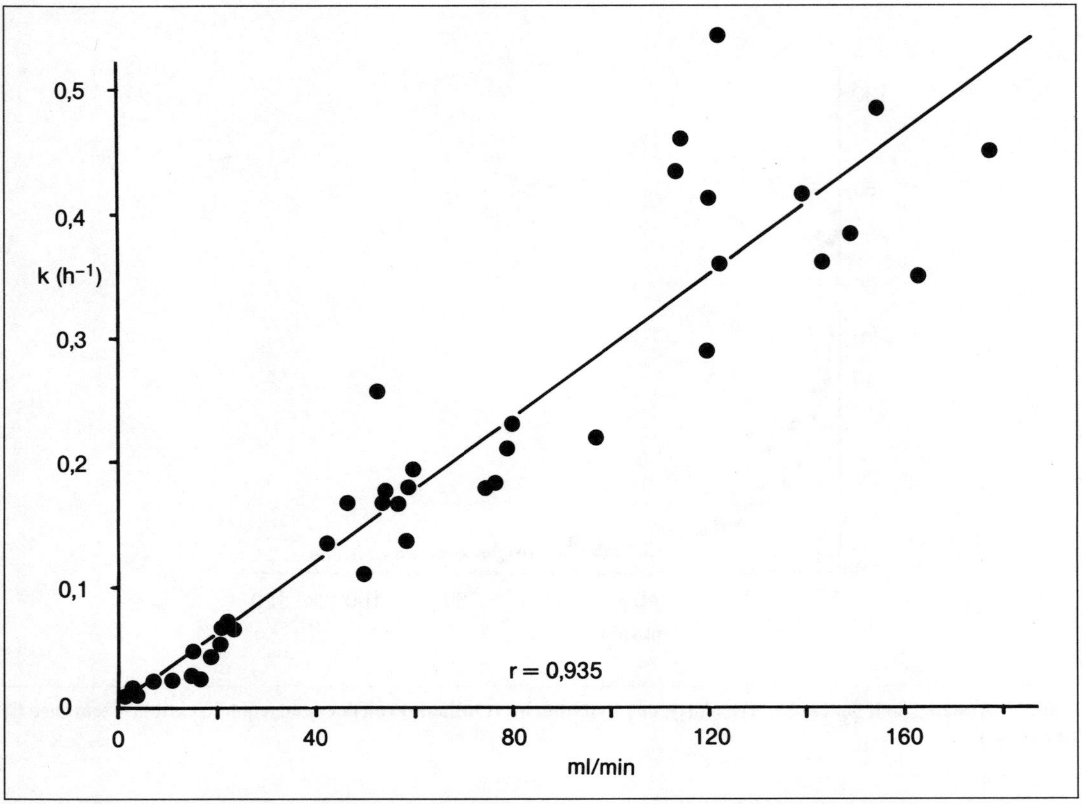

Abb. 2 Abhängigkeit der globalen dominanten Eliminationskonstante k des Gentamicins (Ordinate) von der endogenen Kreatinin-Clearance Cl (Abszisse).

Abbildung 3 dargestellte Nomogramm konstruiert worden, das folgendermaßen verwendet wird: Die minimale Eliminationsfraktion Q_0 des Medikaments wird auf die linke Ordinate eingetragen und durch eine Gerade mit der rechten oberen Ecke ($Q = Q_N = 1{,}0$) verbunden. Der Schnittpunkt der Kreatinin-Clearance des niereninsuffizienten Patienten mit dieser Schätzgeraden wird auf der linken Ordinate abgelesen und zeigt an, auf welchen Bruchteil der Norm die Eliminationsgeschwindigkeit des Medikaments abgesunken ist. So findet man für Gentamicin in einem niereninsuffizienten Patienten mit einer Kreatinin-Clearance Cl = 8 ml/min einen Schätzwert Q = 0,1. Dies bedeutet, daß die Eliminationsgeschwindigkeit des Gentamicins in diesem Patienten auf etwa 1/10 der Norm abgesunken ist.

Für reversibel wirkende Medikamente, deren normales Dosierungsintervall meist ungefähr gleich lang ist wie die Halbwertszeit, genügt für die Dosierungsanpassung bei niereninsuffizienten Patienten die Kenntnis der minimalen Eliminationsfraktion Q_0, indem man nach einer der folgenden Regeln vorgeht:

Regel 1	Regel 2
$D^* = D_N^*$ $D = D_N/Q$ $\tau = \tau_N$	$D^* = D_N^*$ $D = D_N$ $\tau = \tau_N/Q$

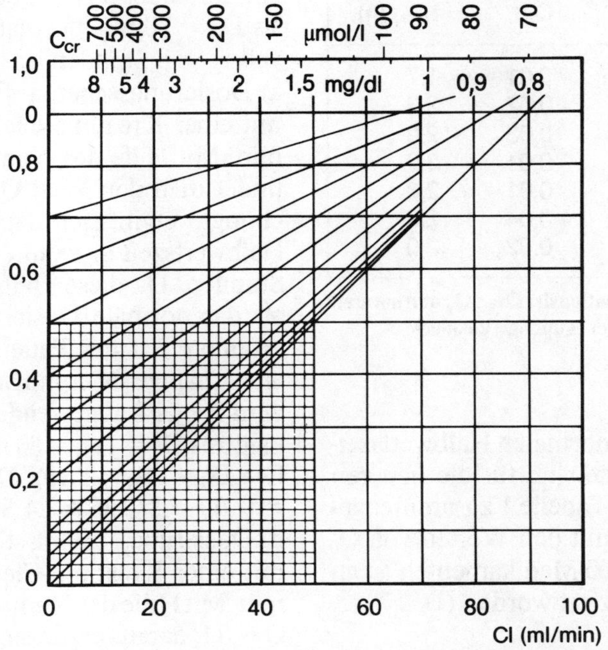

Abb. 3 Nomogramm für die Berechnung der individuellen Eliminationsfraktion Q und der individuellen Halbwertszeit $t_{1/2}$ aus der minimalen Eliminationsfraktion Q_o und der normalen Halbwertszeit $t_{1/2N}$ (siehe Tab. 1). Der Gebrauch des Nomogramms ist im Text erläutert.

Regel 3
$D^* = D_N^*$ $D = \frac{1}{2} D_N$ $\tau = t_{1/2} = t_{1/2N}/Q$

Die Erhaltungsdosierung bei niereninsuffizienten Patienten wird in der Weise angepaßt, daß (Regel 1) unter Beibehaltung des normalen Dosierungsintervalls ($\tau = \tau_N$) die Erhaltungsdosis D um den Faktor Q verkleinert wird ($D = D_N \cdot Q$), oder indem man (Regel 2) die normale Erhaltungsdosis D_N verabreicht ($D = D_N$) und das normale Dosierungsintervall τ_N um den Faktor Q verlängert ($\tau = \tau_N/Q$).

Bei den Aminoglykosiden sind die Verhältnisse aus folgenden Gründen komplizierter: 1. Das Erreichen bakterizider Maximalkonzentrationen am Beginn der Dosierungsintervalle ist ein wesentliches therapeutisches Postulat, 2. die Eliminationskinetik ist extrem von der Nierenfunktion abhängig, 3. das normale Dosierungsintervall τ_N ist sehr viel länger als die normale Halbwertszeit $t_{1/2N}$. Unter diesen Umständen muß die individuelle Halbwertszeit $t_{1/2}$ des Antibiotikums in jedem einzelnen niereninsuffizienten Patienten ins Zentrum der Dosierungsberechnung gestellt werden. Einen Schätzwert für diese individuelle Halbwertszeit findet man aus der normalen Halbwertszeit $t_{1/2N}$ nach folgender einfacher Beziehung:

$t_{1/2} = t_{1/2N}/Q$ (4)

Demnach benötigt man für die Dosierungsberechnung neben dem in Abbildung 3 abgebildeten Nomogramm eine Tabelle mit den Werten der minimalen Eliminations-

Aminoglykosid	Q_o	$t_{1/2N}$ (h)
Amikacin	0,01	1,7
Gentamicin	0,02	2,3
Kanamicin	0,03	2,0
Netilmicin	0,01	2,2
Sisomicin	0,01	2,8
Streptomicin	0,04	2,8
Tobramycin	0,02	2,0

Tab. 1 Minimale Eliminationsfraktion Q_0 und normale Halbwertszeit $t_{1/2N}$ einiger Aminoglykoside.

fraktion Q_0 und der normalen Halbwertszeiten $t_{1/2N}$. Diese Werte sind für die neueren Aminoglykoside in Tabelle 1 zusammengestellt. Eine Tabelle mit den Werten von Q_0 und $t_{1/2N}$ von etwa 400 Medikamenten ist an anderer Stelle publiziert worden (1).

Wir empfehlen folgendes Vorgehen:
Zunächst bestimme man mit Hilfe des Nomogramms aufgrund der Kreatinin-Clearance des Patienten den Wert von Q_0; aus diesem findet man nach Gleichung 3 die individuelle Halbwertszeit. Ist die geschätzte Halbwertszeit kürzer als das normale Dosierungsintervall, sprechen wir von einem Patienten mit mäßiger Niereninsuffizienz; durch eine Halbwertszeit, die länger ist als das normale Dosierungsintervall, ist ein Patient mit schwerer Niereninsuffizienz definiert.
Bei leichter Niereninsuffizienz verwende man Regel 2.
Bei schwerer Niereninsuffizienz gehe man nach folgender Regel vor:

In Worten ausgedrückt heißt dies: alle Patienten erhalten die normale Initialdosis ($D^* = D^*_N$). Die Erhaltungsdosis ist gleich der Hälfte der Initialdosis ($D = \frac{1}{2} \cdot D^*_N$). Das Dosierungsintervall τ ist gleich lang wie die individuelle Halbwertszeit $t_{1/2}$ ($\tau = t_{1/2} = t_{1/2N}/Q$).
Beispiele: Ausgangspunkt bilde das folgende normale Dosierungsschema für Gentamicin: Initialdosis $D^*_N = 80$ mg, Erhaltungsdosis $D_N = 80$ mg, normales Dosierungsintervall $\tau_N = 8$ Stunden.
a) Dosierungsschema für einen Patienten mit einer Kreatinin-Clearance Cl = 34 ml/min. Mit Hilfe des Nomogramms (Abb. 3) findet man den Wert Q = 0,36. Nach Gleichung 3 ergibt sich daraus die individuelle Halbwertszeit $t_{1/2} = t_{1/2N}/Q = 2{,}4/0{,}36 = 6{,}7$ Stunden. Da diese Halbwertszeit kürzer ist als das normale Dosierungsintervall von 8 Stunden, hat der Patient definitionsgemäß eine mäßige Niereninsuffizienz; demnach wird Regel 2 angewendet. Diese ergibt: Initialdosis $D^* = D^*_N = 80$ mg, Erhaltungsdosis $D = D_N = D^*_N = 80$ mg, Dosierungsintervall $\tau = \tau_N/Q = 8/0{,}36 \cong 24$ Stunden.
b) Dosierungsschema für einen Patienten mit einer Kreatinin-Clearance Cl = 8 ml/min. Mit Hilfe des Nomogramms findet man Q = 0,1; daraus ergibt sich nach Gleichung 3 eine individuelle Halbwertszeit $t_{1/2} = 2{,}4/0{,}1 = 24$ Stunden, ein Wert, der definitionsgemäß einer schweren Niereninsuffizienz zuzuordnen ist. Anwendung von Regel 3 ergibt: Initialdosis $D^* = D^*_N = 80$ mg, Erhaltungsdosis $D = 1/2\ D_N = 1/2 \cdot 80$ mg = 40 mg, Dosierungsintervall $\tau = t_{1/2} = t_{1/2N}/Q = 2{,}4/0{,}1 = 24$ Stunden.
Regel 1 ist um so weniger brauchbar, je ausgeprägter die Niereninsuffizienz ist. Ihre Anwendung hat zur Folge, daß die Maximalkonzentrationen am Anfang der Dosierungsintervalle von Dosis zu Dosis abnehmen, bis schließlich therapeutisch wirksame Konzentrationen nicht mehr erreicht werden. Obwohl Regel 2 seinerzeit für die Dosierung von Kanamycin empfohlen wurde, ist sie bei schwerer Niereninsuffizienz unbrauchbar, weil die Dosierungsintervalle zu lang werden. So findet man nach Regel 2 in Beispiel b ein Dosierungsintervall $\tau = \tau_N/Q = 8/0{,}1 = 80$ Stunden, oder etwa 1 Woche. Das entsprechende Dosierungsintervall bei einem Anuriker wäre $\tau = \tau_N/Q_0 = 8/0{,}02 = 400$ Stunden, d.h. mehr als 2 Wochen! Diese prohibitiven Nachteile werden bei

Anwendung der oben empfohlenen Regeln vermieden. Es muß jedoch darauf hingewiesen werden, daß auch diese keine ideale Lösung des Problems darstellen. So können sich Dosierungsintervalle ergeben, die in der Praxis schwer einzuhalten sind (z.B. 18 Stunden). Regel 3 ergibt überdies Minimalkonzentrationen am Ende der Dosierungsintervalle, die stets höher liegen als diejenigen bei üblicher Dosierung und normaler Nierenfunktion. Durch eine mathematische Verallgemeinerung von Regel 3 lassen sich diese Schwierigkeiten weitgehend beheben. Da die entsprechenden Formulierungen für die Verwendung am Krankenbett zu kompliziert sind, verzichten wir hier auf ihre Darstellung. Eine nomographische Transformation ist in Vorbereitung.

Die Schätzung der Nierenfunktion

Als Schätzmaß der Nierenfunktion wird die endogene Kreatinin-Clearance Cl verwendet. Es wird im allgemeinen zu wenig berücksichtigt, daß ihr Wert im nierengesunden Individuum ausgeprägt vom Körpergewicht und vom Alter sowie in geringem Ausmaß vom Geschlecht abhängig ist. Eine Kreatinin-Clearance von 35 ml/min entspricht bei einer Greisin einer dem Alter entsprechenden normalen Nierenfunktion, bei einem 20jährigen Mann dagegen einer ausgeprägten renalen Funktionseinschränkung. Bekanntlich ist die Messung der endogenen Kreatinin-Clearance Cl in der Praxis oft nicht möglich. Die Clearance wird in diesen Fällen aus der Kreatininkonzentration c_{cr} geschätzt, da folgende Beziehung besteht:

$$Cl = \frac{m}{c_{cr}}$$

wobei m die bei stabiler Nierenfunktion pro Zeiteinheit gebildete und ausgeschiedene Kreatininmenge bedeutet. Auch diese Beziehung ist vom Alter und vom Körpergewicht abhängig. Die Mißachtung dieser Gegebenheit kann zu groben Fehleinschätzungen führen. In unserer Klinik wird die Kreatinin-Clearance derzeit nach der folgenden einfachen Schätzgleichung berechnet:

$$Cl = \frac{(160 - \text{Alter}) \cdot \text{Gewicht}}{c_{cr}}$$

wobei c_{cr} in µmol/l gemessen werden muß. Der erhaltene Wert wird beim Mann um 10% vergrößert, bei der Frau um 10% verkleinert. Bei Pharmaka vom Typ der Aminoglykoside, die beinahe ausschließlich renal eliminiert werden, besteht in guter Annäherung eine lineare Beziehung zwischen c_{cr} und der Halbwertszeit. Dies eröffnet die Möglichkeit, durch Multiplikation von c_{cr} mit einer Konstanten die Halbwertszeit des Antibiotikums direkt aus dem Wert c_{cr} zu schätzen. Da der Wert dieser Konstanten jedoch aus den oben erwähnten Gründen ebenfalls von Alter und Körpergewicht abhängig sein muß, ist von dieser Schätzmethode abzuraten. Es ist vielmehr empfehlenswert, die Clearance stets nach der oben angegebenen Schätzgleichung aus c_{cr} zu berechnen. Die auf der oberen Abszisse des Nomogramms eingetragenen Werte von c_{cr} gelten nur für den normalgewichtigen Erwachsenen mittleren Alters. Außerdem sei darauf hingewiesen, daß auch diese Schätzgleichung im Kindesalter ungültig ist. Kürzlich ist gezeigt worden (2), daß die Kreatinin-Clearance aus der Kreatininkonzentration im Serum sowohl beim Erwachsenen wie beim Kleinkind mit der gleichen Schätzgleichung berechnet werden kann, wenn man Clearance und Kreatininproduktion nicht auf 1,73 m^2, sondern auf die aktive Zellmasse (lean body mass) bezieht. Außerdem verschwindet die bekannte „unpredictability" der Aminoglykosidkinetik weitgehend, wenn die Dosis nicht entsprechend dem Körpergewicht, sondern ebenfalls entsprechend der aktiven Zellmasse gewählt wird (2, 3).

Literatur

1. *Dettli, L.:* Elimination Kinetics and Dosage Adjustment of Drugs in Patients with Kidney Disease. Progress in Pharmacology, Vol. 1, Nr. 4, *Gustav Fischer,* Stuttgart–New York 1977

2. *Hallynck, Th. et al.:* Should Clearance be Normalized to Body Surface or to Lean Body Mass? *Brit. J. Clin.* Pharmacol. 11 (1981), 523–525

3. *Sarubbi, F.A., J.H. Hull:* Amikacin Serum Concentrations: Prediction of Levels and Dosage Guidelines. Ann. Intern. Med. 89 (1978), 612–618

Bakterizide Aktivität von Gentamicin und Netilmicin unter Bedingungen, die die Serum-Pharmakokinetik simulieren

P.M. Shah und H. Vogel

Antibiotika werden mehrmals am Tage in mehrstündigem Intervall appliziert. Und je nach Pharmakokinetik des Antibiotikums haben wir zunächst sehr hohe Konzentrationen, die langsam abfallen, und ab gewissen Zeitpunkten sind die Bakterien Konzentrationen ausgesetzt, die erheblich niedriger liegen als die wirksamen Konzentrationen (MHK). Die Bakterien haben dann die Möglichkeit, wieder auszuwachsen. Dieses postantibiotische Verhalten der Bakterien hat schon in der frühen Penicillin-Ära großes Interesse gefunden.

Die ersten Arbeiten, die wir gefunden haben, sind aus den späten 40er Jahren. Es waren *Parker* und *Marsh,* bzw. *Eagle* und *Musselman,* die Penicillin auf Staphylokokken und Streptokokken für 1 1/2 Stunden einwirken ließen und anschließend die Penicillinwirkung aufhoben.

Sie stellten fest, daß die toxische Wirkung von Penicillin für 1 1/2 bis 3 1/2 Stunden anhielt. D.h., es dauert bis zu 3 1/2 Stunden, bevor die Bakterien sich von der Wirkung von Penicillin erholt haben. Eine längere Exposition dieser Bakterien ergab keine längere Erholungsphase (1, 5).

In den letzten Jahren sind mehrere Modelle entwickelt worden, mit denen man Pharmakokinetik in-vitro simulieren kann, indem man die Konzentrationen langsam abfallen läßt (2–4, 6–9, 11, 13). Wir haben in unserem Laboratorium ein verbessertes Modell entwickelt (9). Es besteht aus drei Gefäßen (Abb. 1); in dem mittleren haben wir den Erreger plus das Antibiotikum, das wir untersuchen wollen. Im 1. Gefäß ist ein anti-

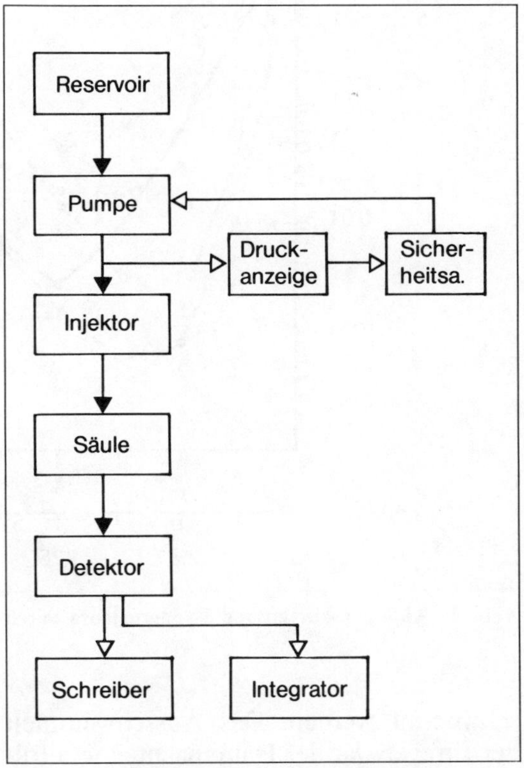

Abb. 1 In-vitro-Modell zur Simulation der Pharmakokinetik.

biotikafreies Medium; es wird über eine Pumpe (P_1) ständig in das 2. Gefäß befördert, d.h. das Antibiotikum kann je nach Geschwindigkeit dieser Pumpe verdünnt werden. Die Pumpe P_2 pumpt das gleiche Volumen wieder heraus, damit das Gesamtvolumen in dem Hauptgefäß konstant bleibt. Vor dieser Pumpe haben wir einen Filter eingebaut, damit die Erreger nicht ausge-

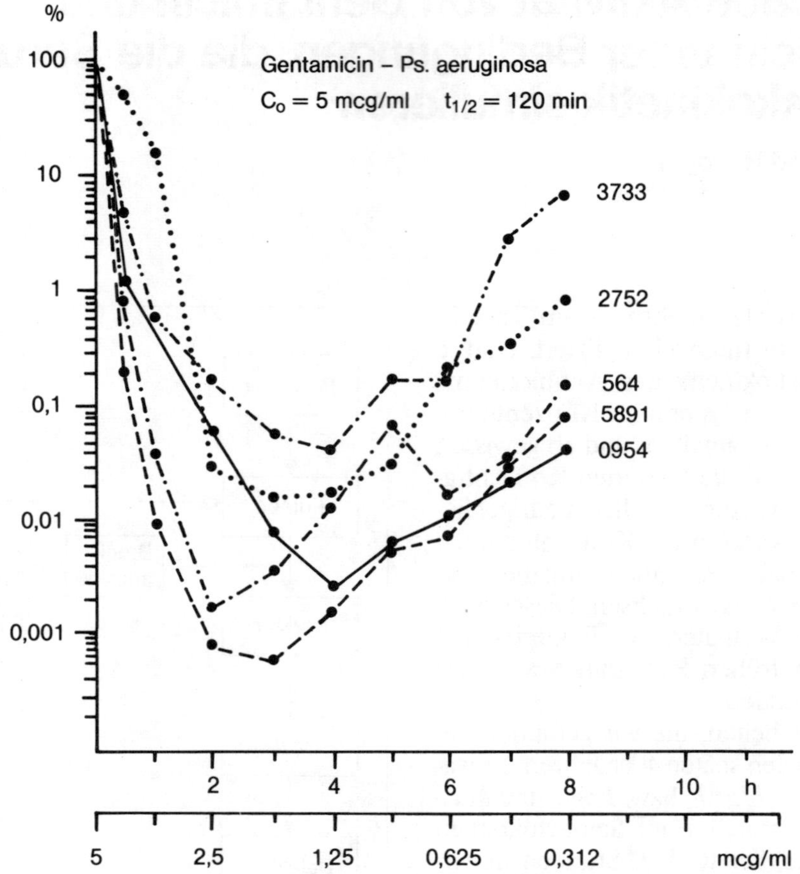

Abb. 2 Abtötungskurven von Ps. aeruginosa durch Gentamicin.

schwemmt werden. Das Ausschwemmen der Erreger war der Hauptnachteil von früheren Modellen.

Material und Methode

Erreger: Alle Erreger wurden im Infektionslaboratorium des Zentrums der Inneren Medizin aus Patientenmaterial isoliert und identifiziert.

Antibiotika: Gentamicin wurde von der Firma *E. Merck,* Darmstadt, und Netilmicin von der Firma *Byk-Essex,* München, mit Aktivitätsangabe zur Verfügung gestellt.

Minimale Hemmkonzentrationsbestimmungen

Die MHK wurde im flüssigen Medium (Antibiotic medium 3), das auch für die Hauptversuche verwendet wurde, mehrfach bestimmt. Die Einsaat betrug stets ca. 10^5 Keime/ml.

Keimzahlbestimmung

Zur Bestimmung der überlebenden Keime wurde das Membranfiltrations-Verfahren angewendet (10).

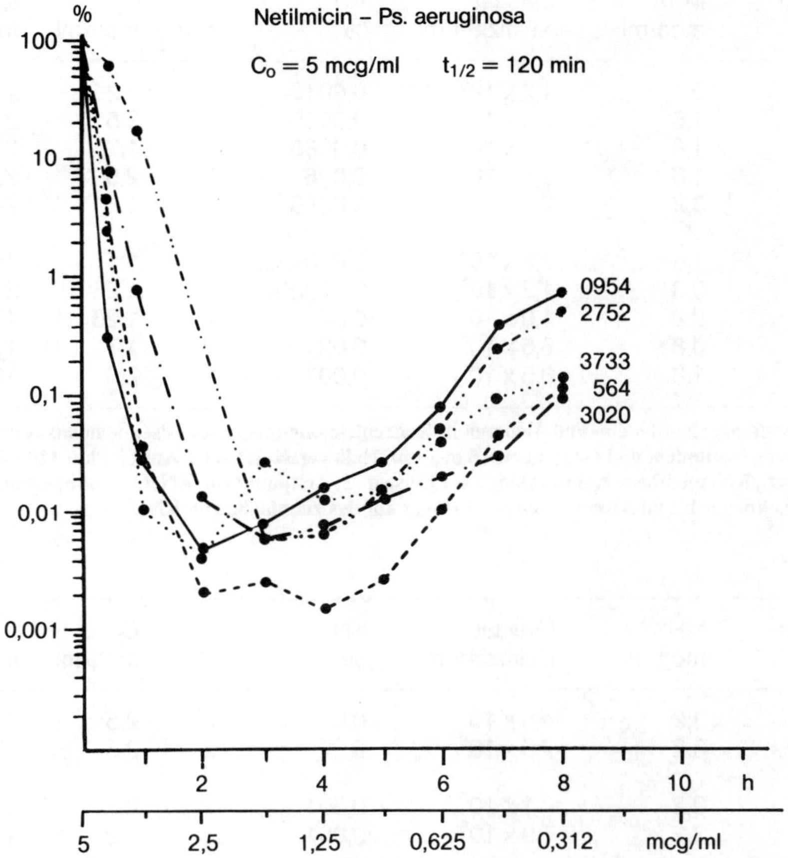

Abb. 3 Abtötungskurven von Ps. aeruginosa durch Netilmicin.

Ergebnisse

An fünf Pseudomonas aeruginosa-Stämmen wurde die Wirkung von Gentamicin und Netilmicin untersucht. Es wurde dabei von einer Konzentration von 5 mcg/ml ausgegangen, was einer Dosierung von 1 mg/kg Körpergewicht entspricht.

Die Pumpen wurden so eingestellt, daß eine Halbwertzeit von 120 Min. für beide Substanzen erreicht wurde.

Die bakterizide Aktivität von Gentamicin und Netilmicin gegenüber Pseudomonas aeruginosa setzte sofort ein. Lediglich bei dem Stamm 2752 war die initiale Keimzahlabnahme etwas langsamer. Nachdem die niedrigste Keimzahl erreicht wurde, begannen die Stämme nach Gentamicin-Einwirkung sofort wieder auszuwachsen (Abb. 2–3). Das Verhalten der Pseudomonas-Stämme unter Netilmicin-Einwirkung war abweichend. Von fünf Stämmen durchliefen drei nach Erreichen der niedrigsten Keimzahl eine mehr oder weniger ausgeprägte bakteriostatische Phase.

Tabelle 1 gibt die Empfindlichkeit der Stämme (MHK), Einsaathöhe, die niedrigste Keimzahl, Zeitpunkt sowie Konzentration im Hauptversuchsgefäß zu dem Zeitpunkt der niedrigsten Keimzahlen und das post-

	Stamm-Nr.	MHK mcg/ml	Einsaat Keimzahl/ml	KN %	T Std	C_t mcg/ml	t_{log1} min
Netil.	564	0,4	$1,2 \times 10^6$	0,0012	4	1,25	130
Netil.	0954	1,6	$3,3 \times 10^6$	0,0055	2	2,5	210
Netil.	2752	1,6	$1,1 \times 10^6$	0,0085	3	1,7	210
Netil.	3733	1,6	$3,5 \times 10^5$	0,006	2	2,5	220
Netil.	3020	3,2	$2,3 \times 10^5$	0,0085	3	1,6	260
Genta.	5891	1,6	$3,5 \times 10^5$	0,0007	3	1,7	160
Genta.	0954	0,8	$1,2 \times 10^5$	0,0029	4	1,25	250
Genta.	3733	0,8	$1,0 \times 10^5$	0,04	4	1,25	125
Genta.	2752	0,8	$6,5 \times 10^5$	0,02	3	1,7	170
Genta.	564	1,6	$3,5 \times 10^5$	0,002	2	2,5	125

Tab. 1 Wirkung abfallender Netilmicin- und Gentamicin-Konzentrationen gegenüber Pseudomonas aeruginosa. Anfangskonzentration von Netilmicin und Gentamicin: 5 mcg/ml. Halbwertszeit beider Antibiotika: 120 min, MHK = Minimale Hemmkonz., KN: niedrigste Keimzahl in % der Einsaat. T: Zeitpunkt von KN. C_t: Antibiotikumkonz. zum Zeitpunkt T. t_{log1}: Zeitdauer bis zu Auswachsen der Erreger auf das zehnfache von KN.

	Stamm-Nr.	MHK mcg/ml	Einsaat Keimzahl/ml	KN %	T Std.	C_t mcg/ml	t_{log1} min.
Netil.	356	3,2	$4,5 \times 10^5$	0,07	2	2,5	120
Netil.	62	3,2	$7,3 \times 10^5$	0,02	2	2,5	70
Genta.	356	3,2	1×10^5	0,001	2	2,5	150
Genta.	62	3,2	$7,9 \times 10^5$	0,001	1	3,2	150

Tab. 2 Wirkung abfallender Netilmicin- und Gentamicin-Konzentrationen gegenüber Klebsiella pneumoniae. Anfangskonzentration von Netilmicin und Gentamicin: 5 mcg/ml. Halbwertszeit beider Antibiotika: 120 min. MHK: Minimale Hemmkonzentration. KN: niedrigste Keimzahl in % der Einsaat. T: Zeitpunkt von KN. C_t: Antibiotikumkonzentration zum Zeitpunkt T. t_{log1}: Zeitdauer bis zum Auswachsen auf das zehnfache von KN.

antibiotische Intervall (t_{log1}) wieder. Wie aus der Tabelle hervorgeht, war das postantibiotische Intervall unter Netilmicin länger als unter Gentamicin, obwohl die minimalen Hemmkonzentrationen von Netilmicin gegenüber den meisten Stämmen deutlich höher waren als für Gentamicin.

Abbildung 4 und 5 zeigen Abtötungskurven für Gentamicin sowie Netilmicin gegenüber zwei Stämmen von Klebsiella pneumoniae. Auch gegenüber diesen Stämmen betrug die Anfangskonzentration 5 mcg/ml. Wie aus der Abbildung hervorgeht, war die bakterizide Wirkung von Gentamicin gegenüber Klebsiella pneumoniae deutlich stärker als die von Netilmicin. In der Tabelle 2 sind Empfindlichkeit sowie postantibiotisches Intervall angegeben. Das postantibiotische Intervall nach Gentamicin-Einwirkung war deutlich länger als nach Netilmicin-Einwirkung.

Diskussion

Die In-vitro-Untersuchungen über die Wirksamkeit von Antibiotika werden in der tägli-

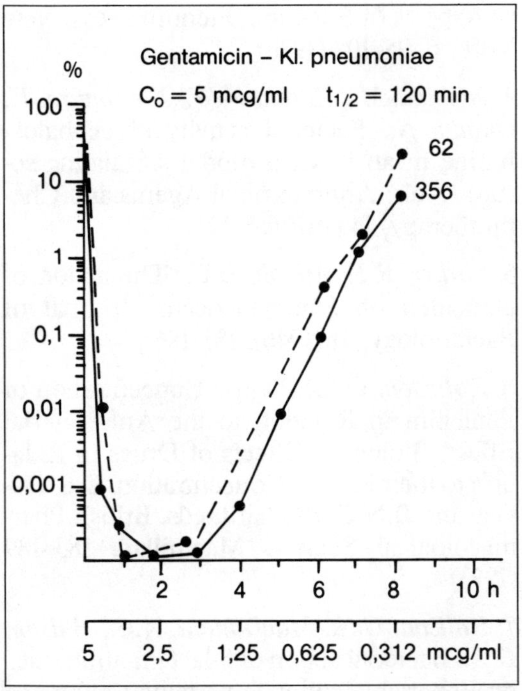

Abb. 4 Abtötungskurven von Klebs. pneumoniae durch Gentamicin.

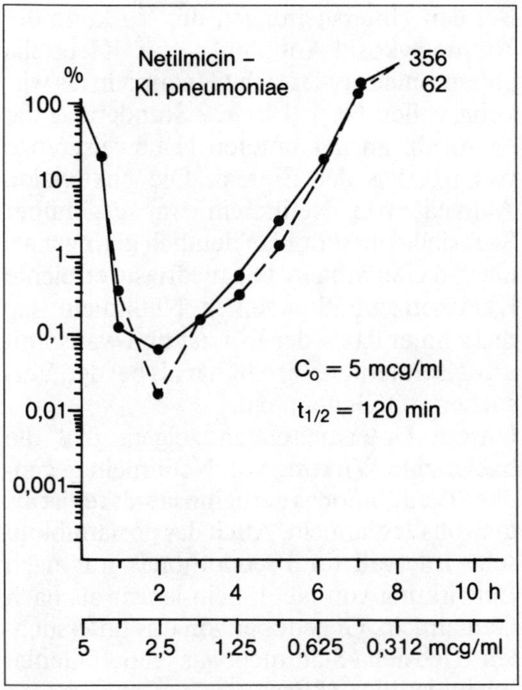

Abb. 5 Abtötungskurven von Klebs. pneumoniae durch Netilmicin.

chen Laborpraxis üblicherweise mit dem Agar-Diffusionstest oder dem Reihenverdünnungstest durchgeführt. Nachteil dieser beiden Verfahren ist, daß sie zum einen mit konstanten Antibiotika-Konzentrationen arbeiten und zum anderen nichts über den zeitlichen Verlauf der Keimabtötung aussagen.

In der hier vorgelegten Arbeit untersuchten wir das Verhalten von Pseudomonas aeruginosa sowie Klebsiella pneumoniae nach Exposition zu Gentamicin- bzw. Netilmicin-Konzentrationen, wie wir sie im Serum nach einer Gabe von 1 mg/kg Körpergewicht vorfinden. Die Spitzenkonzentration lag bei unseren Untersuchungen bei 5 mcg/ml. Die Pumpe wurde so eingestellt, daß eine Halbwertszeit von 2 Stunden erzielt wurde.

Vergleicht man die Wirkung von Gentamicin und Netilmicin, so fällt auf, daß die Bakterizidie beider Antibiotika ohne Latenzphase sofort einsetzt. Die niedrigsten Keimkonzentrationen lagen zwischen der 2. und 4. Stunde. Eine Abhängigkeit zwischen der niedrigsten Keimkonzentration von der minimalen Hemmkonzentration konnte nicht beobachtet werden. Lediglich bei den Versuchen mit Gentamicin fiel auf, daß Keime mit der höheren MHK früher wieder anfangen auszuwachsen. Eine ausgeprägte bakteriostatische Phase konnte nur bei Stamm 2752 gegenüber Gentamicin festgestellt werden.

In beiden Versuchsreihen wuchsen die Keime zwischen der 2. und 4. Stunde wieder aus. Netilmicin vermochte das Wiederauswachsen von Pseudomonas-Stämmen wirkungsvoller zu hemmen als Gentamicin. Der Durchschnitt der $t_{log\ 1}$-Werte ($t_{log\ 1}$ = Zeitdauer bis zum Auswachsen auf das 10fache der niedrigsten Keimkonzentration = postantibiotisches Intervall) waren bei Netilmicin länger.

Bei den Untersuchungen der Wirkung der Aminoglykosid-Antibiotika auf Klebsiella pneumoniae erwies sich Gentamicin als wirkungsvoller. Nach 1 bzw. 2 Stunden lag die Keimzahl an der unteren Nachweisgrenze von 0,0001% der Einsaat. Die bakterizide Aktivität von Netilmicin war gegenüber Klebsiella pneumoniae deutlich geringer als die von Gentamicin. Die niedrigste erreichte Keimkonzentration unter Netilmicin lag nicht unter 0,01% der Einsaat und war somit um 2 Zehnerpotenzen höher als bei den Versuchen mit Gentamicin.

Unsere Untersuchungen zeigen, daß die bakterizide Wirkung von Netilmicin gegenüber Pseudomonas aeruginosa stärker ist als die von Gentamicin. Auch das postantibiotische Intervall für Pseudomonas war nach Einwirkung von Netilmicin länger als nach Gentamicin. Gegenüber von uns untersuchten Klebsiella-Stämmen war jedoch Gentamicin deutlich aktiver.

Untersuchungen, wie wir sie hier vorstellen, geben eine bessere Auskunft über die Wirkungsweise eines Antibiotikums, als die bislang üblichen In-vitro-Untersuchungsmethoden wie MHK-, MBK-Bestimmungen oder Untersuchungen zur Kinetik der Bakterizide.

Literatur

1. *Eagle, H.:* The recovery of bacteria from the toxic effects of penicillin. Journal of Clinical Investigation. 28 (1949), 832–836

2. *Grasso, S., Meinardi, G., de Carneri I., Tamassia, V.:* New in vitro model to study the effect of antibiotic concentration and rate to elimination on antibacterial activity. Antimicrobial Agents and Chemotherapy, 13 (1978), 570–576

3. *McDonald, P.J., Craig, W.A., Kunin, C.M.:* Brief antibiotic exposure and effect on bacterial growth. In: *Williams, J.D., Geddes, A.M.* (ed.): Chemotherapy, Vol. 2. Laboratory Aspects of Infection, Plenum Press, New York, p. 95–102 (1976)

4. *Nishida, M., Murakawa T., Kamimura, T., Okada, N.:* Bacterial activity of cephalosporine in an in vitro model simulating serum levels. Antimicrobial Agents and Chemotherapy, 14 (1979), 6–12

5. *Parker, R.F., Marsh, H.C.:* The action of penicillen on Staphylococcus. Journal of Bacteriology, 51 (1946), 181–186

6. *Rolinson, G.N.:* Plasma Concentration of Penicillin in Relation to the Antibacterial Effect. Biological Effects of Drugs in Relation to their Plasma Concentration. D.S. Davies and B.N.C. Prichard, eds. British Pharmacological Society, Macmillan, 183–189 (1973)

7. *Rolison, G.N., MacDonald, A.C., Wilson, D.A.:* Bacterial action of β-lactam-antibiotics on Echerichia coli with particular reference to ampicillin and amoxycillin. Journal of Antimicrobial Chemotherapy 3 (1977), 541–553

8. *Sanfilippo, A., Morvillo, E.:* An experimental model for the study of the antibacterial activity of the sulfonamides. Chemotherapy 13 (1968), 54–60

9. *Shah, P.M.:* An Improved Method to Study Antibacterial Activity of Antibiotics in an In Vitro Model Simulating Serum Levels. Methods and Findings in Experimental Clinical Pharmacology 4 (1980), 171–176

10. *Shah, P.M, Bender, H.:* Bacterial activity of cefoxitin and cefuroxim. Journal of Antimicrobial Chemotherapy 4 (1978), 163–168

11. *Shah, P.M., Hübner, K.G., Stille, W.:* In-vitro Untersuchungen zur intermittierenden Therapie mit Penicillin G und Ampicillin. Medizinische Welt 29 (1978), 888–892

12. *Shah, P.M., Peter, E., Stille, W.:* Bakterizidie der Aktivität von abfallenden Azlocillin- und Ticarcillin-Konzentrationen gegen-

über Pseudomonas aeruginosa. Editors: Siegenthaler, W., Weuta, H.: Excerpta Medica, 23–32 (1980)

13. *Wiedemann, B.:* Microbiological Basis of Antibiotic Therapy. Infection, Suppl. 1, 8 (1980), 6–13

Toxikologie

Ototoxizität der neueren Aminoglykosid-Antibiotika unter besonderer Berücksichtigung des Netilmicins

P. Federspil

Einleitung

Hör- und Gleichgewichtsstörungen nach Chinin und Chenopodium waren bereits vor der Jahrhundertwende bekannt, der Begriff „Ototoxizität" wurde jedoch erst in den 40iger Jahren, im Anschluß an die Schäden nach Streptomycin, geprägt und erlangte durch die weltweite Verbreitung des Streptomycins sowie der weiteren Aminoglykosid-Antibiotika große klinische Bedeutung. In den letzten 10 Jahren wurden einerseits wesentlich neue Erkenntnisse über die Ototoxizität der Aminoglykosid-Antibiotika im allgemeinen (*Federspil,* 1979) gewonnen, andererseits jedoch auch mehrere Aminoglykosid-Antibiotika mit geringerer Ototoxizität entwickelt. Ziel dieser Ausführungen ist es, über die Ototoxizität der neueren Aminoglykosid-Antibiotika und insbesondere des Netilmicins zu berichten.

Häufigkeit ototoxischer Schäden

Tabelle 1 veranschaulicht die von verschiedenen Autoren beobachteten Prozentsätze ototoxischer Schäden an einem großen Krankengut. Dieser Tabelle ist zu entnehmen, daß die Prozentsätze wahrscheinlicher bzw. möglicher ototoxischer Schäden nach Gentamicin-Applikation unterschiedlich beurteilt wurden. Die in Klammern gesetzte Zahl 5,1% besagt, daß auch fragliche ototoxische Schäden eingeschlossen sind. Das Gleiche gilt für die statistischen Untersuchungen über die klinische Ototoxizität von Amikacin (5,7%) und Netilmicin (0,8%). Da nun die nicht eingeklammerten Zahlenangaben nahezu einheitlich bei 1% liegen, könnte der Eindruck entstehen, die ototoxische Gefahr all dieser Antibiotika sei dieselbe und sie sei zudem noch gering. Diese statistischen Untersuchungen können jedoch nicht auf diese Weise ausgewertet werden, da das Patientengut der verschiedenen Autoren äußerst unterschiedlich ist, ebenso wie die Dosierung und auch die Untersuchungen über die Ototoxizität und Nephrotoxizität. Zur Einschätzung der klinischen Ototoxizität eines Aminoglykosid-Antibiotikums und zum Vergleich dieser Ototoxizität mit der eines anderen Aminoglykosids bedarf es Untersuchungen an einem homogenen, vergleichbaren Krankengut, dem eine Aminoglykosid-Gesamtdosis verabreicht wurde, die im Bereich der Oto- und Nephrotoxizitätsschwelle liegt und es müssen exakte Methoden zur Einschätzung der Oto- und Nephrotoxizität angewandt werden. Derartige Untersuchungen sollten heute am Tier durchgeführt und durch gezielte Humanuntersuchungen bestätigt werden. Die experimentellen Untersuchungen zur Einschätzung der Ototoxizität der Aminoglykosid-Antibiotika behalten ihren klinischen Wert auch lange Zeit nach der klinischen Einführung dieser Antibiotika, sofern sie den wissenschaftlichen Bedingungen entsprachen.

Einschätzung der Ototoxizität

Unter den verschiedenen Methoden zur Untersuchung der kochleären Ototoxizität

		Behandlungen	wahrscheinliche bzw. mögliche ototoxische Fälle	
Gentamicin	1963–1966	565	2,8 (5,1)%	*Jackson* et al.
Gentamicin	1967–1969	1450	1,8%	*Arcieri* et al.
Gentamicin	1970–1973	1635	1,0%	*Hewitt*
Gentamicin	1968–1973	458	1,0%	*Federspil*
Tobramycin	1976	3506	1,0%	*Bendush* et al.
Sisomicin	1976	1561	1,7%	*Gruenwaldt* et al.
Amikacin	1976	1548	(5,7%)	*Lane* et al.
Dibekacin	1977	8675	0,2%	*Matsumoto*
Dibekacin	1980	1629	0,7%	*Wittenberger*
Netilmicin	1979	890	(0,8%)	*Federspil*

Die in Klammern angegebenen Prozentsätze schließen die fraglichen ototoxischen Schäden ausdrücklich ein.

Tab. 1 Klinische Ototoxizität.

geben wir der Prüfung des Preyerschen Ohrmuschelreflexes zur Orientierung während und nach Abschluß des Versuches und besonders den anschließenden Untersuchungen von Häutchenpräparaten des osmiumfixierten Corti Organs des Meerschweinchens den Vorzug. 3000 Haarzellen pro Cochlea werden in den verschiedenen Windungen ausgewertet und nach der 1972 veröffentlichten Methode aufgezeichnet. Abbildung 1 stellt phasenkontrastmikroskopische Aufnahmen des osmiumfixierten Corti Organs von 2 Meerschweinchen dar. Abbildung 1a zeigt das Bild eines Häutchenpräparates des Corti Organs der 3. Windung eines unbehandelten Meerschweinchens und Abbildung 1b die Aufnahme eines Häutchenpräparates des Corti Organs eines während 28 Tagen mit einer höheren Aminoglykosid-Antibiotikum-Dosis behandelten Meerschweinchens. Abbildung 1b veranschaulicht, wie eindeutig das gewählte Kriterium der Zellzerstörung (P) nach dieser Methode ist. Andererseits sind die Korrelationen zwischen degenerierten Haarzellen und Hörstörungen erwiesen. Das Wesentlichste der funktionellen und morphologischen Untersuchungen besteht darin, daß lediglich pathologisch bedeutsame Veränderungen festgestellt werden und eine Beurteilung der gesamten Cochlea möglich ist. Das Problem der individuellen Überempfindlichkeit ist in Betracht zu ziehen und wird durch Untersuchungen an großen Versuchsreihen gelöst. Darüber hinaus erscheint es angezeigt, die vergleichenden Untersuchungen gleichzeitig durchzuführen; außerdem sollte der Spätototoxizität bzw. der Progredienz der Ototoxizität und der Nephrotoxizität größte Aufmerksamkeit geschenkt werden. Die Nephrotoxizität ist durch entsprechende Dosierung möglichst von vorneherein auszuschalten. Dies entbindet jedoch nicht davon, nach ihr zu fahnden und funktionelle und histologische Nierenuntersuchungen durchzuführen. Auf die Probleme und Fehlerquellen der Untersuchungen zur Ototoxizität der Aminoglykosid-Antibiotika wurde insbesondere in „Experimentelle Untersuchungen zur Ototoxizität der Aminoglykosid-

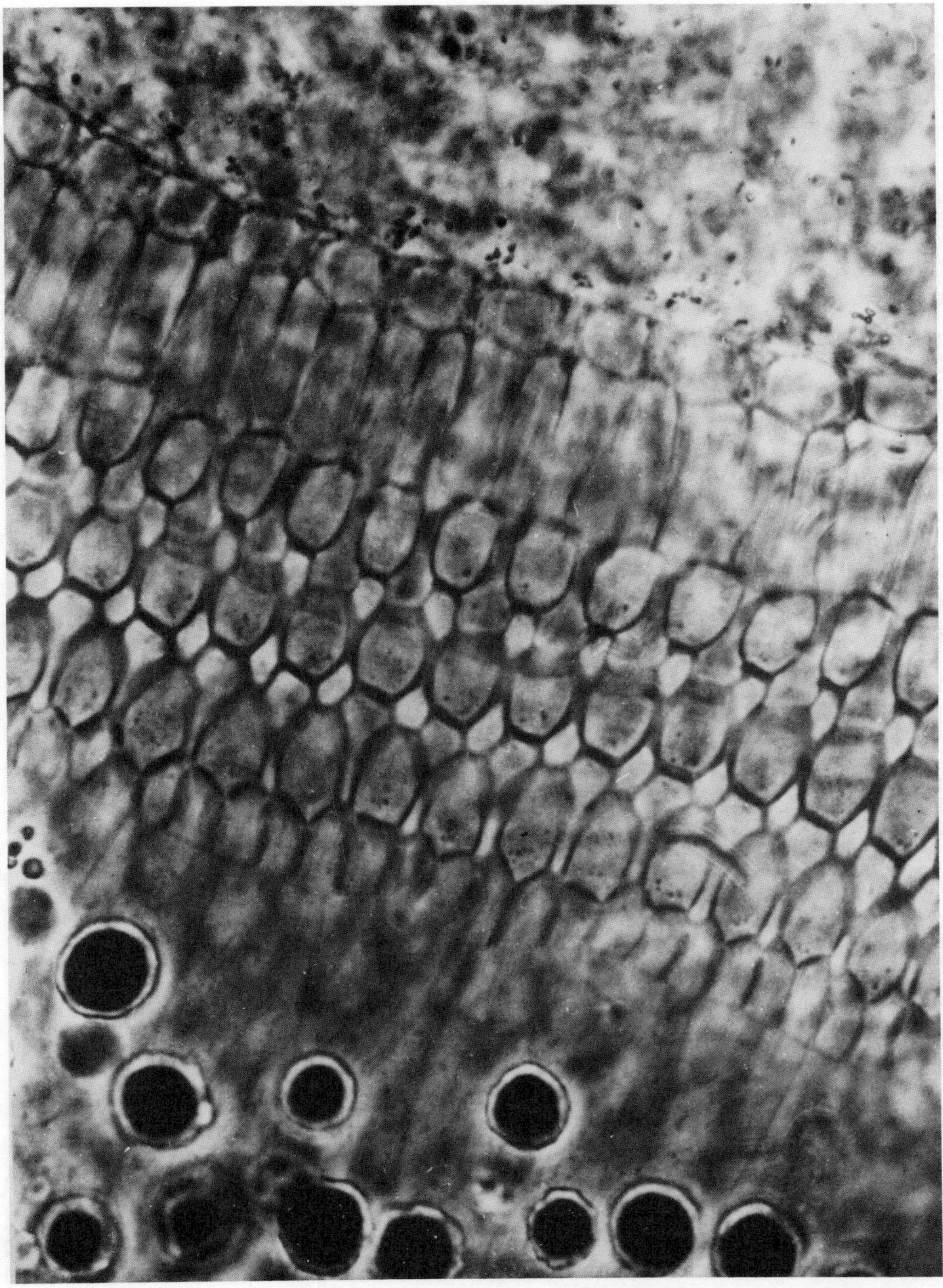

Abb. 1a Häutchenpräparat des Corti Organs der 3. Windung eines unbehandelten Meerschweinchens. Phasenkontrastmikroskopische Aufnahme. 1 = innere Haarzellen; 2 = Pfeilerzellen; 3 = 1. Reihe äußerer Haarzellen; 4 = 2. Reihe äußerer Haarzellen; 5 = 3. Reihe äußerer Haarzellen; 6 = osmiophile Granulationen in den Hensenschen Zellen.

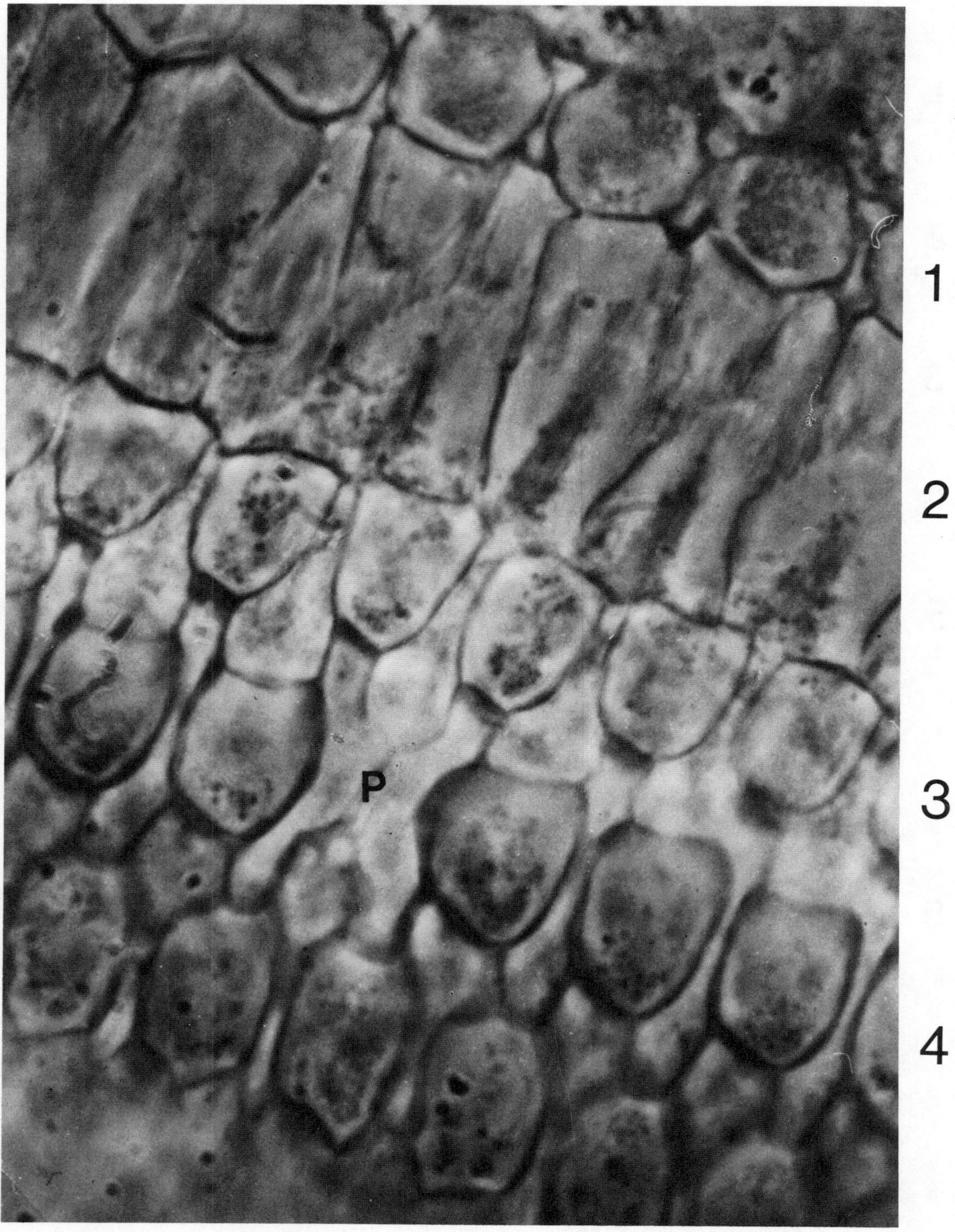

Abb. 1b Häutchenpräparat der 2. Windung des Corti Organs eines während 28 Tagen mit einer höheren Aminoglykosid-Dosis behandelten Meerschweinchens. Phasenkontrastmikroskopische Aufnahme unter etwas stärkerer Vergrößerung. Abbildungsmaßstab 2000:1. Die Phalangennarbe (P) in der 2. Reihe äußerer Haarzellen ist deutlich zu erkennen.

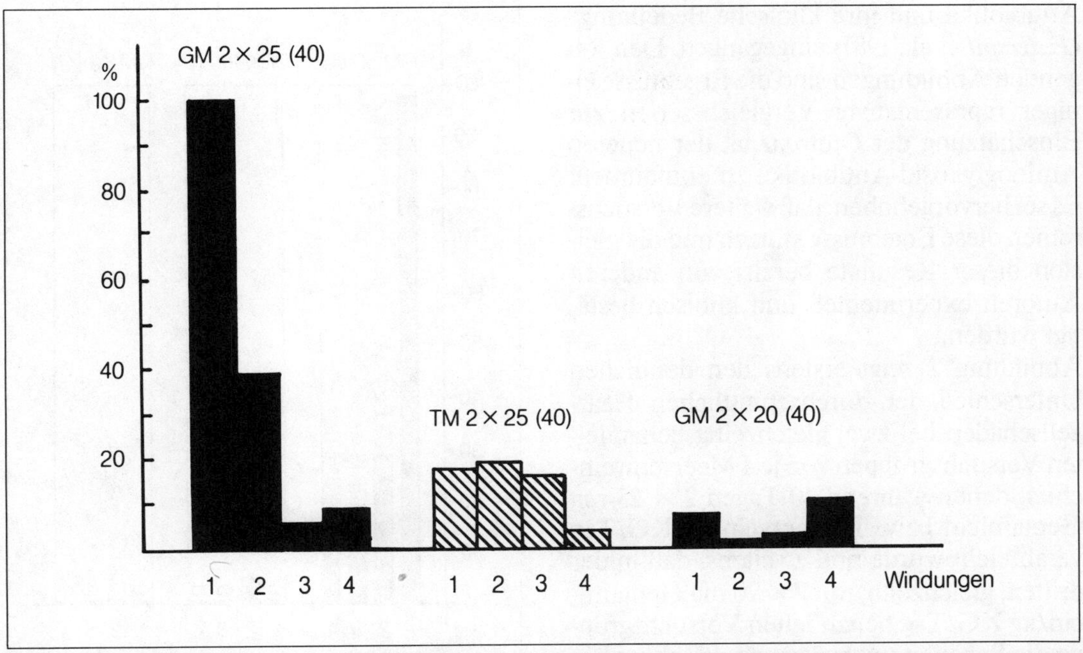

Abb. 2 Histokochleogrammwerte nach 40tägiger Behandlung mit 2 × 25 mg Gentamicin bzw. Tobramycin/kg KG/Tag sowie 2 × 20 mg Gentamicin/kg KG/Tag.

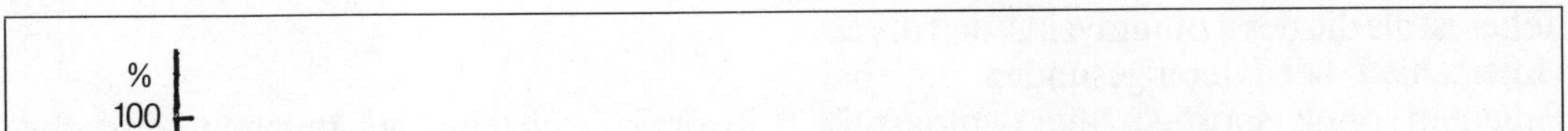

Abb. 3 Histokochleogrammwerte nach 40tägiger Behandlung mit 2 × 25 mg Gentamicin bzw. 2 × 20 mg Sisomicin oder Gentamicin/kg KG/Tag.

Antibiotika und ihre klinische Bedeutung" (*Federspil* et al., 1981) eingegangen. Den folgenden Abbildungen sind die Ergebnisse einiger repräsentativer Vergleichsserien zur Einschätzung der Ototoxizität der neueren Aminoglykosid-Antibiotika zu entnehmen. Es sei hervorgehoben, daß weitere Versuchsreihen diese Ergebnisse stützen und die meisten dieser Resultate bereits von anderen Autoren experimentell und klinisch bestätigt wurden.

Abbildung 2 zeigt erstens den deutlichen Unterschied der durchschnittlichen Haarzellschäden bei zwei gleichzeitig behandelten Versuchsgruppen von je 4 Meerschweinchen, denen während 40 Tagen 2 × 25 mg Gentamicin bzw. Tobramycin/kg KG/Tag verabreicht wurde und zweitens, daß in der dritten, gleichzeitig mit 2 × 20 mg Gentamicin/kg KG/Tag behandelten Versuchsgruppe die Schäden unter den mit der etwas höheren Tobramycin-Dosierung hervorgerufenen Schäden liegen. Diese Untersuchungsergebnisse lassen deutlich erkennen, daß die kochleäre Ototoxizität des Gentamicins höher ist als die des Tobramycins, daß dieser Unterschied bei Nierengesunden und bei Patienten ohne sonstige, die Ototoxizität erhöhende Faktoren (*Federspil*, 1981) zutage tritt, jedoch erst nach Verabreichung einer größeren Gesamtdosis.

Die Differenz zwischen dem ototoxischen Potential des Sisomicins und dem des Gentamicins ist nicht groß (*Federspil*, 1976; 1977). Dies erklärt, daß zahlreiche Autoren die Ototoxizität des Sisomicins geringer einschätzen als die des Gentamicins. Aufgrund unserer umfangreichen Versuchsreihen von Meerschweinchen konnte auf Gewichtsbasis dem etwas wirksameren Sisomicin eine geringfügig höhere Ototoxizität nachgewiesen werden (Abb. 3).

Abbildung 4 zeigt einen deutlicheren Unterschied zwischen der Ototoxizität des Gentamicins und der des Dibekacins. In dieser Abbildung sind die durchschnittlichen Prozentsätze degenerierter äußerer Haarzellen

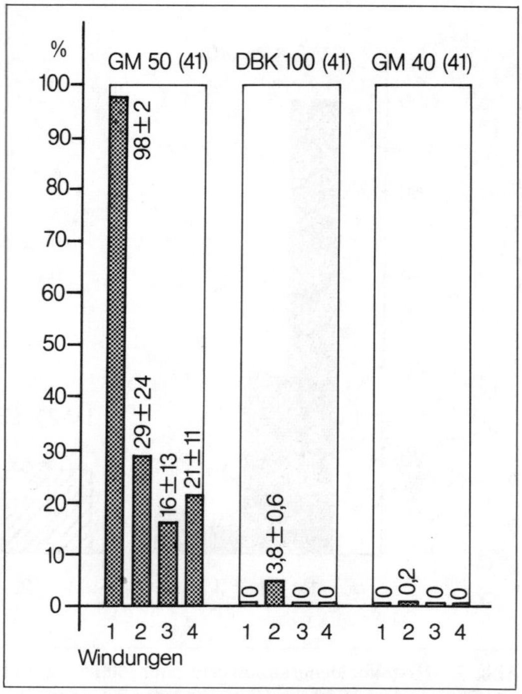

Abb. 4 Histokochleogrammwerte nach 41tägiger Behandlung mit 1 × 100 mg Dibekacin bzw. 1 × 50 oder 40 mg Gentamicin/kg KG/Tag.

in drei gleichzeitig behandelten Versuchsgruppen von 4 Meerschweinchen aufgeführt, denen 40 bzw. 50 mg Gentamicin/kg KG/Tag bzw. 100 mg Dibekacin/kg KG/Tag während 41 Tagen subkutan verabreicht wurde. Sie veranschaulicht, daß die kochleäre Ototoxizität des Dibekacins bei der gewählten Versuchsanordnung auch nach doppelter Dibekacin-Dosierung unter der des Gentamicins liegt, d.h. daß beim Meerschweinchen die kochleäre Ototoxizitätsschwelle für Dibekacin unter 41 × 100 = 4 100 mg/kg KG liegt, während sie für Gentamicin etwas weniger als 41 × 40 = 1 640 mg/kg KG beträgt.

Noch wesentlich größer ist der Unterschied zwischen der Ototoxizität des Netilmicins und der des Gentamicins. In Abbildung 5 sind die durchschnittlichen Prozentsätze degenerierter äußerer Haarzellen von je 4

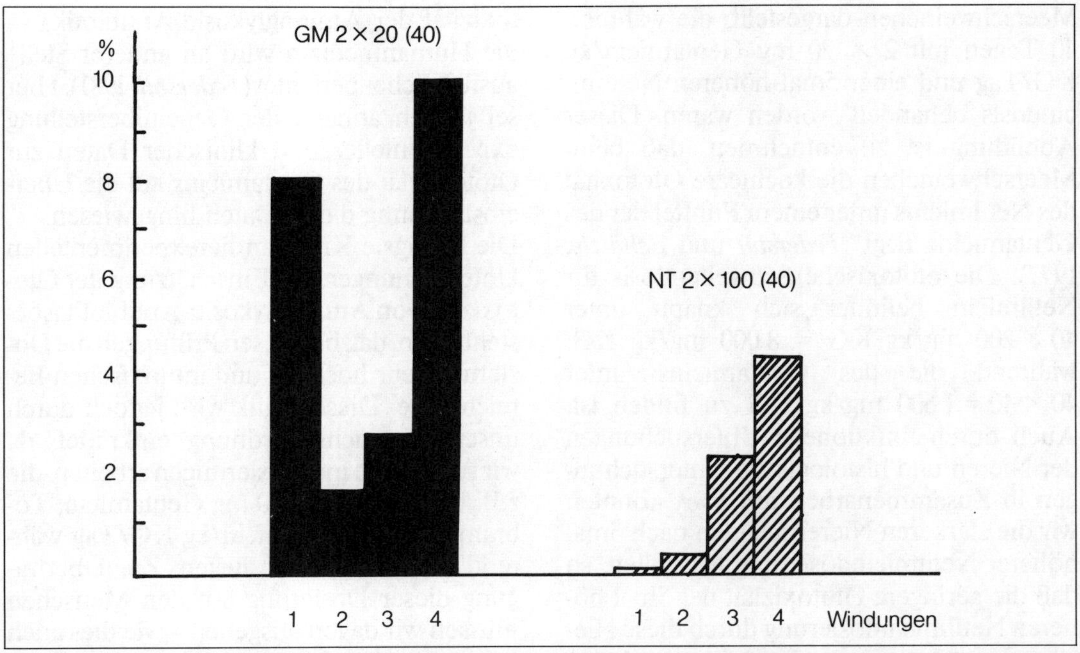

Abb. 5 Histokochleogrammwerte nach 40tägiger Behandlung mit 2 × 20 mg Gentamicin bzw. 2 × 100 mg Netilmicin/kg KG/Tag.

Abb. 6 Histokochleogrammwerte nach 28tägiger Behandlung mit 2 × 100 mg Netilmicin bzw. 2 × 50 mg Amikacin und 2 × 100 mg Amikacin/kg KG/Tag.

Meerschweinchen dargestellt, die während 40 Tagen mit 2 × 20 mg Gentamicin/kg KG/Tag und einer 5mal höheren Netilmicindosis behandelt worden waren. Dieser Abbildung ist zu entnehmen, daß beim Meerschweinchen die kochleäre Ototoxizität des Netilmicins unter einem Fünftel der des Gentamicins liegt (*Federspil* und *Schätzle*, 1977). Die ototoxische Schwellendosis für Netilmicin befindet sich knapp unter 40 × 200 mg/kg KG = 8 000 mg/kg KG, während die des Gentamicins unter 40 × 40 = 1 600 mg/kg KG zu finden ist. Auch durch funktionelle Untersuchungen der Nieren und histologische Untersuchungen in Zusammenarbeit mit *Sack* konnten wir die stärkeren Nierenschäden nach 5mal höherer Netilmicindosierung feststellen, so daß die geringere Ototoxizität der 5mal höheren Netilmicindosierung durch diese Nierenuntersuchungen noch erhärtet wird.

Abbildung 6 läßt die Prozentsätze degenerierter äußerer Haarzellen nach einer Verabreichung von 2 × 100 mg Netilmicin/kg KG/Tag bzw. 2 × 50 und 100 mg Amikacin/kg KG/Tag während 40 Tagen erkennen. Es ist klar ersichtlich, daß die Schwellendosis der kochleären Ototoxizität des Netilmicins auf Gewichtsbasis über dem Doppelten der des Amikacins liegt.

Wir haben uns im wesentlichen mit den kochleären Schäden der Aminoglykosid-Antibiotika befaßt, da diese Schäden den Menschen weitaus stärker beeinträchtigen als die vestibulären. Unsere funktionellen und elektronenmikroskopischen Untersuchungen ließen jedoch auch eine mehr als 5mal geringere vestibuläre Ototoxizität des Netilmicins gegenüber Gentamicin (*Federspil* und *Schätzle*, 1977) zutage treten.

Gegenüberstellung der experimentellen und klinischen Daten

Über die Übertragbarkeit der im Tierversuch festgestellten Beobachtungen zur Ototoxizität der Aminoglykosid-Antibiotika in die Humanmedizin wird an anderer Stelle ausführlicher berichtet (*Federspil*, 1981). Hier sei jedoch anhand der Gegenüberstellung experimenteller und klinischer Daten zur Ototoxizität des Gentamicins auf die Übereinstimmung dieser Daten hingewiesen.

Die häufigste Kritik an tierexperimentellen Untersuchungen zur Einschätzung der Ototoxizität von Aminoglykosid-Antibiotika besteht darin, daß bei diesen Prüfungen die Dosierung sehr hoch sei und im toxischen Bereich liege. Diese Kritik wird jedoch durch unsere Versuchsanordnung entkräftet, da wir seit Jahren mit Dosierungen arbeiten, die z.B. bei 30, 40 oder 50 mg Gentamicin, Tobramycin oder Sisomicin/kg KG/Tag während 4 bis 6 Wochen liegen. Zur Übertragung dieser Dosierung auf den Menschen müssen wir davon ausgehen – wie dies auch bei vergleichenden Toxizitätsuntersuchungen geschieht (*Freireich* et al., 1966), – daß das Verhältnis Körperoberfläche/Körpergewicht beim Meerschweinchen 5mal höher ist als beim Menschen. Das bedeutet, daß unsere experimentelle Dosierung von 50 mg Gentamicin/kg KG/Tag beim Menschen einer Dosierung von 10 mg/kg KG/Tag entspricht und die Gesamtdosis einer 28tägigen Behandlung mit 50 mg/kg KG/Tag beim Meerschweinchen 28 × 50 : 5 = 280 mg/kg KG/Tag beträgt (Tab. 2). Die 40tägige Behandlung mit 50 mg Gentamicin/kg KG/Tag, d.h. 280 mg/kg KG/Tag erbrachte eine durchschnittliche Schädigung von 15% der äußeren Haarzellen in der Basalwindung, d.h. der oberen Frequenzen. Nach 400 mg/kg KG/Tag waren 100% der äußeren Haarzellen in der untersten Windung, 40% in der zweiten und 8% in der 3. bzw. 10% in der 4. zerstört. Diesen experimentellen Untersuchungsergebnissen stehen u.a. die klinischen Untersuchungen von *Pinel* et al. (1973) gegenüber. *Pinel* et al. hatten bei 90 Patienten, denen insgesamt 5 bis 20 g Gentamicin verabreicht worden waren, keine audiometrisch nachweisbaren Hörschäden beobach-

Klinische Untersuchungen (*Pinel*)		
		Gesamtdosis
90 Patienten	– 5 – 20 g : 60	= 83 – 333 mg/kg
4/9 Patienten	– > 20 g : 60	= > 333 mg/kg
Experimentelle Untersuchungen (*Federspil*)		
		Gesamtdosis Schäden
28 Tage × 50 mg/kg	= 28 × (50 : 5)	= 280 mg/kg (15%)
40 Tage × 50 mg/kg	= 40 × (50 : 5)	= 400 mg/kg 100%
		40%
		8%
		10%

Tab. 2 Gentamicin.

890 Netilmicin-Behandlungen
- 3 Patienten mit vorübergehenden Schwindelbeschwerden
- 4 subjektive, reversible Hörstörungen, davon
  2x Hörminderung und 2x Ohrensausen

10 wahrscheinlich netilmicinbedingte Audiogrammveränderungen
10 mögliche netilmicinbedingte Audiogrammveränderungen
9 fragliche netilmicinbedingte Audiogrammveränderungen
In keinem Falle eine Hörminderung > 35 dB!

Risikofaktoren:
- Niereninsuffizienz vor der Behandlung (Mehrzahl der Fälle)
- Dosis über 40 mg/kg in 45% der Fälle
- Dosis über 60 mg/kg in 15% der Fälle
- Vorbehandlung mit einem anderen Aminoglykosid-Antibiotikum

Tab. 3 Ototoxizität.

tet. Diese 5 bis 20 g Gentamicin Gesamtdosen machten in ihrem Krankengut osteomyelitischer Patienten bei einem wahrscheinlichen Durchschnittsgewicht von 60 kg 83 bis 333 mg/kg KG Gesamtdosis aus, was in etwa mit unseren experimentellen Untersuchungen übereinstimmt. Die geringe Diskrepanz zwischen unseren Befunden, die einige Prozent Haarzellschäden in den untersten Kochleawindungen zeigten, und denen von *Pinel* et al., die keine Hörstörungen bis 333 mg/kg KG feststellten, ist sicherlich darauf zurückzuführen, daß der größte Teil des Patientenkollektivs von *Pinel* et al. eher eine Dosierung von 80 bis 150 mg/kg KG als eine über 200 mg/kg KG erhielt und zumindest ein Patient aus der Statistik von *Pinel* et al. ausgeschlossen wurde, der nach 1 200 mg Gentamicin Gesamtdosis eine Niereninsuffizienz erkennen ließ. Bei 4 von 9 Patienten, denen eine Gentamicin-Gesamtdosis von über 20 g verabreicht worden war, d.h. dividiert durch 60 kg = über 333 mg/kg KG, lagen audiometrisch nachweisbare Hörschäden in den oberen Frequenzen, also – wie bei unseren experimentellen Untersuchungen – in der Basalwindung vor. Die Übereinstimmung der experimentellen und klinischen Ergebnisse ist frappant. Ähnliches gilt für Tobramycin und Sisomicin und insbesondere für Amikacin (*Federspil*, 1978; 1981). Unter den bis jetzt vorliegenden klini-

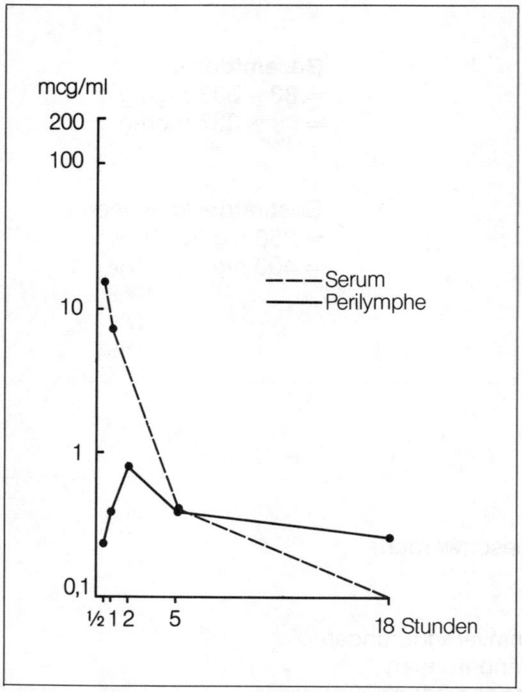

Abb. 7 Pharmakokinetik nach subkutaner Injektion von 8 mg/kg C-14-markiertem Netilmicin beim Meerschweinchen.

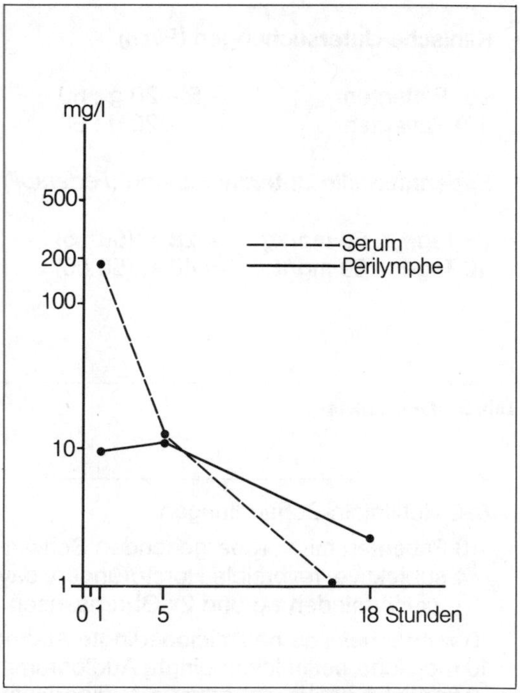

Abb. 8 Pharmakokinetik nach subkutaner Injektion von 120 mg/kg C-14-markiertem Gentamicin beim Meerschweinchen.

schen Untersuchungen zur Ototoxizität des Netilmicins deuten die bei Schering aufgezeichneten und in Tabelle 3 dargestellten Ergebnisse zur klinischen Ototoxizität des Netilmicins und u.a. die Ergebnisse von *Panwalker* et al. (1978) *Hellum* et al. (1980) und *Barza* et al. (1980) auf die Übereinstimmung der experimentellen und klinischen Untersuchungen zur Ototoxizität des Netilmicins. In Tabelle 3 kommt zur Darstellung, daß unter 890 Netilmicinbehandlungen lediglich von 3 Patienten vorübergehende Schwindelbeschwerden und von 4 subjektive reversible Hörstörungen angegeben wurden. Nach der Auswertung der Untersucher wurden in 10 Fällen wahrscheinlich netilmicinbedingte Audiogrammveränderungen, in 10 Fällen mögliche und in 9 Fällen fragliche netilmicinbedingte Audiogrammveränderungen beschrieben. Bei keinem der Patienten war eine Hörminderung von über 35 Dezibel Hörverlust aufgetreten. Unter den 890 Netilmicinbehandlungen lagen erhebliche Risikofaktoren vor, in der Mehrzahl der Fälle war vor der Behandlung eine Niereninsuffizienz festgestellt worden, in zahlreichen Fällen war der Netilmicinbehandlung eine Therapie mit einem anderen Aminoglykosid-Antibiotikum vorausgegangen, in 45% der Fälle betrug die verabreichte Gesamtdosis von Netilmicin über 40 mg/kg KG und in 15% der Fälle lag diese Gesamtdosis über 60 mg/kg KG. *Hellum* et al. (1980) berichten darüber, daß bei ihren 35 Patienten 3 × 2,8 mg/kg KG während durchschnittlich 8,8 Tagen = eine Gesamtdosis von 65 mg/kg Netilmicin verabreicht wurde, ebenso wie *Panwalker* et al. (1978) u.a. 2 Patienten beobachteten, die sehr hochdosiert therapiert wurden, die andere Risikofaktoren hatten und keine ototoxischen Schäden erkennen ließen.

Pathogenese der geringeren Ototoxizität des Netilmicins

Wir wissen, daß die Pharmakokinetik der Aminoglykosid-Antibiotika in der Perilymphe eine der bevorzugten Erklärungen der Spezifizität der Ototoxizität der Aminoglykosid-Antibiotika ist. Unsere Untersuchungen über die Pharmakokinetik des Netilmicins in der Perilymphe des Meerschweinchens (1979), die durch subkutane Injektion von 8 mg C-14-markiertem Netilmicin pro kg KG bei 200 g schweren Meerschweinchen durchgeführt wurden (Abb. 7), ließen gegenüber den Untersuchungen nach einer subkutanen Verabreichung von C-14-markiertem Gentamicin in einer Dosierung von 120 mg/kg KG (Abb. 8) sowie von Tobramycin (1978), Dibekacin (1981), Amikacin (1976) oder auch Neomycin (1979) keinen wesentlichen Unterschied erkennen. In allen diesen Fällen ist eine Retention der Aminoglykosid-Antibiotika in der Perilymphe zu beobachten, jedoch kein sehr hoher Antibiotikumspiegel, wie seinerzeit angenommen wurde. Die geringere Ototoxizität des Netilmicins würden wir mit der geringeren chronischen Toxizität dieses Antibiotikums in Verbindung bringen. Der Auffassung von *Fox* und *Brummett* (1976) und *Brummett* et al. (1978), die die geringere Ototoxizität des Netilmicins gegenüber Gentamicin durch die nichtvorhandene Akkumulation in der Cochlea nach Langzeitbehandlung mit Netilmicin erklärten, können wir nicht zustimmen, da auch Gentamicin nach Langzeitbehandlung bei nichtnephrotoxischer Dosierung einen nicht von der Einmaldosierung abweichende Pharmakokinetik im Serum und in der Perilymphe erkennen läßt (*Federspil* et al., 1976).

Klinische Ototoxizität

Die experimentellen Untersuchungen zur Ototoxizität werden auf Gewichtsbasis gewonnen und müssen in Korrelation zu den in der Klinik üblichen Dosierungen gebracht werden.

	Klinische ototoxizitätsfreie Grenzdosis in mg/kg KG
Gentamicin	50
Sisomicin	45
Tobramycin	75
Dibekacin	100
Amikacin	120
Netilmicin	200

Tab. 4 Klinische ototoxizitätsfreie Grenzdosis.

Klinische ototoxizitätsfreie Grenzdosis

Klinische und experimentelle Daten zeigen, daß die verabreichte Gesamtdosis eines Aminoglykosid-Antibiotikums neben der Nierenfunktion des Patienten der wesentliche Faktor für die Ototoxizität ist (*Federspil*, 1979) und daß es einen Ototoxizitäts-Schwellenwert gibt, der von einem Aminoglykosid-Antibiotikum zum anderen variiert. Unterhalb des klinischen ototoxischen Schwellenwertes oder der klinischen ototoxizitätsfreien Grenzdosis liegt bei Patienten ohne ototoxizitätserhöhende Faktoren das Risiko eines irreversiblen ototoxischen Schadens in weniger als 2% vor. Die in Tabelle 4 aufgeführten klinischen ototoxizitätsfreien Grenzdosen für die verschiedenen neueren Aminoglykosid-Antibiotika basieren auf unseren experimentellen Untersuchungsergebnissen und den bisher vorliegenden klinischen Erfahrungen mit diesen Antibiotika. Sie sind in mg/kg KG angegeben und betreffen die gesamte Ototoxizität, d.h. die Schwellendosis für die kochleäre und die vestibuläre Ototoxizität.
Neben dieser klinischen ototoxizitätsfreien Grenzdosis erscheint es interessant, die

absolute ototoxizitätsfreie Grenzdosis einzuführen, die deutlich niedriger liegt (um den Faktor 2,5 für die in Tabelle 4 angegebenen Werte) und die bei Patienten ohne ototoxizitätserhöhende Faktoren in weniger als 0,2% der Fälle irreversible ototoxische Schäden hervorruft. Diese Angaben gelten als Richtlinien. Bei Bedarf können auch die klinischen ototoxizitätsfreien Dosen wesentlich überschritten werden, ohne daß deshalb sicher ototoxische Schäden hervorgerufen werden.

Literatur zur Ototoxizität des Netilmicins

Nach der Entwicklung des Netilmicins, einem Aethylderivat des dehydrierten C_1a Gentamicins (1-N-Aethyl-Sisomicin) durch *Wright* (1975) beobachteten *Miller* et al. (1976) anhand von Untersuchungen der Störungen des Stellreflexes und des Gleichgewichts beim Gehen eine wesentlich geringere vestibuläre Ototoxizität von Netilmicin als von Gentamicin bei der Katze. Die hohe Mortalität der mit Gentamicin behandelten Katzen - alle waren am 18. Behandlungstag verendet, während sich unter den mit derselben Netilmicindosis (40 mg/kg subkutan) behandelten Tieren keine vestibulären Störungen zeigten und nur eine Katze aus ungeklärter Ursache verendete - sowie die nachgewiesene hohe Nephrotoxizität in der Gentamicingruppe lassen bei der Bewertung der Ergebnisse dieser Untersuchungen lediglich auf eine geringere Nephrotoxizität und vestibuläre Nephro-Ototoxizität des Netilmicins als des Gentamicins schließen.

Brummett und *Fox* (1976) sowie *Brummett* et al. (1978) berichteten nach elektrophysiologischen und histologischen Untersuchungen beim Meerschweinchen über eine nicht vorhandene oder minimale kochleäre Ototoxizität nach Verabreichung von 150 mg Netilmicin/kg KG/Tag während 28 Tagen, wohingegen die Verabreichung von 50, 100 bzw. 150 mg Gentamicin/kg KG/Tag während 28 Tagen deutliche kochleäre Schäden hervorriefen. Auch in diesen Untersuchungen war die Nephrotoxizität des Gentamicins bei der Dosierung, ebenso wie bei der Beurteilung nicht berücksichtigt worden, so daß man auch in diesem Falle lediglich von einer geringeren Nephrotoxizität und kochleären Nephro-Ototoxizität des Netilmicins gegenüber dem Gentamicin beim Meerschweinchen sprechen kann.

Federspil (1976, 1978) sowie *Federspil* und *Schätzle* (1977) beobachteten in funktionellen, histologischen und elektronenmikroskopischen Untersuchungen des Corti Organs und Labyrinthes des Meerschweinchens eine geringere kochleäre und vestibuläre Ototoxizität des Netilmicins gegenüber Gentamicin nach Verabreichung von 4- bzw. 5mal höheren Netilmicindosen. In diesen Versuchsreihen wurde darauf geachtet, die allgemeine Toxizität und Nephrotoxizität der angewandten Aminoglykosid-Antibiotika gering zu halten und gleichzeitig zu untersuchen. Da bei den Versuchstieren von *Federspil* die Nephrotoxizität in histologischen Untersuchungen (siehe oben) nach 5facher Netilmicindosis gegenüber der einfachen Gentamicindosis höher erschien, konnte die 5mal höhere Ototoxizitäts-Schwellendosis für Netilmicin gegenüber Gentamicin als nicht durch die wesentlich geringere Nephrotoxizität des Netilmicins bedingt gelten. Gegenüber Amikacin wies *Federspil* (1978) in funktionellen, histologischen und elektronenmikroskopischen Untersuchungen dem Netilmicin eine kochleäre Ototoxizität nach, die auf Gewichtsbasis weniger als die Hälfte der des Amikacins betrug.

Wersäll und *Björkroth* (1978) wiesen dem Netilmicin und dem Amikacin auf Gewichtsbasis eine geringere kochleäre Ototoxizität beim Meerschweinchen nach als dem Gentamicin. 1980 berichtete *Wersäll* über wesentlich geringere Schäden nach einer 30-tägigen Behandlung mit 50 mg Netilmicin/kg KG als nach einer Behandlung mit

150 mg Amikacin/kg KG während desselben Zeitraumes.

Igarashi et al. (1978) behandelten 28 Seidenaffen während 21 Tagen mit 50, 75 bzw. 100 mg Netilmicin/kg KG/Tag oder aber mit 25, 50 bzw. 75 mg Gentamicin/kg KG/Tag oder aber mit einer Kochsalzlösung. Auffällig war die große Sterberate, und die Überlebensdauer der mit 100 mg Netilmicin/kg KG/Tag behandelten Äffchen stimmte in etwa mit der der mit 25 mg Gentamicin/kg KG/Tag behandelten Tiere überein, so daß beim Affen ebenso wie bei Katze, Hund, Meerschweinchen und Ratte von einer wesentlich geringeren chronischen Toxizität des Netilmicins gesprochen werden darf. Neben der akuten Toxizität ist besonders die Nephrotoxizität der beiden Substanzen für die Sterberate verantwortlich und die Bestimmungen der Harnstoff- und Kreatinin-Serumkonzentrationen ebenso wie die Bestimmungen der Antibiotika-Serumspiegel wiesen bei allen verendeten bzw. zur Untersuchung kommenden Tieren hochgradige Nierenschäden auf. Nach diesen Untersuchungsergebnissen kann eindeutig von einer geringeren Nephrotoxizität des Netilmicins, verglichen mit dem Gentamicin, gesprochen werden. Die Gleichgewichtsstörungen nach Gentamicin waren deutlich größer als die nach Netilmicin, so daß die mit 100 mg Netilmicin/kg KG/Tag behandelten Tiere ähnliche Gleichgewichtsstörungen hatten wie die mit 25 mg Gentamicin/kg KG/Tag behandelten. Auch wurden nach Gentamicinbehandlung höhere ototoxische Schäden beobachtet. Diese Beobachtungen der vestibulären und kochleären Ototoxizität lassen jedoch keine eindeutigen Aussagen zu, da eine sehr hohe Sterberate (nur 1 von 14 mit Gentamicin behandelten Äffchen überlebte den 21tägigen Versuch) und sehr hohe nephrotoxische Schäden vorlagen, so daß man lediglich von einer deutlich geringeren Nephro-Ototoxizität des Netilmicins beim Seidenaffen sprechen kann.

Bamonte et al. (1980) beschrieben ebenfalls minimale Kochleaschäden nach den von ihnen angewandten Netilmicindosierungen beim Meerschweinchen. Sie beobachteten nach 21tägiger Verabreichung von 67, 100 bzw. 150 mg Netilmicin/kg KG/Tag maximal 2,8% degenerierte äußere Haarzellen in einer der drei unteren Kochleawindungen. Beachtung verdienen die von *Bernard* et al. (1977; 1979) veröffentlichten elektrophysiologischen, histologischen und elektronenmikroskopischen Untersuchungsergebnisse nach Netilmicin- und Tobramycinbehandlung beim Meerschweinchen, die unseren Untersuchungsergebnissen (1976; 1977; 1978) und denen aller anderen Autoren (*Brummett* et al., 1976, 1978; *Wersäll* und *Björkroth*, 1978; *Wersäll,* 1980; *Bamonte* et al., 1980) widersprechen. In der Tat fanden *Bernard* et al. eine kochleäre Ototoxizität des Netilmicins, die der des Tobramycins gleichkommt. In den ersten elektronenmikroskopischen Untersuchungen (*Bernard* et al., 1977) stützten sich diese Autoren auf fraglich pathologisch signifikante elektronenmikroskopische Kriterien zur Einschätzung der Ototoxizität des Netilmicins und Tobramycins und konnten deshalb nach einer Dosierung, die für beide Antibiotika unter der Ototoxizitätsschwelle lag, keinen Ototoxizitätsunterschied finden. In der Arbeit von 1979, in der *Bernard* et al. Prozentsätze fehlender äußerer und innerer Haarzellen an der Cochlea nach 14- bis 28tägiger Netilmicin- bzw. Tobramycinbehandlung mit 25, 50, 70 bzw. 100 mg/kg KG/Tag angeben, werden z.B. 10 bis 30% fehlende äußere Haarzellen in den drei unteren Windungen nach 14tägiger Behandlung mit 50 mg/kg KG/Tag Netilmicin bzw. Tobramycin beschrieben, dagegen stellten wir mit einer Dosierung von 2 × 100 mg Netilmicin/kg KG/Tag während 40 Tagen maximal 3% Haarzellschäden in den unteren Windungen bei unseren Meerschweinchen fest und die Haarzellschäden nach 29tägiger Behandlung mit 80 mg Tobramycin/kg KG lagen in unseren ausgedehnten Untersuchungsreihen bei etwa 60 Meerschweinchen unter durchschnittlich 5% Haarzellschäden in den drei unteren Windungen. *Brummett* et al. (1978) beschrieben durchschnittliche Haarzellschäden von deutlich weniger als 10% in den vier Kochleawindungen ihrer 28 Tage lang mit 100 mg Netilmicin/kg KG/Tag behandelten Meerschweinchen, während sie in anderen Untersuchungen durchschnittliche Haarzellschäden von weniger als 10% in den verschiedenen Kochleawindungen nach einer 4wöchigen Tobramycinbehandlung mit 50 mg/kg KG/Tag beschrieben hatten. Auch die oben angegebenen Untersuchungsergebnisse von *Bamonte* et al. nach 21tägiger Behandlung mit 67, 100 bzw. 150 mg Netilmicin/kg KG/Tag stimmen in keiner Weise mit den Untersuchungsergebnissen von *Bernard* et al. überein.

Schlußfolgerungen

Zusammenfassend kommen wir zu folgenden Schlußfolgerungen:

1. Die experimentelle Einschätzung der Ototoxizität des Netilmicins läßt ein 5mal geringeres ototoxisches Potential gegenüber Gentamicin erkennen und die klinischen Daten scheinen dies zu bestätigen. In anderen Worten: zur Erzielung derselben Ototoxizität wird eine 5mal höhere Gesamtdosis an Netilmicin gegenüber Gentamicin benötigt oder die ototoxische Schwellendosis für Netilmicin ist 5mal höher als für Gentamicin. Wenn wir bisher Gentamicin bei Nierengesunden in durchschnittlicher Dosierung als ungefährlich bezeichneten, so trifft dies in höherem Maße für Netilmicin zu. Der Fortschritt bezüglich der Sicherheit sollte jedem Patienten zugute kommen und muß unbedingt allen Patienten mit erhöhtem ototoxischem Risiko zuteil werden.
2. Unsere Untersuchungen zur Ototoxizität der Aminoglykosid-Antibiotika im allgemeinen (1979) zeigen deutlich, daß die These von der ototoxischen Serumschwellenkonzentration aufzugeben und die Tagesdosis beim Nierengesunden in bezug auf die gesamte oto- und nephrotoxische Schwellendosis sowie die toxische Schwellendosis zu betrachten ist, d.h. daß eine Erweiterung der therapeutischen Breite der Mehrzahl der neueren Aminoglykosid-Antibiotika und insbesondere des Netilmicins durch Anwendung höherer Tagesdosen erwartet werden kann.

Zuletzt möchten wir als vorsichtige Kliniker betonen, daß die meisten der neueren Aminoglykosid-Antibiotika und vor allen Dingen Netilmicin unter Anwendung der Regeln zur Prophylaxe der Ototoxizität (1979) nur äußerst selten ototoxische Schäden hervorrufen und daß heute für den Patienten wahrscheinlich häufiger ein Schaden durch Nichtanwendung von Aminoglykosid-Antibiotika bzw. ihre Unterdosierung entsteht als durch ihre adäquate Anwendung.

Literatur

1. *Bamonte, F., L. Parravicini, A. Arpini:* Histological Evaluation of Ototoxic Reaction Due to Some Aminoglycoside Antibiotics. Arch. Otorhinolaryngol. 228 (1980), 163

2. *Barza, M., M.W. Lauermann, F.P. Tally, S.L. Gorbach:* Prospective, Randomized Trial of Netilmicin and Amikacin with Emphasis on Eighth-Nerve Toxicity. Antimicrob. Agents Chemother. 17 (1980), 707

3. *Bernard, Ph.A., Cl. Bourret, A. Clermont, J.C. Jequier*: Anatomophysiological Correlations in Deoxystreptomines Ototoxicity. Their Value in the Evaluation of New Antibiotics. INSERM, Colloque Inner Ear Biology (1977), 359

4. *Bernard, Ph.A., J.C. Pechere, J.C. Jequier*: Detection of tobramycin and netilmicin induced ototoxicity in guinea pigs with evo-

ked action potentials. J. Infect. Dis. 139 (1979), 418

5. *Brummett, R.E., K.E. Fox:* Comparative Ototoxic Liability of SCH 20569 and Gentamicin – Electrophysiology and Morphology. Fed. Proc. 35 (1976), 621

6. *Brummett, R.E., K.E. Fox, R.T. Brown, D.L. Himes:* Comparative Ototoxic Liability of Netilmicin and Gentamicin. Arch. Otolaryngol. 104 (1978), 579

7. *Federspil, P.:* Über die Aufzeichnung der Kochleaschäden beim Meerschweinchen. Z. Laryng. Rhinol. 51 (1972), 633

8. *Federspil, P.:* Zur Ototoxizität der Aminoglykosid-Antibiotika. Referat vor der Paul-Ehrlich-Gesellschaft, Frankfurt 1. 10. 1976. Infection 4 (1976), 239

9. *Federspil, P.:* Ototoxicity and nephrotoxicity of netilmicin. Infection 4 (1976), 211

10. *Federspil, P., W. Schätzle, E. Tiesler:* Pharmacokinetics and Ototoxicity of Gentamicin, Tobramycin, and Amikacin. J. Inf. Dis. Suppl. 134 (1976), 200

11. *Federspil, P., W. Schätzle:* Experimental Evaluation of the Ototoxicity of Tobramycin, Sisomicin, Amikacin, and Netilmicin. INSERM, Colloque Inner Ear Biology 68 (1977), 319

12. *Federspil, P.:* Evaluation of the Ototoxicity of Netilmicin. Current Chemotherapy (1978), 975

13. *Federspil, P.:* Die klinische Ototoxizität und ihre Prophylaxe. In: Physiologische und pharmakologische Grundlagen der Therapie. Berliner Seminar 2, Vieweg, Braunschweig 1978

14. *Federspil, P:* Antibiotikaschäden des Ohres, S. 126. Joh. Ambrosius Barth, Leipzig 1979

15. *Federspil, P.:* Pharmacokinetics of Aminoglycoside Antibiotics in the Perilymph. International Aminoglycoside Ototoxicity Conference, Chicago 1979

16. *Federspil, P.:* Drug-Induced Sudden Hearing Loss and Vestibular Disturbances. Adv. Oto-Rhino-Laryng. 27 (1981)

17. *Federspil, P.:* Experimentelle Untersuchungen zur Ototoxizität der Aminoglykosid-Antibiotika und ihre klinische Bedeutung. Laryng. Rhinol. 60 (1981)

18. *Hawkins, J.E., jr.:* Drug Ototoxicity. Handbook of Sensory Physiology. V. v/3. Springer, Heidelberg 1976

19. *Hellum, K.B., S.T. Madsen, A. Digranes, S. Stokstad, C.O. Stolberg:* High Dose Netilmicin Therapy of Severe or Chronic Infections. Scand. J Infeet. Dis., Suppl. 23 (1980), 189

20. *Igarashi, M., J.K. Levy, J. Jerger:* Comparative Toxicity of Netilmicin and Gentamicin in Squirrel Monkeys (Saimiri sciureus). J. Infect. Dis. 137 (1978), 476

21. *Matsumoto, M.:* Vortrag Europäisches Dibekacin-Symposium, Paris 28. 2. 1977. "The present status of Dibekacin in clinical use".

22. *Miller, G.H., C. Arcieri, M.J. Weinstein, A. Waitz:* Biological Activity of Netilmicin, a Broad-Spectrum Semisynthetic Aminoglycoside Antibiotic. Antimicrob. Agents Chemother. 10 (1976), 827

23. *Panwalker, A.P., J.B. Malow, V.M. Zimelis, G.G. Jackson:* Netilmicin: Clinical Efficacy, Tolerance, and Toxicity. Antimicrob. Agents Chemother. 13 (1978), 170

24. *Pinel, J., C. Hecker, J. Trotoux:* Etude audiométrique de 150 malades ayant reçu un traitement prolongé par la gentamicine. Ann. Oto-Laryng. 90 (1973), 599

25. *Wersäll, J., B. Björkroth:* Netilmicin, an aminoglycoside antibiotic with low ototoxicity in animal experiments. International Society of Chemotherapy, Published by American Society for Microbiology. Reprinted from Current Chemotherapy (1978), 976

26. *Wersäll, J.:* The Ototoxic Potential of Netilmicin Compared with Amikacin. Scand. J. Infec. Dis., Suppl. 23 (1980), 104

27. *Wittenberger, R.:* Die Ergebnisse einer Orbicin®-(Dibekacin)-Multicenter-Studie. Therapiewoche 30 (1980), 2610

28. *Wright, J.J.:* Synthesis of 1-N-ethyl-sisomicin: a broad-spectrum semi-synthetic aminoglycoside antibiotic. J. Chem. Soc. Chem. Commun 6 (1975), 206

Experimentelle Untersuchungen mit Netilmicin

K. Sack, R. Marre, H. Freiesleben und
E. Schulz

Netilmicin und Tobramycin wurden vergleichend an weiblichen Wistarratten untersucht im Hinblick auf ihre:
1. Pharmakokinetik (Serumspiegel, Glomerulum)
2. Nephrotoxizität (Tubulus, Glomerulum)
3. Minderung tubulotoxischer Effekte (durch D-Glucaro-1,5-Lactam)
4. Therapeutische Wirkung (chronische E. coli-Pyelonephritis)

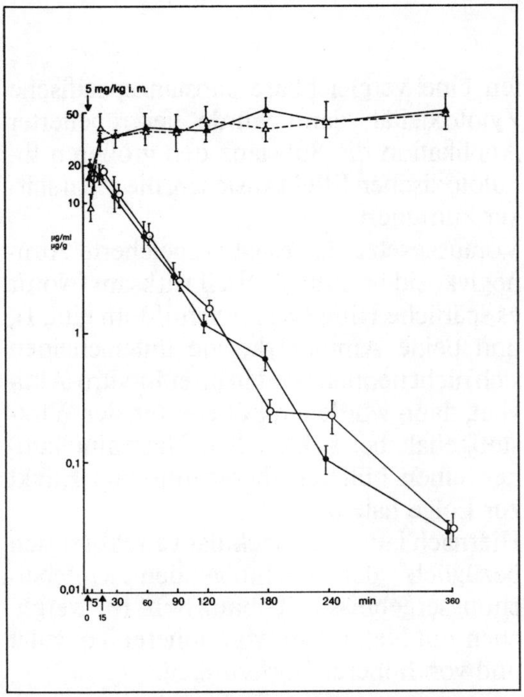

Abb. 1 Aminoglykosidgehalt (Median, Spannweite; n = 3 Tiere/Zeitpunkt und Substanz) des Serums und der Nieren nach i. m. Applikation von 5 mg/kg (Tobramycin ●, ▲; Netilmicin ○, △).

Pharmakokinetik

Die Antibiotikakonzentrationen wurden mikrobiologisch im Agar-Diffusions-Lochtest mit Antibiotika-Agar Nr. 11 (Merck) und Bacillus subtilis ATCC 6633 als Testkeim bestimmt.

Wie Abbildung 1 zeigt, führt die Applikation von 5 mg/kg Netilmicin und Tobramycin zu annähernd identischen Konzentrationsverläufen im Serum. Entsprechend sind die Serumhalbwertszeiten mit 0,6 h und die Flächen unter den Kurven mit 16 bzw. 17 µg × h/ml gleich.

Der renale Aminoglykosidgehalt nach einer Einzeldosis lag für beide Substanzen wäh-

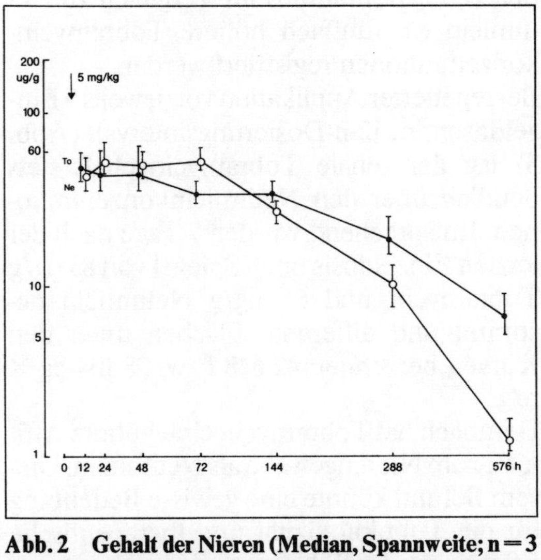

Abb. 2 Gehalt der Nieren (Median, Spannweite; n = 3 Tiere/Zeitpunkt und Substanz) an Tobramycin (To) und Netilmicin (Ne) nach Applikation von 5 mg/kg.

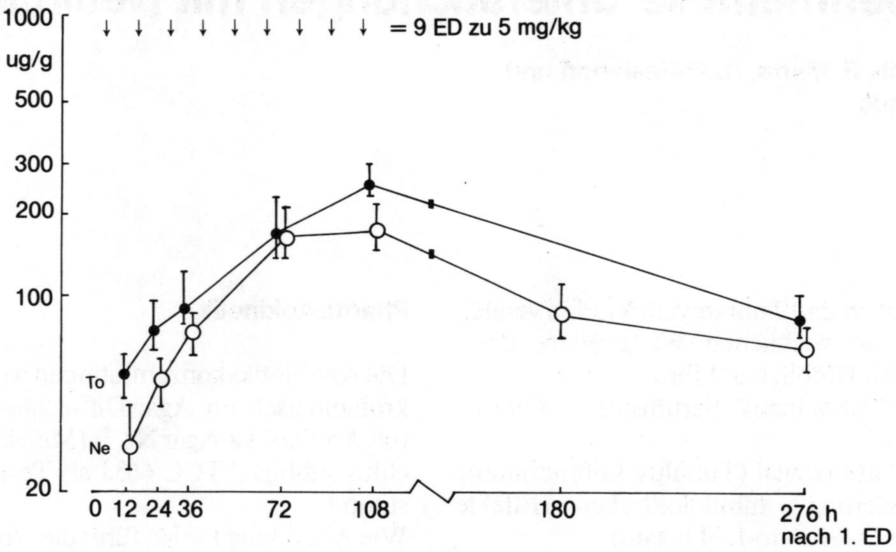

Abb. 3 Gehalt der Nieren (Median, Spannweite; n = 3 Tiere/Zeitpunkt und Substanz) an Tobramycin (To) und Netilmicin (Ne) während und nach Applikation von 9 Einzeldosen zu 5 mg/kg.

rend der ersten 3 Tage p.i. etwa auf gleicher Höhe (Abb. 1 u. 2). Im weiteren Verlauf wird Tobramycin später und zögernder eliminiert, so daß am Ende des 25tägigen Beobachtungszeitraumes im Vergleich zu Netilmicin ca. fünffach höhere Tobramycinkonzentrationen registriert werden.

Bei repetierter Applikation von jeweils 9 Einzeldosen im 12-h-Dosierungsintervall (Abb. 3) lag der renale Tobramycingehalt stets deutlich über den Netilmicinkonzentrationen. Entsprechend wurden 7 Tage nach der letzten Einzeldosis noch Spiegel von 83 µg/g Tobramycin und 65 µg/g Netilmicin bestimmt und differente Flächen unter den Kurven berechnet: 42 648 bzw. 28 104 µg × h/g.

Demnach hat Tobramycin eine höhere Affinität zum Nierengewebe als Netilmicin. Diesem Befund könnte eine gewisse Bedeutung für die Tubulotoxizität und therapeutische Effektivität der Substanzen zukommen:

Vorausgesetzt, beide Aminoglykoside hätten eine vergleichbare substanzspezifische Zytotoxizität, dann würde bei repetierter Applikation die Substanz den größeren tubulotoxischen Effekt auslösen, die renal stärker kumuliert.

Vorausgesetzt, das renal gespeicherte Aminoglykosid ist antibakteriell wirksam (wofür es spärliche Hinweise im Schrifttum gibt, 1), und beide Aminoglykoside unterscheiden sich nicht nennenswert in ihrer In-vitro-Aktivität, dann würde ein höherer renaler Wirkstoffgehalt bei bakteriellen Niereninfektionen einen höheren therapeutischen Effekt zur Folge haben.

Hiernach lauten die spekulativen Prognosen bezüglich der nachfolgenden Untersuchungsergebnisse: Tobramycin ist, verglichen mit Netilmicin, von höherer Toxizität und von höherer Wirksamkeit.

Nephrotoxizität

Tubulotoxizität: (Methode: 2, 3)

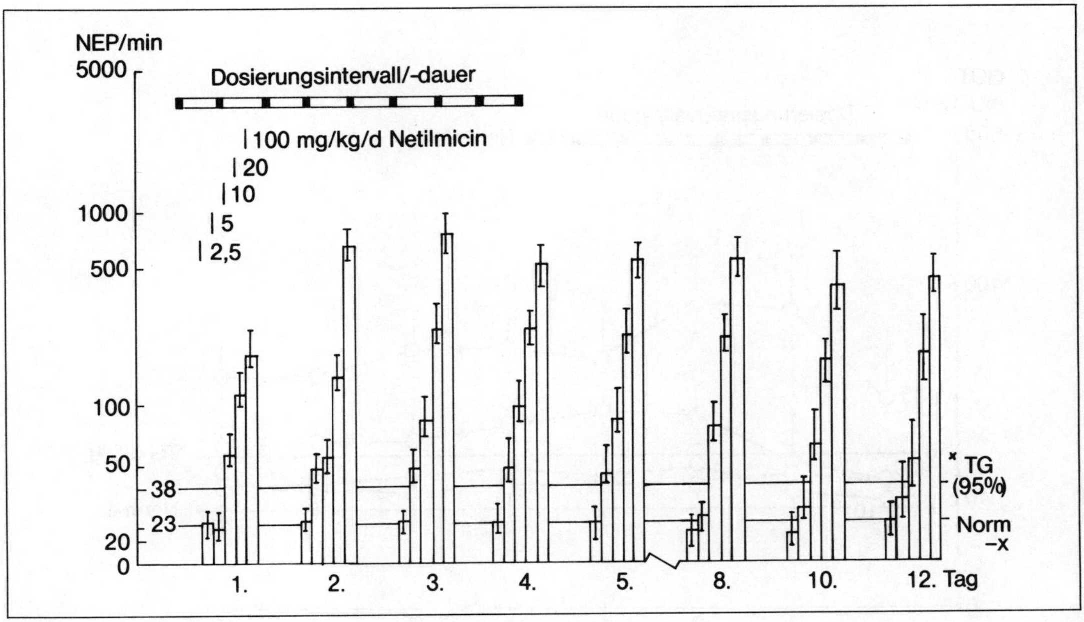

Abb. 4

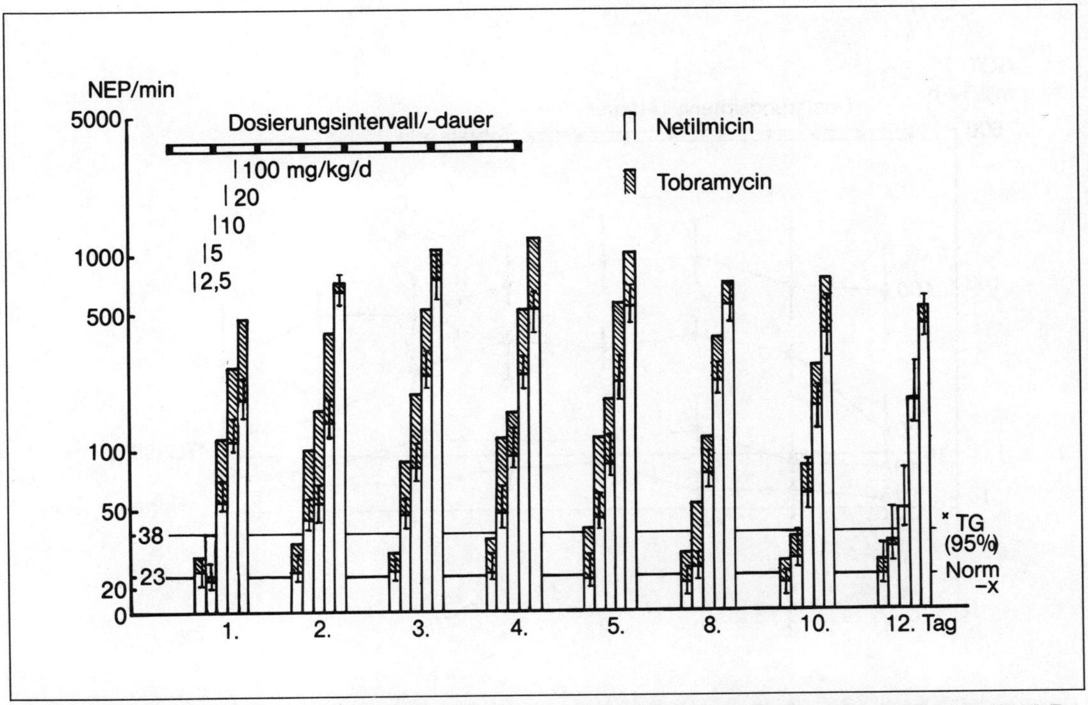

Abb. 4/5 Ausscheidung von Nierenepithelien (NEP/min; Median, 95%-Vertrauensbereich) während und nach Behandlung mit Netilmicin oder Tobramycin in Dosen von 2,5, 5, 10, 20, 100 mg/kg/d; n = 10 Ratten/Dosis und Substanz. TG = obere Toleranzgrenzen der Normserien.

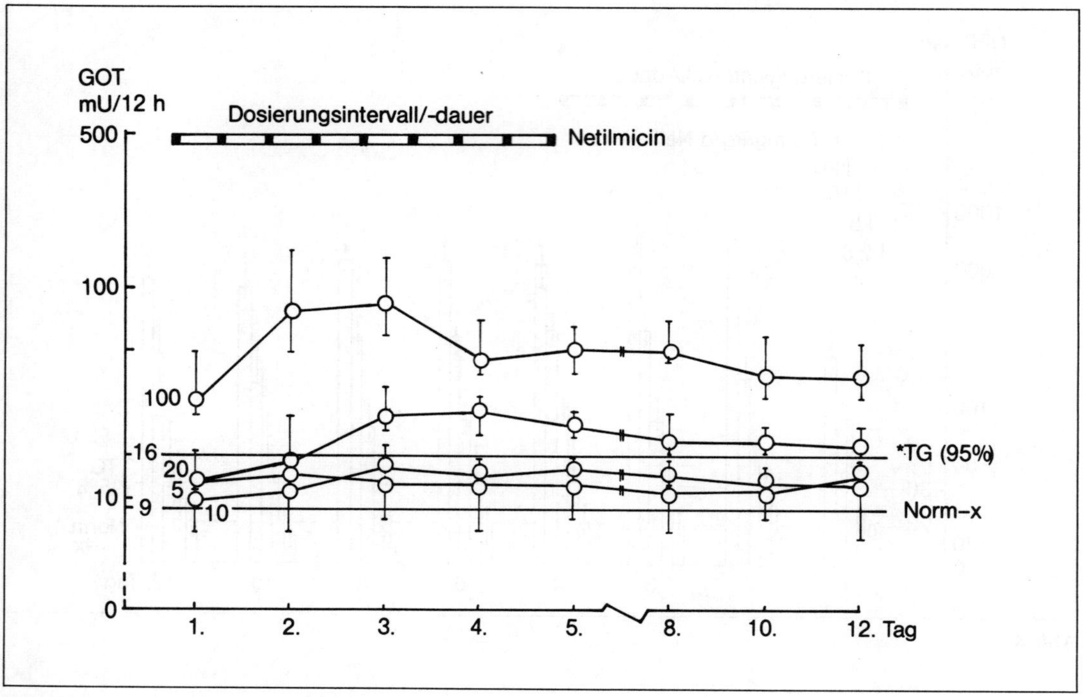

Abb. 6

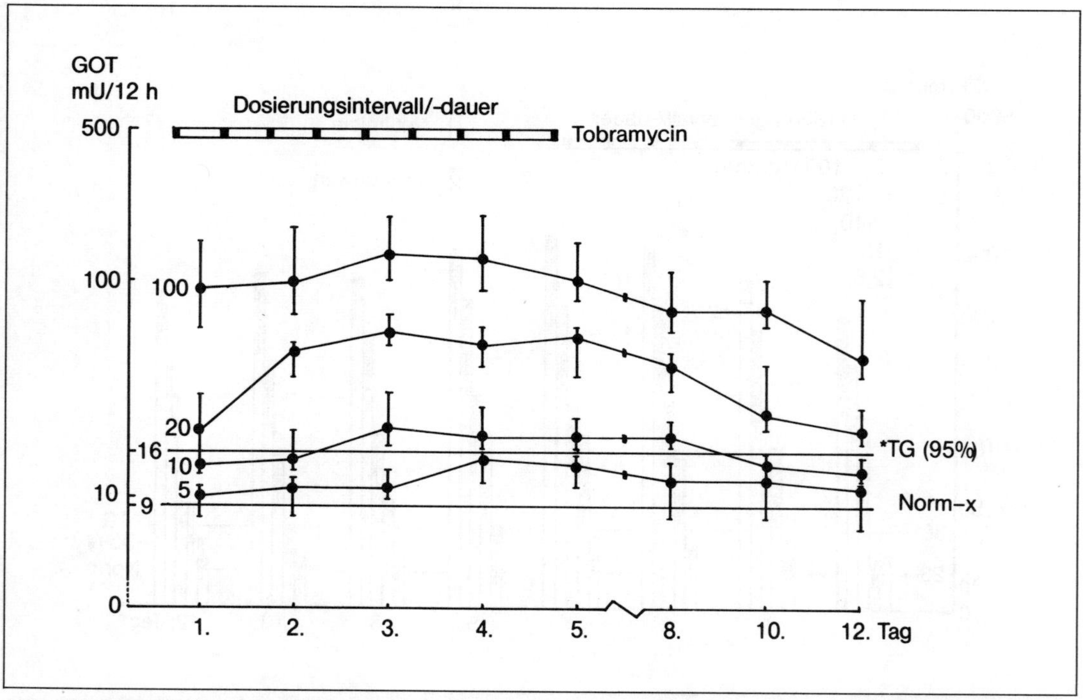

Abb. 6/7 Ausscheidung von Harn-GOT (mU/12 h; Median, 95%-Vertrauensbereich) während und nach Behandlung mit Netilmicin oder Tobramycin in Dosen von 5, 10, 20 und 100 mg/kg/d; n = 10 Ratten/Dosis und Substanz. TG = obere Toleranzgrenze der Normserien.

Die unter verschiedenen Dosierungen von Netilmicin ermittelten Ausscheidungsraten für Tubuluszellen sind in Abbildung 4 dargestellt; jede Dosis wurde 9mal bei 12-h-Dosierungsintervall appliziert und nach Ende der Medikation eine einwöchige Rekonvaleszenzperiode angeschlossen. Die Graphik zeigt für jeden Versuchstag eine klare Dosis-Wirkungs-Beziehung; ferner, daß 5 mg/kg/d erstmals eine tubulotoxische Reaktion auslösen; schließlich, daß für Dosierungen von 10 mg/kg/d und mehr nach 1 Woche die Rekonvaleszenz noch nicht abgeschlossen ist.
Wie aus Abbildung 5 hervorgeht, löst Tobramycin in jeder Dosierung, verglichen mit Netilmicin, höhere tubulotoxische Effekte aus; die Unterschiede in der durch beide Substanzen induzierten Zellausscheidung sind Tag für Tag und für alle Dosierungen statistisch mit geringer Irrtumswahrscheinlichkeit zu sichern. Darüber hinaus ist abzulesen, daß bereits 2,5 mg/kg/d Tobramycin eine toxische Wirkung erkennen lassen.
Wie die Abbildungen 6, 7 und 8 zeigen, verhält sich die Enzymurie ähnlich der Zellausscheidung. So ist am Beispiel der GOT zu erkennen, daß Tobramycin in 10 mg/kg/d, Netilmicin in 20 mg/kg/d erstmals einen pathologischen Enzymefflux auslösen; ebenso reagiert die Harn-LDH. Die Malatdehydrogenase (MDH, Abb. 8), empfindlicher reagierend als GOT und LDH, aber weniger empfindlich im Vergleich zur Zellausscheidung, zeigt einen signifikanten Unterschied zwischen den Wirkungen beider Aminoglykoside schon für eine Dosierung von 5 mg/kg/d an.
Pathologische Steigerungen der Harnstoff- oder Kreatininkonzentrationen im Serum wurden von beiden Substanzen in keiner

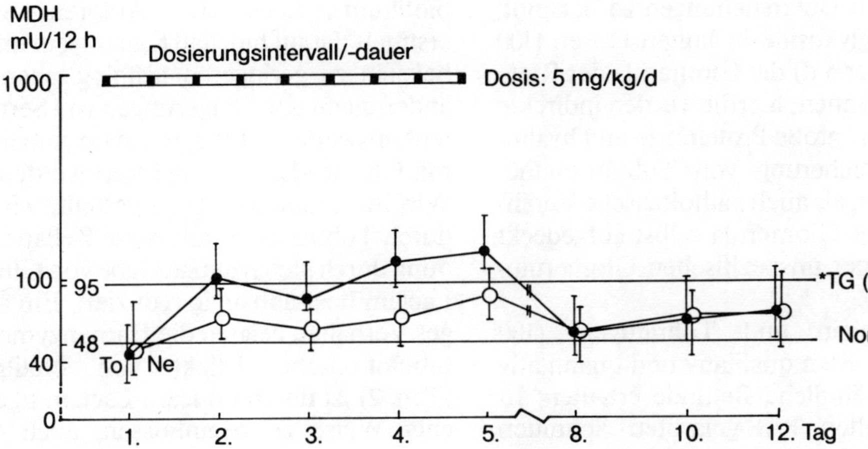

Abb. 8 Enzymurie (MDH) während und nach Applikation von jeweils 5 mg/kg/d Tobramycin (To) oder Netilmicin (Ne).

Parameter	Netilmicin	Tobramycin
Zellausscheidung	5	2,5
Harn-MDH	10	5
Harn-GOT	20	10
Harn-LDH	20	10
Serum-Harnstoff	> 100	> 100

Tab. 1 Tubulotoxische Schwellendosen (mg/kg/d).

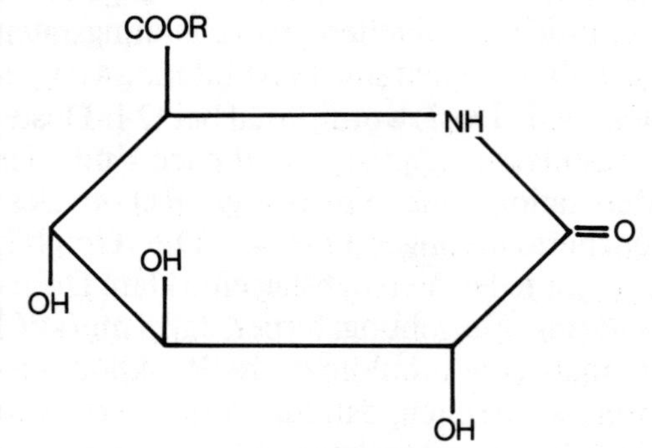

Abb. 9 Struktur von D-Glucaro-1,5-Lactam.

Dosierung ausgelöst. Histologisch wurden an Organen von Tieren, die mit 100 mg/kg/d Tobramycin oder Netilmicin behandelt worden waren, Epithelnekrosen der proximalen Tubulusabschnitte gefunden.
Demnach erwies sich eine der anhand pharmakokinetischer Daten abgeleiteten Prognosen als zutreffend: Tobramycin ist die Substanz mit der höheren Tubulotoxizität. In Tabelle 1 sind die für beide Aminoglykoside differenten, mit verschiedenen Parametern ermittelten tubulotoxischen Schwellendosen zusammengestellt.

Glomerulotoxizität

Aus früheren Untersuchungen ist bekannt, daß Aminoglykoside in hohen Dosen (100 mg/kg/d über 5 d) die Glomerula der Ratte schädigen können; hierfür wurden indirekte Hinweise, wie große Proteinurie und hyalintropfige Speicherung von Tubulusepithelien, erhalten, als auch pathologische Veränderungen der Glomerula selbst aufgedeckt im Sinne einer unspezifischen Glomerulonephrose (3).
Für Netilmicin und Tobramycin (100 mg/kg/d) wurden qualitativ und quantitativ weitgehend ähnliche Befunde erhalten: In konventionellen PAS-gefärbten Schnitten sind die Glomerula intakt; im Semidünnschnitt finden sich Vermehrungen mesangialer Zellen, Verbreiterungen der Basalmembranen sowie Verklebungen des visceralen und parietalen Blattes der Bowman'schen Kapsel (4). Ferner fanden sich hyalintropfig speichernde Tubulusepithele sowie bei einzelnen Tieren eine Vergrößerung der physiologischen Proteinurie, maximal um den Faktor 3.

Minderung tubulotoxischer Effekte

D-Glucaro-1,5-Lactam (Abb. 9) ist ein Oxydationsprodukt von Nojirimycin, einem aus Streptomyceskulturen gewonnenen Antibiotikum. Japanische Autoren wiesen erstmals darauf hin, daß Kanamycin und Dibekacin zu geringeren histologischen Veränderungen und Steigerungen von Serumretentionswerten führen, wenn sie gemeinsam mit Glucaro-Lactam appliziert werden (5).
Wie in Abbildung 10 dargestellt, wird die durch Tobramycin induzierte Zellausscheidung durch gleichzeitige Gabe von Glucaro-Lactam dosisabhängig reduziert. Ein analoges Verhalten zeigten die Harnenzyme. Der tubulotoxische Effekt von Netilmicin (Tab. 2) ist durch Glucaro-Lactam in ähnlicher Weise zu beeinflussen, auch dann, wenn die Substanz per os appliziert wird.
Der Mechanismus der die Toxizität von Aminoglykosiden mindernden Wirkung durch Glucaro-Lactam ist unklar. Wie weitere Untersuchungen ergaben, wird die Phar-

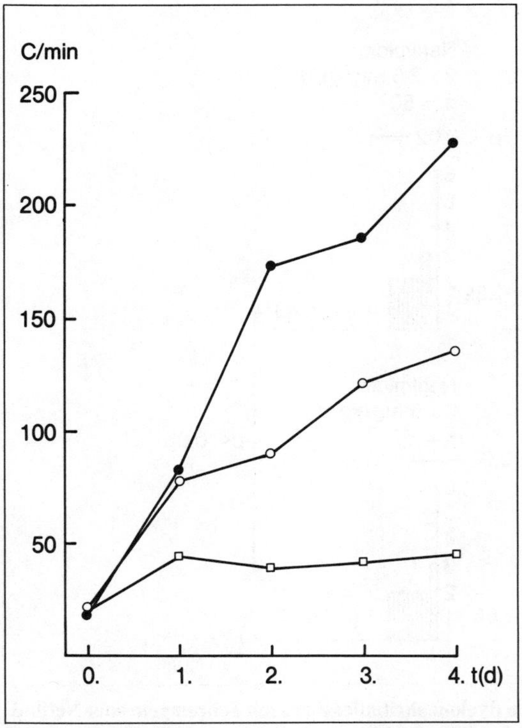

Abb. 10 Ausscheidung von Nierenepithelien (C/min; Median, n = 10 Tiere/Serie) vor (Tag ○) und während der Applikation (Tag 1–4) von 2 x 5 mg/kg/d Tobramycin i. m. (●) allein sowie in Kombination mit 2 x 5 mg/kg/d (○) oder 2 x 10 mg/kg/d (□) D-Glucaro-1,5-Lactam i. m.

Tag	A	B	C
0	21 15/32	21 11/36	17 14/23
1	54 41/65	45 23/70	60 16/73
2	73 31/87	46 35/53	36 15/62
3	65 34/77	41 34/50*	37 33/46*
4	75 50/85	44 31/75*	39 26/43*

Tab. 2 Zellausscheidung (x, 95%-Vertrauensbereich) vor (Tag 0) und während (Tag 1–4) der Behandlung von jeweils 10 Ratten mit A: 2 x 5 mg/kg/d Netilmicin. B: 2 x 5 mg/kg/d Netilmicin + 2 x 10 mg/kg/d Glucaro-Lactam i.m. C: 2 x 5 mg/kg/d Netilmicin + 2 x 10 mg/kg/d Glucaro-Lactam p.o.
***) $p < 0{,}02$ vs. A.**

makokinetik der Aminoglykoside durch die Substanz nicht meßbar verändert. Bekannt ist, daß Aminoglykoside lysosomale Beta-Glucuronidasen aktivieren (6) und Glucaro-Lactam ein potenter Inhibitor dieser Enzyme ist (7). Der Frage, ob diese gegensinnige Wirkung für die Tubulotoxizität von Bedeutung ist, wird nachzugehen sein.

Therapeutische Wirkung

Als Infektionsmodell diente die chronische, durch Östradiol gebahnte Escherichia coli-Pyelonephritis (8). Infektionserreger war Escherichia coli 0 25:19:12, die Empfindlichkeitstestung im Bouillon-Verdünnungstest nach der ICS-Methode ergab eine Netilmicin-MHK von 1 µg/ml, eine Tobramycin-MHK von 2 µg/ml.

Die Therapieresultate sind in Abbildung 11 dargestellt. Wie abzulesen, waren durch einwöchige Behandlungen mit jeweils 2 × 5 mg/kg/d deutliche Therapieeffekte im Vergleich zur unbehandelten Kontrolle zu erzielen. Eine Reduktion der Dosis auf 2 × 2,5 mg/kg/d führte bei Netilmicin zu keiner nennenswerten Verschlechterung des Therapieergebnisses; im Vergleich hierzu lag die mittlere renale Keimkonzentration des mit Tobramycin behandelten Kollektivs signifikant höher.

Demnach wurde die zweite, aus den pharmakokinetischen Daten spekulativ abgeleitete Prognose nicht bestätigt: Bei annähernd identischen Serumspiegeln und MHK-Werten sowie trotz höherer Affinität des Tobramycins zum Nierengewebe erwies sich Netilmicin in niedriger Dosierung als wirksamer. Hiernach ist zu bezweifeln, daß der renale Aminoglykosid-Gehalt Therapieresultate meßbar beeinflußte.

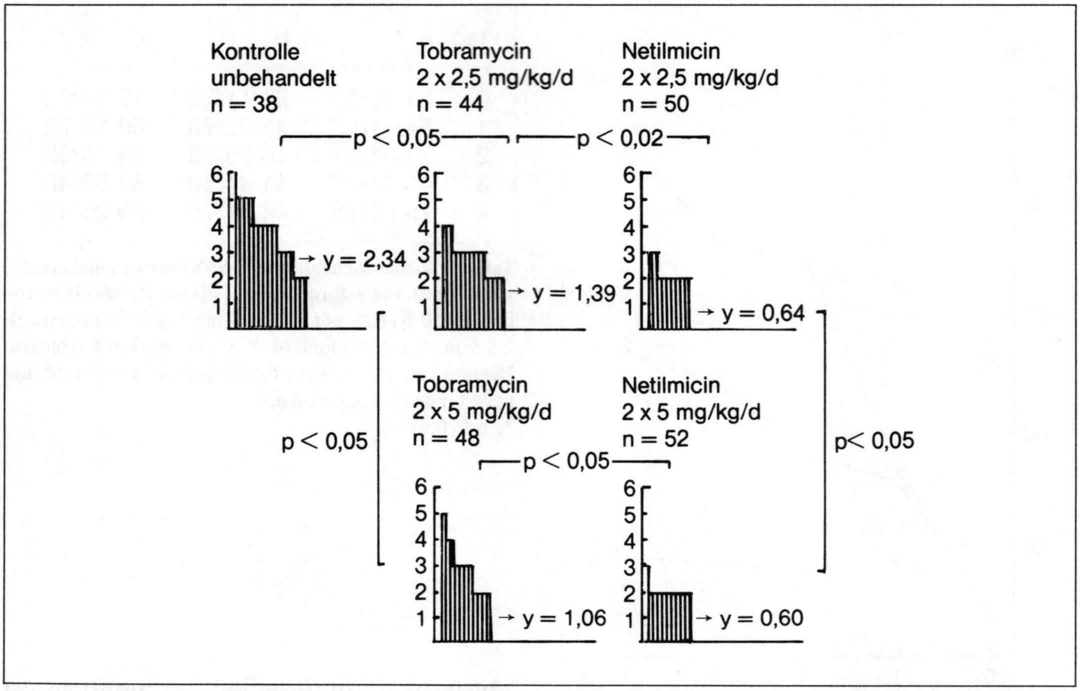

Abb. 11 Therapieresultate nach Behandlung der chronischen Pyelonephritis der Ratte mit Tobramycin oder Netilmicin. Ordinate: Logarithmen der Keimzahlen g/Niere. Die senkrechten Striche symbolisieren jeweils eine Niere. $\bar{y}$ = durchschnittlicher Logarithmus der Keimzahlen aller Nieren eines Kollektivs.

Zusammenfassung

Vergleichende Untersuchungen zur Pharmakokinetik, Nephrotoxizität und therapeutischen Effektivität von Netilmicin (Ne) und Tobramycin (To) hatten folgende Resultate:
1. Die Serumkonzentrationsverläufe und Serum-HWZ (0,6 h) sind annähernd identisch.
2. Bei repetierter Applikation kumuliert Ne in der Niere weniger und wird rascher aus dem Organ eliminiert.
3. Die gewählten Tubulotoxizitätsparameter beschreiben die toxischen Effekte beider Aminoglykoside in qualitativ ähnlichen Dosis-Wirkungs- und Zeit-Wirkungs-Beziehungen; Ne erwies sich als die weniger toxische Substanz.
4. Durch D-Glucaro-1,5-Lactam, i.m. oder per os simultan verabfolgt, sind die tubulotoxischen Effekte beider Substanzen weitgehend zu reduzieren.
5. Die Glomerulotoxizität von To und Ne ist qualitativ und quantitativ annähernd vergleichbar.
6. Beide Substanzen sind therapeutisch effektiv in der Behandlung der chronischen Escherichia coli-Pyelonephritis, Ne ist in niedrigen Dosen wirksamer.

Literatur

1. *Glauser, M.P. et. al.:* J. infect. Dis. 139 (1979), 172–181

2. *Marre, R. et al.:* Arzneimittel-*Forsch.* 29 (I) (1979), 940–945

3. *Sack, K. et al.:* Infection 3, Suppl. 1 (1975), 40–49

4. *Sellin, D.:* Persönliche Mitteilung.

5. *Niizato, T. et al.:* J. Antibiotics. 29 (1976), 833–840

6. *Just, M. et al.:* Naumyn-Schmiedeberg's Arch. Pharmacol. 300 (1977), 67–76

7. *Niwa, T. et al.:* J. Biochem. 72 (1972), 207–211

8. *Commichau, R. et al.:* Int. J. clin. Pharmacol. 10 (1974), 70–72

Vergleichende Untersuchungen zur Nephrotoxizität von Aminoglykosiden

A.W. Mondorf, H. Jakob, G. Fuchs,
J.E. Scherberich, H. Hess und
W. Schoeppe

Einleitung

Zur Behandlung von gramnegativen Problemkeimen wird man auch in der Zukunft nicht auf Aminoglykoside verzichten können. Die Kombination mit Cephalosporinen wird man gegenüber der Gabe der Monosubstanz bevorzugen. Die potentielle Nephro- und Ototoxizität der Aminoglykoside ist hinreichend dokumentiert (1). Cephalosporine dagegen besitzen bei Applikation in normalen therapeutischen Dosen keine eindeutig gesicherte Nephrotoxizität.

In der Kombination mit Aminoglykosiden zeigen die Cephalosporine der ersten Generation keine additiven Effekte, die über die der Aminoglykoside hinausging. Cephalosporine der jüngsten Generation scheinen jedoch Unterschiede aufzuweisen (2). Nach diesen Untersuchungen muß mit einer Erhöhung des Toxizitätsrisikos der Kombination, d.h. einer Senkung der dosisabhängigen Toxizitätsschwelle gerechnet werden.
Mit Hilfe des Nephrotoxizitätsparameters Alanin-Aminopeptidase (AAP) im Harn wurde die dosisabhängige Nephrotoxizität für Amikacin, Netilmicin (3) und in dieser Arbeit vorliegend auch für Tobramycin untersucht. In allen Fällen kam es nach Erhöhung der Aminoglykosiddosis zu einem fast linearen Anstieg der AAP-Aktivitäten im Harn. Umfangreiche Untersuchungen konnten zeigen, daß die Elimination dieses Bürstensaummembranenzyms als ein „frühe Phase"-Parameter verläßliche und sicher reproduzierbare Hinweise auf eine potentielle Nephrotoxizität in der kreatininblinden Phase liefert (2).

Material und Methode

Es wurde die Ausscheidung der AAP im 24-Stundenharn nach täglich einmaliger Gabe von 10 mg/kg Amikacin (n = 7), 15 mg/kg Amikacin (n = 10), 3 mg/kg Netilmicin (n = 10), 6 mg/kg Netilmicin (n = 6), 3 mg/kg Tobramycin (n = 15) und 6 mg/kg Tobramycin (n = 5) an drei aufeinanderfolgenden Tagen an informierten, nierengesunden Probanden untersucht. Gleichzeitig wurde die Kreatinin-Clearance vor, unter und nach der Gabe der Aminoglykoside bestimmt. Daneben wurden alle routinemäßig üblichen Harn- und Serumparameter für Nieren- und Leberfunktion mitbestimmt. Die Alanin-Aminopeptidase wurde im 24-Stundenharn enzymatisch gemessen nach der in der Literatur angegebenen Methode (3).

Ergebnisse

In einem Untersuchungsmodell an nierengesunden Probanden, in dem die Applikation des Aminoglykosids an drei aufeinanderfolgenden Tagen durchgeführt wurde, konnte die dosisabhängige Wirkung auf den proximalen Tubus verfolgt werden.
Die zunehmende Anreicherung des Aminoglykosids in der Tubuluszelle nach dreitägiger Gabe zeigte einen kumulativen Anstieg der Ausscheidung der AAP (3). Ei-

	$\frac{ml}{min. \times 173\ m^2}$			
Versuchstage	–2	+2	+8	
H.H., 25 J., m	98	117	132	Netilmicin 6 mg/kg/d
R.K., 25 J., m	113	127	120	
A.B., 29 J., m	110	92	103	
H.SCH., 24 J., m	103	102	126	
H.W., 25 J., m	99	77	70	
B.Z., 22 J., f	104	100	121	
$\overline{X}$	104,5	102,5	112,0	
R.W., 25 J., m	118	115	106	Netilmicin 3 mg/kg/d
B.K., 27 J., m	87	112	79	
M.SCH., 54 J., m	105	110	113	
R.H., 22 J., m	100	88	88	
E.SCH., 22 J., f	84	122	102	
K.G., 25 J., f	102	98	125	
U.K., 21 J., f	85	71	70	
S.K., 20 J., f	91	78	73	
M.P., 30 J., f	96	78	70	
E.S., 25 J., f	105	90	113	
$\overline{X}$	97,3	96,2	93,8	

Tab. 1 Kreatinin-Clearance-Werte an den Versuchstagen -2 (zwei Tage vor Applikation), +2 (am 2. Tag einer dreitägigen Gabe) und am Tage +8 (fünf Tage nach der letzten Gabe) von 3 mg/kg und 6 mg/kg Körpergewicht pro Tag als Einmaldosis. Von den Clearancewerten der einzelnen Tage sind zusätzlich die Mittelwerte berechnet ($\overline{X}$).

ne vergleichbare Beurteilung der unterschiedlichen Aminoglykosiddosierungen auf die Membranen des proximalen Tubulus konnte durch die Maximakurven erfolgen. Hierbei wurde die höchste Ausscheidung der AAP im 24-Stundenharn nach dreitägiger Gabe und während der anschließenden 2 Tage herangezogen. Ordnet man die Maximalwerte der AAP aufsteigend an, die von den einzelnen Probanden im Beobachtungszeitraum erreicht werden, so erhält man eine Maximakurve, wie sie in den Abbildungen 1–3 dargestellt sind. Die dazugehörigen Basisausscheidungen der AAP vor der Applikation des Aminoglykosids sind als Säulen unter dem Maximalwert des Probanden dargestellt. Ein Proband erreichte die höchste Ausscheidung von 10 000 mU/24 h nach Applikation von 10 mg/kg Amikacin und 16 000 mU/24 h nach 15 mg/kg an drei aufeinanderfolgenden Tagen. Netilmicin 3 mg/kg ergab eine Maximalausscheidung der AAP von 9 800 mU/24 h und nach 6 mg/kg von 11 800 mU/24 h. Für Tobramycin konnten ähnliche AAP-Eliminationen beobachtet werden. Nach 3 mg/kg wurden 6 400 mU/24 h, nach Verdopplung der Dosis auf 6 mg/kg 13 200 mU/24 h AAP gemessen. Diese Werte wurden nach der täglichen Einmalgabe über drei Tage erreicht. Die Kreatinin-Clearance blieb im Beobachtungszeitraum normal (Tab. 1–3).

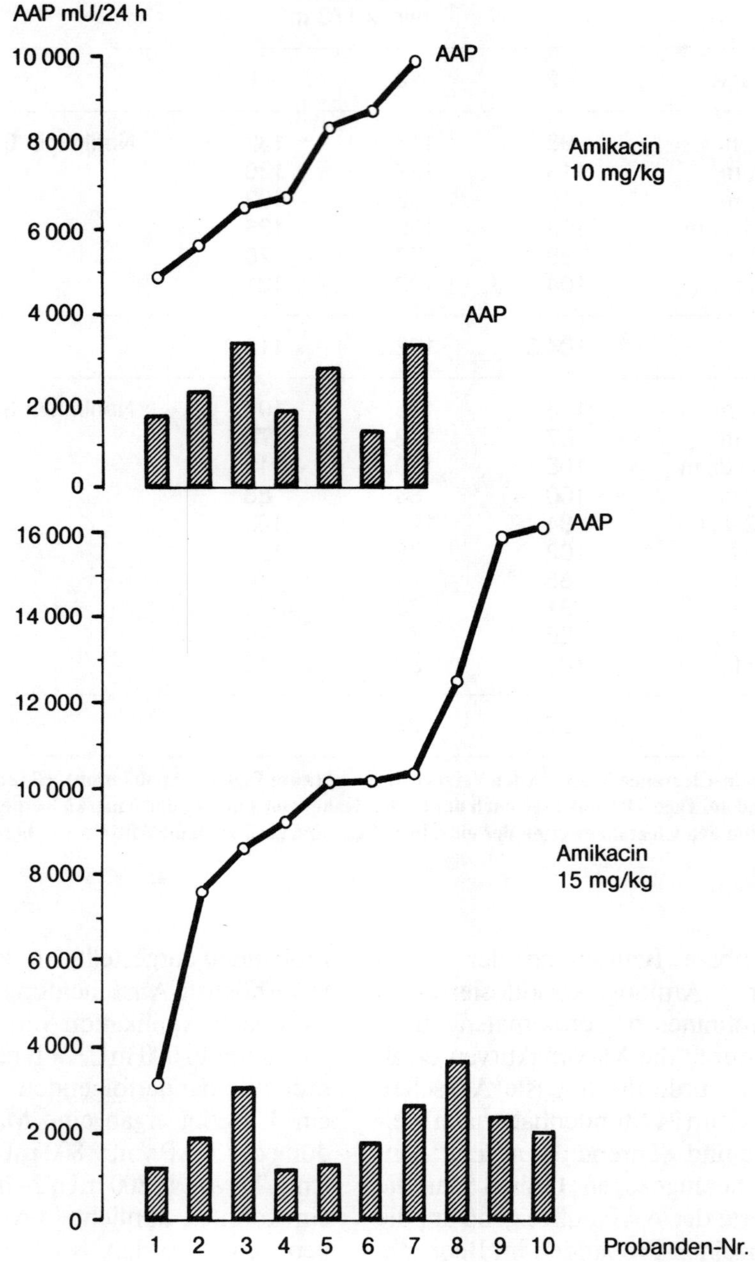

Abb. 1 Maximakurven der AAP-Werte, die im Verlaufe von 3 Tagen der Applikation und an zwei weiteren Beobachtungstagen von Amikacin 10 mg/kg (n = 7) und Amikacin 15 mg/kg (n = 10) erreicht wurden. Die Maximawerte der Probanden wurden nach steigenden Aktivitäten geordnet. Die Säulen darunter geben die Höhe der Ausgangswerte der einzelnen Probanden vor Applikation wieder.

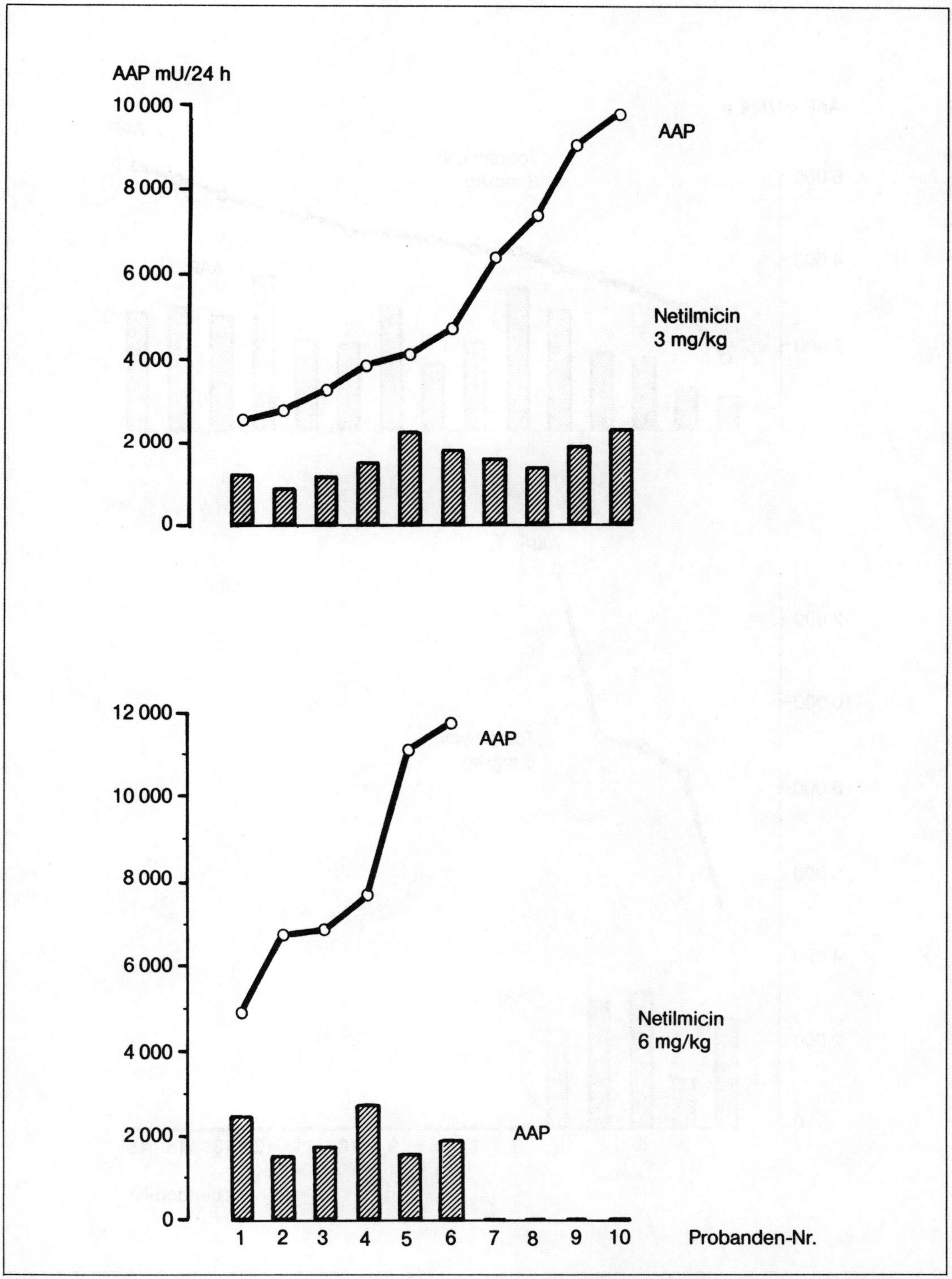

Abb. 2 Maximakurven und Ausgangswerte der AAP-Aktivitäten im 24-Stundenharn nach dreitägiger Applikation von 3 mg/kg und 6 mg/kg Netilmicin (siehe Legende der Abbildung 1).

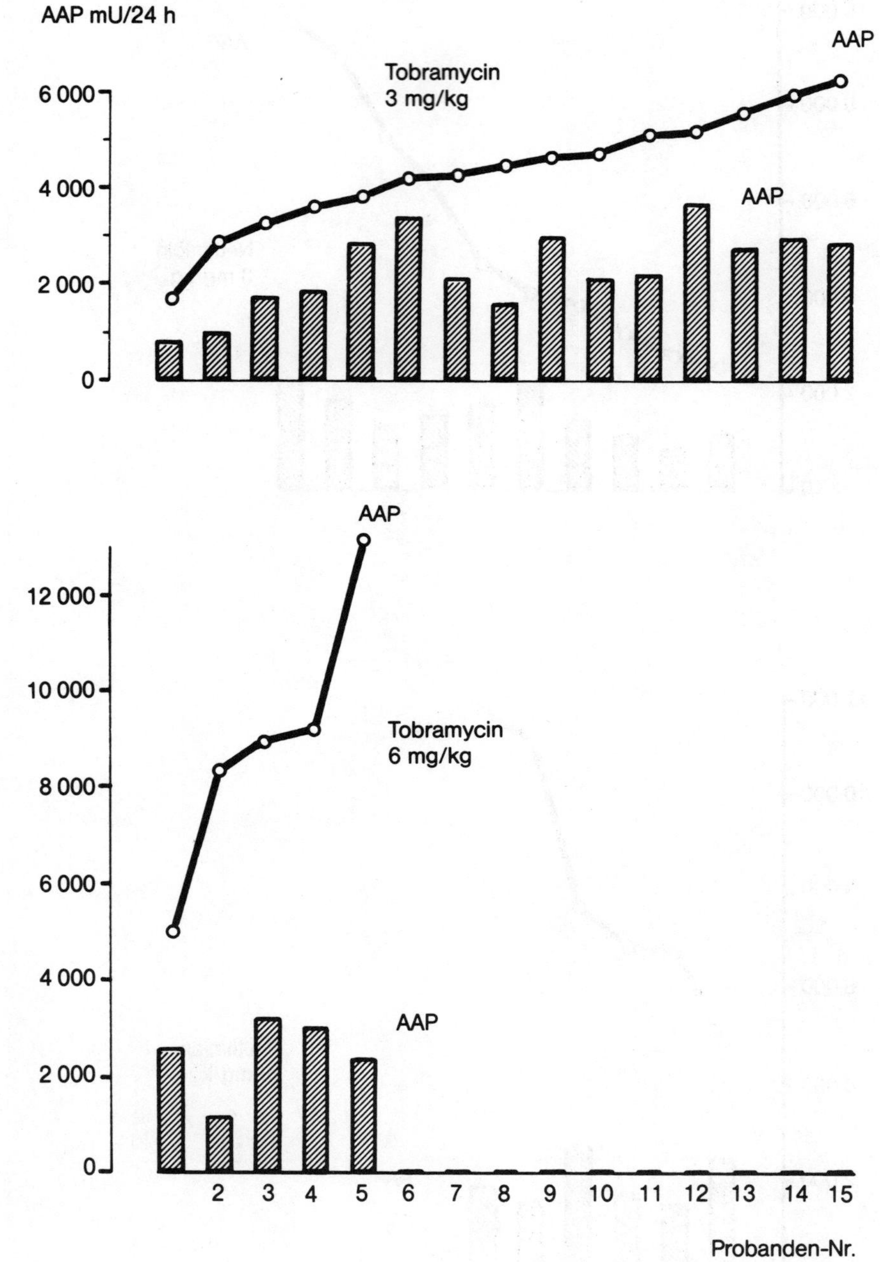

Abb. 3 Maximakurven und Ausgangswerte der AAP-Aktivitäten im 24-Stundenharn nach dreitägiger Applikation von 3 mg/kg und 6 mg/kg Tobramycin (siehe Legende der Abbildung 1).

Probanden	Versuchstage −2	1	3	6	$\frac{ml}{min. \times 173\ m^2}$
J.B., 25 J.	87	107	111	98	
M.L., 22 J.	95	91	121	129	
G.L., 23 J.	104	73	106	111	
G.I., 25 J.	94	128	125	109	
U.S., 20 J.	88	80	98	88	
K.E., 22 J.	115	89	77	84	
C.D., 24 J.	88	108	126	54	
P.K., 32 J.	101	154	98	126	
J.K., 22 J.	106	111	109	125	
M.H., 22 J.	131	146	119	125	
W.M., 28 J.	97	114	117	141	
M.B., 22 J.	149	112	118	160	
K.B., 30 J.	137	120	129	140	
M.S., 24 J.	105	68	129	110	
J.S., 24 J.	105	166	106	104	
$\bar{X}$	107	111	112	113	

Tab. 2 Kreatinin-Clearance-Werte und deren Mittelwerte von 15 Probanden an den Tagen −1 (ein Tag vor der Applikation), sowie an den Tagen 1 und 3 unter Applikation und am 1. Tag nach der Gabe von 3 mg/kg Tobramycin an drei aufeinanderfolgenden Tagen.

Probanden	Versuchstage −2	1	3	6	$\frac{ml}{min. \times 173\ m^2}$
K-J.D., 32 J.	74	88	91	95	
U.L., 35 J.	131	119	94	108	
D.D., 22 J.	98	115	120	101	
R.R., 20 J.	82	126	134	94	
R.M., 24 J.	118	107	116	123	
$\bar{X}$	101	111	111	104	

Tab. 3 Kreatinin-Clearance-Werte und deren Mittelwerte von 5 Probanden. Die Applikation von 6 mg/kg Tobramycin erfolgte an drei aufeinanderfolgenden Tagen. Die Bestimmung der Kreatinin-Clearance erfolgte 2 Tage vor (−2), am 1. und 3. Tag (1, 3) unter der Gabe und am dritten Tag danach (6).

Diskussion

Die potentiell unterschiedliche Nephrotoxizität der Aminoglykoside ist durch klinische Untersuchungen belegt (1). Als Maß wurden Funktionseinschränkungen der Niere herangezogen. Bisher fehlen uns verläßliche und reproduzierbare Parameter, um diese Toxizitätsunterschiede im Vorfeld von Funktionseinschränkungen differenzieren zu können.

Die Ausscheidung des Membranenzyms Alanin-Aminopeptidase hat sich als ein Maß für die Tubulotoxizität in der sogenannten

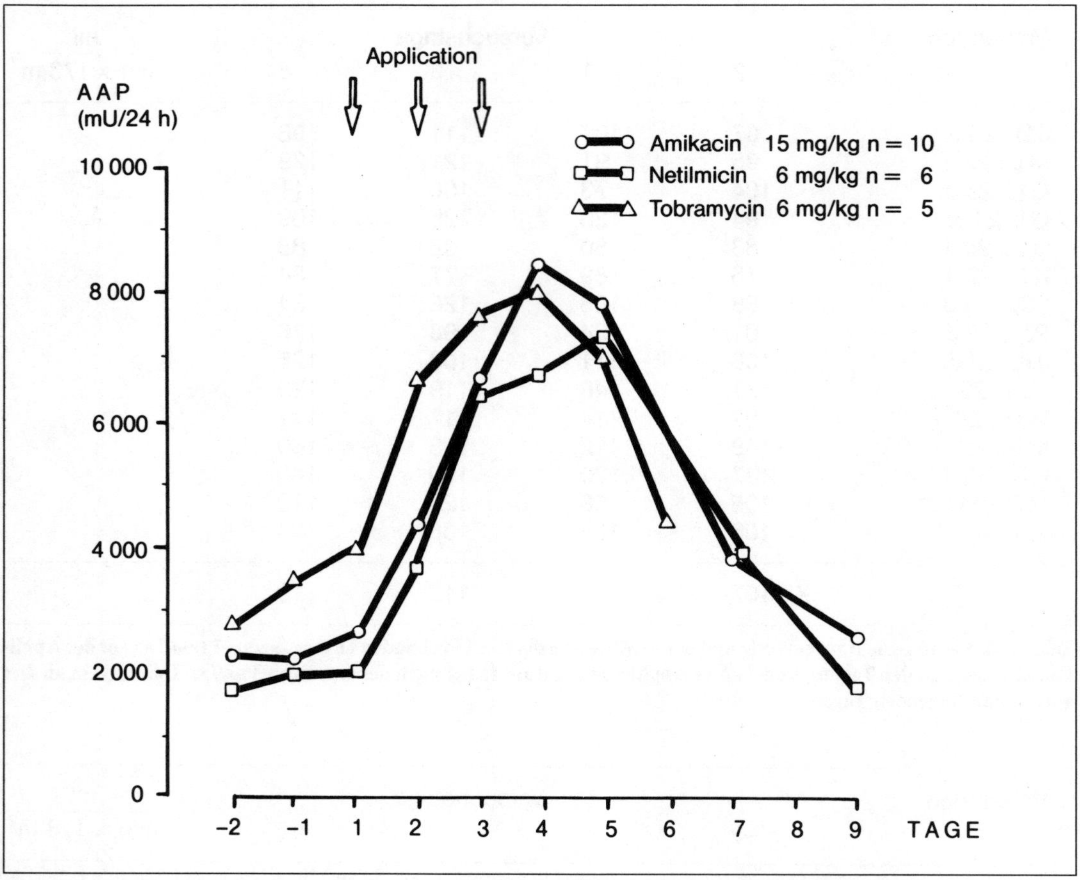

Abb. 4 Mittelwertskurven der AAP-Aktivitäten im 24-Stundenharn vor (-2, -1), unter (1, 2, 3) und nach (4-9) Applikation von Amikacin 15 mg/kg, Netilmicin 6 mg/kg und Tobramycin 6 mg/kg gesunden, informierten Probanden.

kreatinin-blinden Phase erwiesen und gilt als „frühe Phase"-Parameter der Nephrotoxizität. Die dargestellten Untersuchungen unterschiedlicher Dosierungen lassen deutlich die Dosisabhängigkeit für die Nierenschädigung erkennen. In den überwiegend empfohlenen niedrigen Dosierungsbereichen lassen sich statistisch sichere Unterschiede zwischen Netilmicin und Tobramycin auf der einen Seite und Amikacin auf der anderen Seite erkennen. Die höhere Dosierung verwischt diese Unterschiede zunehmend (Abb. 4, Tab. 4).

Eine weitere Beobachtung, die als Untersuchungsergebnis noch nicht abgeschlossen ist, zeigt, daß die tägliche Einmalgabe des Aminoglykosids gegenüber der geteilten Gabe weit weniger toxisch ist. Ein Ergebnis, welches aus Tierversuchen bekannt ist (4).

Aus den vorliegenden Untersuchungen läßt sich folgern:

1. Aminoglykoside besitzen eine dosisabhängige Tubulotoxizität. Die tägliche Dosis sollte vertretbar niedrig gehalten werden.
2. In den empfohlenen Dosierungen zeigen Aminoglykoside unterschiedliche nephrotoxische Potenzen, die sich bei Dosissteigerungen verwischen.
3. Eine kurzfristige (dreitägige) Applikation von Aminoglykosiden in hoher Dosierung

	n	mg/kg	AAP ($\overline{X}$) mU/24 h	n	mg/kg	Mondorf et al. AAP ($\overline{X}$) mU/24 h
Amikacin	7	10	6500	10	15	8500
Netilmicin	10	3	4800	6	6	7500
Tobramycin	15	3	4200	5	6	7990

Tab. 4 Die Mittelwerte ($\overline{X}$) der AAP-Aktivitäten im 24-Stundenharn wurden am Tage nach dreitägiger Applikation des Aminoglykosids gemessen.

führt an der gesunden Niere zu keinen Funktionseinschränkungen, gemessen an der Kreatinin-Clearance.

Zusammenfassung

Die Aminoglykoside Amikacin, Netilmicin und Tobramycin wurden im Hinblick auf ihre potentielle Nephrotoxizität hin untersucht. Gemessen wurde die Ausscheidung des Bürstensaumenzyms Alanin-Aminopeptidase (AAP), welches ein „frühe Phase"-Parameter in der kreatinin-blinden Phase der Nephrotoxizität darstellt.
In den therapeutisch empfohlenen Dosierungen weisen die Aminoglykoside teilweise statistisch hochsignifikante Unterschiede in der Enzymelimination auf. Werden diese Dosierungen erhöht, so steigen die Membranproteineliminationen in Form der AAP entsprechend an.
Die bei empfohlener Dosierung vorhandenen Unterschiede verwischen bei Hochdosierungen. Therapeutisch sollten Aminoglykoside daher in der untersten, vertretbaren Dosierung angewendet werden, um sich die Vorteile geringerer Toxizität nutzbar zu machen.
Nierenfunktionseinschränkungen in Form der Reduzierung der Kreatinin-Clearance konnten auch bei Hochdosierungen über drei Tage nicht beobachtet werden.

Literatur

1. *Smith, C.R., Lipsky, J.J., Laskin, O.L., Hellmann, D.B., Mellits, E.D., Longstreth, J., Lietman, P.S.:* Double-blind comparison of the nephrotoxicity and auditory toxicity of gentamicin and tobramicin. N Engl J Med 302 (1980), 1106–1109

2. *Mondorf, A.W., Scherberich, J.E., Stefanescu, T., Mitrou, P.S., Schoeppe, W.:* Elimination of Brush Border Membrane Protein in Urine Caused by Toxic Alteration of the Tubular Cell. Contr. Nephrol. 24 (1981), 99–108

3. *Mondorf, A.W., Breier, J., Hendus, J., Scherberich, J.E., Mackenrodt, G., Shah, P.M., Stille, W., Schoeppe, W.:* The effect of aminoglykosides on proximal tubular membranes of the human kidney. *Europ. J.* Clin. Pharmacol. 13 (1978), 133–142

4. *Reiner, N.E., Bloxham, D.D. and W.L. Thompson:* Nephrotoxicity of gentamicin and tobramycin given once daily or continuously in dogs. Journal of Antimicrobial Chemotherapy 4 (1978), 85–101

Animal Studies with Netilmicin

I.A. Tabachnick

Summary

Many publications have dealt with animal toxicity studies with netilmicin which show it to be less nephrotoxic and ototoxic than tobramycin, sisomicin, amikacin, and gentamicin. Indeed, in no case any animal study has demonstrated netilmicin to be more toxic than these aminoglycosides. Importantly, the low potential for nephro- and ototoxicity displayed by netilmicin has been demonstrated in a variety of species (cats, rats, guinea pigs, rabbits, dogs and monkeys) and clearly suggests that man may not be an exception. In that case, significant toxicity differences should differentiate netilmicin from other aminoglycosides in man.

Introduction

The first aminoglycoside used in therapy, streptomycin, was soon recognized to elicit undesirable ototoxicity. Subsequent aminoglycosides such as kanamycin, though useful in therapy, possessed both limited spectrum and displayed target organ toxicity. In the years since kanamycin's introduction, improvement in antimicrobial spectrum, potency or activity against resistant organisms has been achieved with the advent of several newer aminoglycosides. Gentamicin, for example, showed an improved spectrum over kanamycin but with an acceptable level of toxicity. The development of an aminoglycoside, however, which would have a low potential for both nephro- as well as ototoxicity, however, had not been achieved.

Recently, the aminoglycoside, netilmicin [1-N-ethyl Sisomicin (which is dehydrogenated gentamicin C_{1a}),] was synthesized in *Schering's* laboratories by Wright (1976). It is active against some gram positive, but more significantly against gram negative organisms such as Pseudomonas, Klebsiella, Proteus, Escherichia coli, and Providencia and displays activity against many resistant organisms.

The structure of netilmicin is shown in Figure 1. The in vitro and in vivo microbiologic activities of netilmicin have been described by Miller et al. (1976). These chemotherapeutic properties were reported to be accompanied by a much diminished degree of nephrotoxicity and ototoxicity.

Our first indication of the low potential for toxicity of netilmicin was seen in a cat ataxia study which was reported by *Miller* et al. (1976). The results of these studies are presented in Table 1. Each cat was given either gentamicin or netilmicin (40 mg/kg by the subcutaneous route). Two measures of vestibular function were observed: 1) impaired righting reflex, and, 2) ataxic behavior during a prescribed walking test. All gentamicin-treated cats displayed impaired righting reflex by the fifteenth day and ataxia and death by the eighteenth day of treatment. In contrast, after 80 to 92 days of treatment with netilmicin, none of the cats showed evidence of vestibular dysfunction. One cat died of unknown causes but at the time of death had normal vestibular function. These findings encouraged us to undertake a large-scale evaluation of the animal toxicity profile of netilmicin.

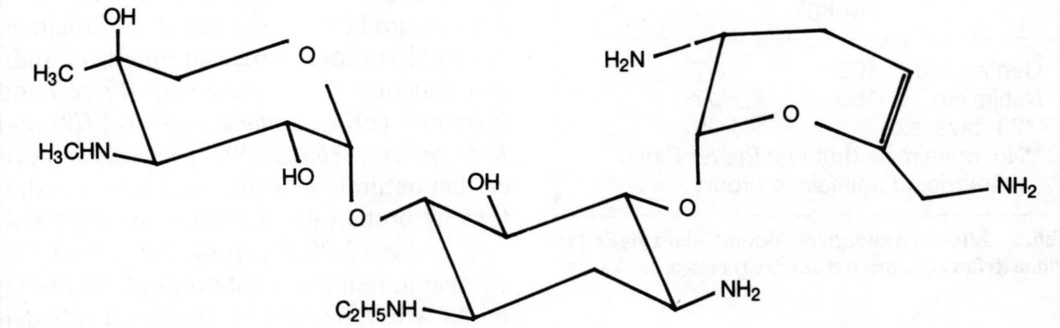

Fig. 1 The structure of Netilmicin.

Aminoglycoside	Cat No.	Daily dose (mg/kg)	Day of impaired reflexes	Day ataxic	Day of death
Netilmicin	8814	40	> 92	> 92	> 92
	8815	40	> 92	> 92	> 92
	8589	40	> 89	> 89	89
	8763	40	> 92	> 92	> 92
	8630	40	> 92	> 92	> 92
Gentamicin	8643	40	9	–	10
	8811	40	13	–	13
	8793	40	15	18	18
	8764	40	15	18	18
	8694	40	11	–	12

Tab. 1 Chronic Toxicity of Netilmicin and Gentamicin in cats (*Miller* et al.).

Ototoxicity

Additional comparative ototoxic studies were carried out by several investigators and the results are presented in the next several figures. *Weinberg* et al. (1981) reported that in the rat and dog at doses as high as 150 mg/kg and 75 mg/kg respectively, no detectable changes in hearing were observed. In the guinea pig, which has been used extensively for functional tests of hearing, *Brummett* et al. (1978a) administered 50, 100 and 150 mg/kg of either netilmicin or gentamicin subcutaneously over a 28-day period. In a similar experiment *Brummett* et al. (1978 b), using the same experimental protocol, compared gentamicin and tobramycin at these same doses. As shown in Table 2, gentamicin (100 mg/kg) caused all animals to lose their Preyer pinna reflex whereas netilmicin did not modify this reflex, even at 150 mg/kg. Figure 2 characterizes the relationship between dose and the average sound intensity required to produce 1 µV of ac cochlear potential at

	Dose mg/kg*	Results**
Gentamicin	100	7/7
Netilmicin	150	0/7

*28 days, s.c.
**No. of animals that lost Preyer Pinna reflex/no. of animals in group.

Tab. 2 Effect of Aminoglycosides on Guinea pig Preyer Pinna Reflex (*Brummett* **et al.). Daily dosage mg/kg, s.g.**

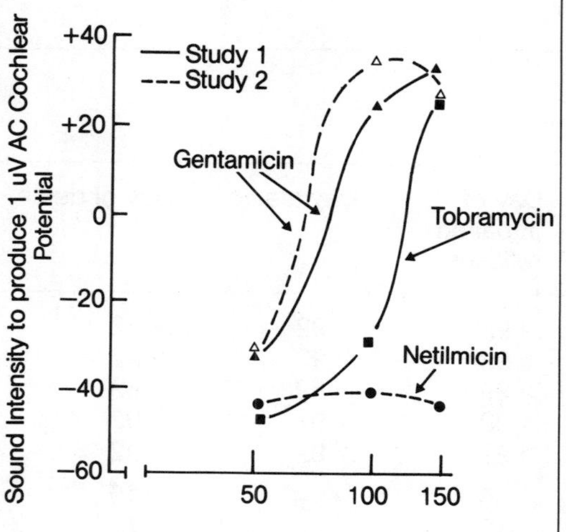

Fig. 2 Comparative Ototoxicity in Guinea pigs (*Brummett* et al.).

15 different frequencies from 100 Hz through 20,000 Hz. As shown in Figure 2, gentamicin (100 mg/kg) and tobramycin (150 mg/K) depressed the cochlea's ability to generate an ac potential, indicating significant audiotoxicity. In contrast to these findings, netilmicin at doses even as high as 150 mg/kg did not affect the ability of the cochlea to generate an ac potential. Paralleling these electrophysiologic findings, histologic examination of the outer sensory hair cells of the basal turn of the cochleas of these guinea pigs showed no drug-related changes in netilmicin-treated animals, whereas gentamicin and tobramycin elicited greater than a 50% destruction of the outer sensory hair cells at the end of 28 days. A similar lack of effect of netilmicin on electrophysiological measurements of auditory function was reported by *Wersäll* and *Björkroth* (1978). *Federspil* (1976, 1978) and *Federspil* and *Schatzle* (1977) have also reported that netilmicin displays the lowest audiotoxicity propensity of several aminoglycosides. *Federspil* (1978), using the guinea pig, compared netilmicin (at doses of 100 mg/kg b.i.d.) with amikacin administered subcutaneously for 28 days at doses of 50 mg/kg and 100 mg/kg (b.i.d.). Figure 3 gives his results indicating no degeneration of the hair cells in any of the coils in animals treated with netilmicin. In contrast, amikacin at the low dose (50 mg/kg, b.i.d.) showed some degeneration and at the high dose (100 mg/kg, b.i.d.), equivalent to netilmicin's dose regimen, marked destruction of the hair cells. *Wersäll* and *Björkroth* (1978) showed that amikacin caused complete destruction of the Organ of Corti with doses greater than 100 mg/kg whereas a 70 mg/kg dose of netilmicin gave only 5% to 20% destruction of this organ. When one considers relative therapeutic doses, extrapolation of these findings reveals that amikacin displays much greater auditory toxicity than netilmicin. Netilmicin's lack of auditory toxicity probably reflects both low intrinsic toxicity and lack of accumulation of netilmicin in the perilymph as reported by *Fox* an *Brummett* (1976) and *Brummett* et al. (1978 a). Secondary to a lack of nephrotoxicity, similar chronic dose regimens of gentamicin and netilmicin (Table 3) showed accumulation of gentamicin in both plasma and perilymph but no significant accumulation associated with netilmicin administration. By not damaging the kidney, netilmicin elimination continues unimpeded, even on chronic administration, thus obviating ototoxicity.
The comparative audio- and vestibul ototoxicity of netilmicin and gentamicin has been compared by *Igarashi* et al. (1978) in the squirrel monkey using 21 daily doses of 50,

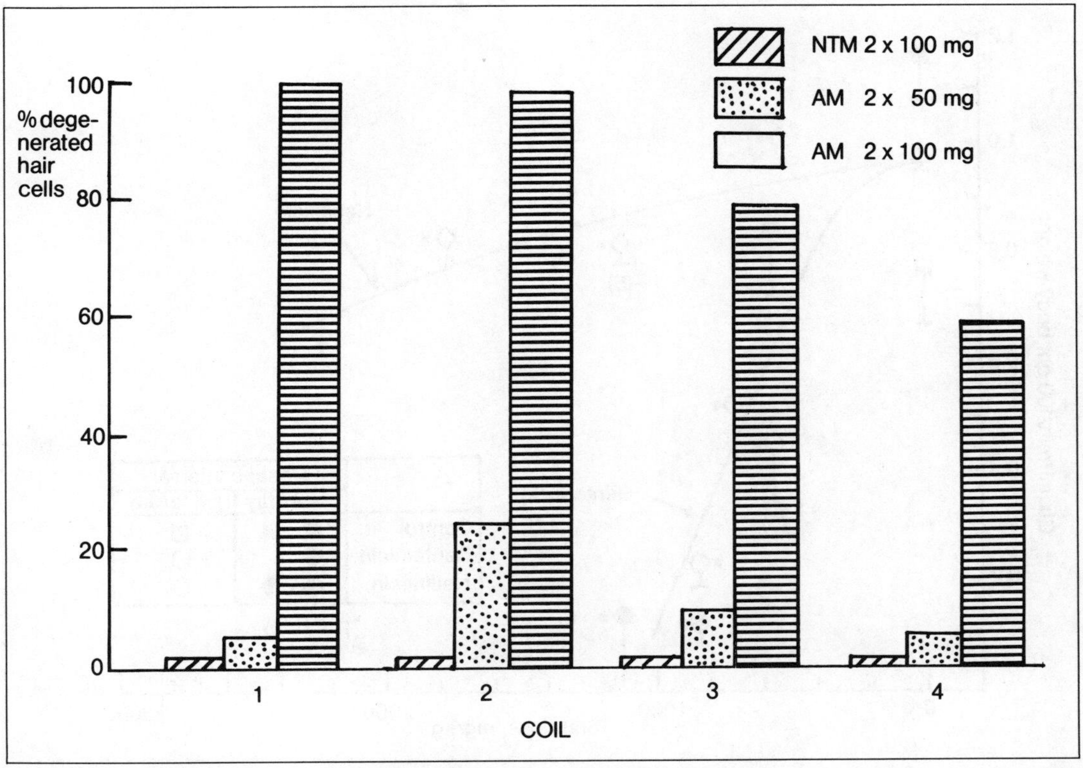

Fig. 3 Histocochleogram in Guinea pigs daily fro 28 days. (*Federspil* et al.)

Dose (mg/kg)	µg/ml Gentamicin	Netilmicin
Plasma		
50	44 (36– 53)	12 (10– 16)
100	98 (89–107)	45 (38– 52)
150	402 (378–426)	98 (89–107)
Perilymph		
50	5.5 ± 1.0	3.2 ± 1.8
100	17.1 ± 5.6	4.2 ± 0.9
150	32.7 ± 4.3	12.5 ± 1.2

Tab. 3 Gentamicin and Netilmicin Concentrations in Guinea pig plasma and Perilymph after chronic administrations* (*Brummett* et al.).
***Guinea pigs were injected daily with doses indicated for four weeks. Injections were subcutaneous. Two hours following last injection, the animals were killed and samples of plasma and perilymph taken for assay of drug concentration.**

75, and 100 mg/kg/day and 25, 50, and 75 mg/kg/day, respectively of netilmicin and gentamicin. Ataxia was evaluated by a platform-runway test which measures the degree and direction of locomotor disequilibrium in a 4-meter-run. Acoustic reflexes were measured with pure tones at frequencies of 500, 1000, 2000 and 4000 HZ and broad band noise (100–6000 HZ). In this subhuman primate, netilmicin elicited no clear ataxic response at the 50 and 75 mg/kg doses and only mild ataxia at the 100 mg/kg dose. By comparison, gentamicin at 25 mg/kg elicits a degree of ataxia similar to that seen with netilmicin at 100 mg/kg. Acoustic reflexes measured by *Igarashi* et al. (1978) in this study also indicated that netilmicin elicits little acoustic damage compared to gentamicin.

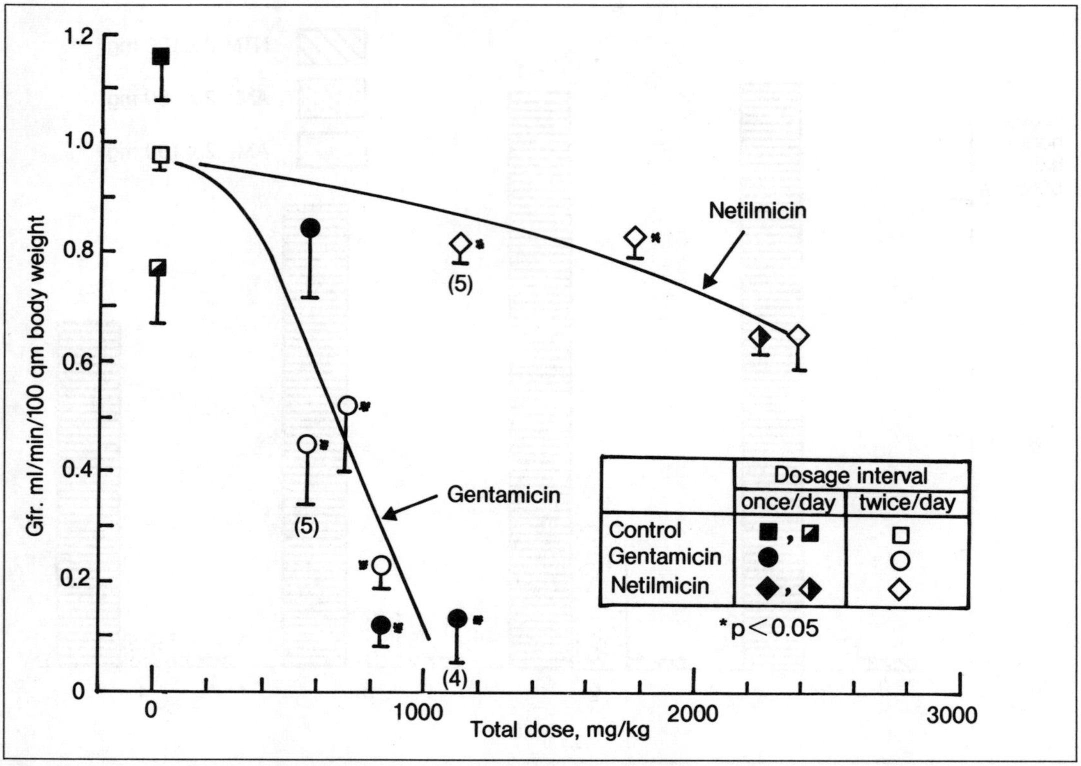

Fig. 4 Effect of chronic dosing of Gentamicin and Netilmicin on Glomerular Filtration Rate in Rats (*Chiu* et al.).

Nephrotoxicity

Renal Function

Initially, netilmicin and gentamicin were compared for their effects on kidney function (*Chiu* et al., 1977). Glomerular filtration rates (GFR) after chronic administration of both aminoglycosides are shown in Figure 4. On the abscissa is the total amount of drugs in milligrams per kilogram of body weight administered throughout the treatment period. The ordinate characterizes GFR in ml per min per 100 gm body weight. Gentamicin elicits a steep, dose-related decrease in GFR whereas netilmicin displays a considerably flattened curve, affecting GFR only at high doses. On the basis of these data, a 40% decrease in GFR occurred at a total dose of 600 mg/kg and 2400 mg/kg for gentamicin and netilmicin respectively. *Chiu* (1979) has also shown that gentamicin and tobramycin provide quantitatively similar effects on GFR, permitting the further extrapolation that netilmicin is less effective than tobramycin in modifying GFR. In other parameters which characterize renal dysfunction, netilmicin, only at very large doses, elicits slight glucosuria and elevated fractional excretion of K^+, whereas other aminoglycosides produce marked effects at low doses (*Chiu* et al., 1977, *Chiu,* 1979).

Bloxham et al. (1978) have compared gentamicin (45 mg/kg), tobramycin (45 mg/kg), and netilmicin (45 to 120 mg/kg) given by the i.v. route for 10 days (see Table 4). The regimens tested were once daily administration of the aminoglycosides, every 4 hours or as a

Aminoglycoside	Dose (mg/kg)*	Once daily	Every 4 hrs.	Continuous
Netilmicin	45–120	−11 ± 7	+ 2 ± 14	+10 ± 14
Tobramycin	45	−12 ± 13	−45 ± 5	−40 ± 7
Gentamicin	45	−52 ± 8	−35 ± 3	−86 ± 6

Tab. 4 GFR (% Change) in dogs (*Bloxham* et al.).
***i.v. for 10 days.**

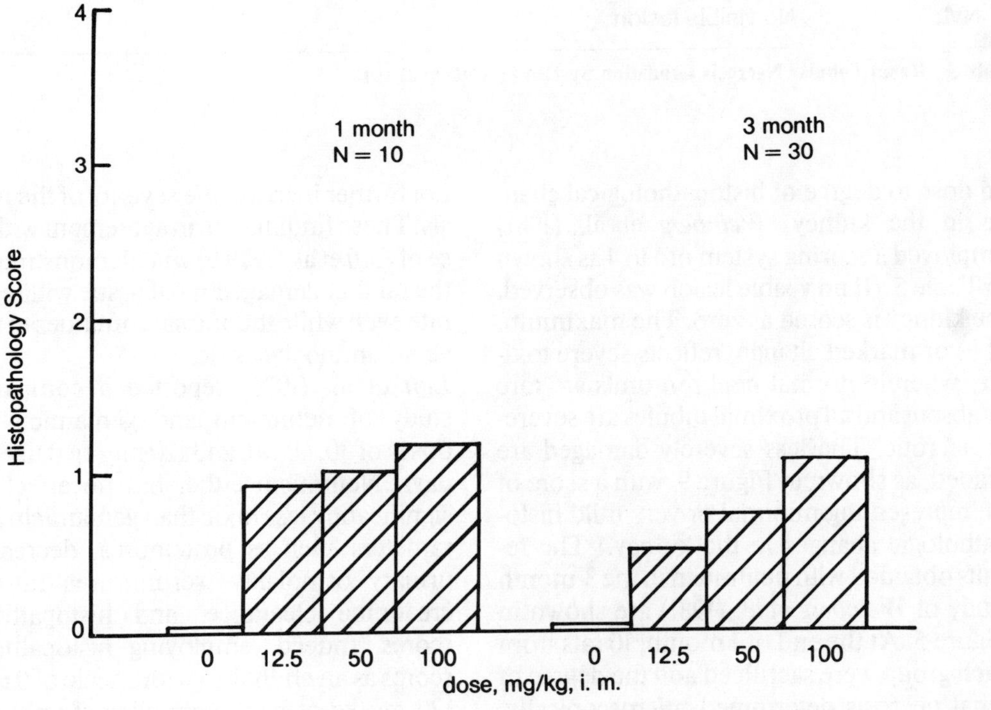

Fig. 5 Renal tubular necrosis rat Netilmicin (*Weinberg* et al.).

continuous infusion. Regardless of the regimen, netilmicin did not influence GFR in the dog, whereas both tobramycin and gentamicin markedly decreased GFR. Though not shown in Table 4, these investigators demonstrated also that the renal cortical concentrations of all three aminoglycosides were similar and it would seem then that cortical concentrations do not predict renal toxicity. Extrapolation of this finding indicates that netilmicin will have a lower intrinsic nephrotoxic potential than either gentamicin or tobramycin.

Renal Toxicology

A further indication of the unusual dose-response curve produced by netilmicin was observed in a 3-month rat study which relat-

Grade	Description
1+ (minimal):	A few scattered tubules with single cell necrosis; occasionally, a tubule will have more than one cell undergoing necrosis (40 x objective).
2+ (mild):	At least one necrotic cell seen in the field. In addition, a few to several tubules were observed containing multiple necrotic cells (40 x objective).
3+ (moderate):	All cells in many tubules were necrotic; one to a few tubules were involved in every field. This classification also takes into account many single cell necroses.
4+ (marked):	Severe toxic change. Normal nephron units rare or absent. Severe necrosis of all proximal tubules.
NVL	No visible lesion.

Tab. 5 Renal Tubular Necrosis Gradation System (*Weinberg* et al.).

ed dose to degree of histopathological change in the kidney. *Weinberg* et al. (1981) employed a scoring system of 1 to 4 as shown in Table 5. (If no visible lesion was observed, the kidney is scored as zero. The maximum, (4+) or marked change, reflects severe toxicity wherein normal nephron units are rare or absent and all proximal tubules are severely necrotic. The less severely damaged are graded, as shown in Figure 9, with a score of 1+ representing minimal or very mild histopathologic changes in the kidney.) The results obtained with netilmicin in the 3-month study of *Weinberg* et al. (1981) are shown in Figure 5. At the end of 1 month, 10 rats from each group were sacrificed and the degree of renal necrosis determined microscopically. The flat or shallow dose-response curve means that increasing doses of netilmicin does not substantially increase the degree of renal necrosis. This finding has been characterized further by *Luft* et al. (1978 a) and *Luft* (1978) and amplified still further in studies described below.

Though not shown in Figure 5, comparative data with gentamicin at the 1-month time period indicates that netilmicin at 50 mg/kg or 100 mg/kg elicits less severe renal necrosis than seen with 50 mg/kg of gentamicin. Interestingly, continued administration for a further 2 months to other groups of rats did not further increase the severity of the necrosis. These findings are in agreement with those of *Luft* et al. (1978 b) who demonstrated for the rat that damaged renal tissue will regenerate even while the animal continues to receive an aminoglycoside.

Luft et al. (1976) reported a comparative study of netilmicin and gentamicin with doses of 30, 60, 90, and 120 mg/kg daily for 15 days. Netilmicin either has no effect or is significantly less toxic than gentamicin in parameters such as proteinurea, decrease in urinary osmolality, serum urea nitrogen, creatinine clearance, and histopathology scores. Indeed, employing histopathology scores as an endpoint (with a scale of 0 to +5) 120 mg/kg of netilmicin elicited only minimal changes (+2) in the kidney and less than those seen with gentamicin at 60 mg/kg. Gentamicin at 120 mg/kg yielded a score of +5, demonstrating again that even at exaggerated doses, netilmicin shows a low potential for nephrotoxicity.

Bowman et al. (1977) gave rats 50, 100 or 150 mg/kg once daily for 8 to 14 days. On Day 14, as shown in Table 6, saline controls showed serum creatinine levels of 0.35 mg%. Netilmicin elicited slightly increased levels of 0.52 mg% (50 mg/kg dose) and 0.84 mg% (150 mg/kg). At similar doses, gentamicin increased serum creatinine to 0.45 mg% and

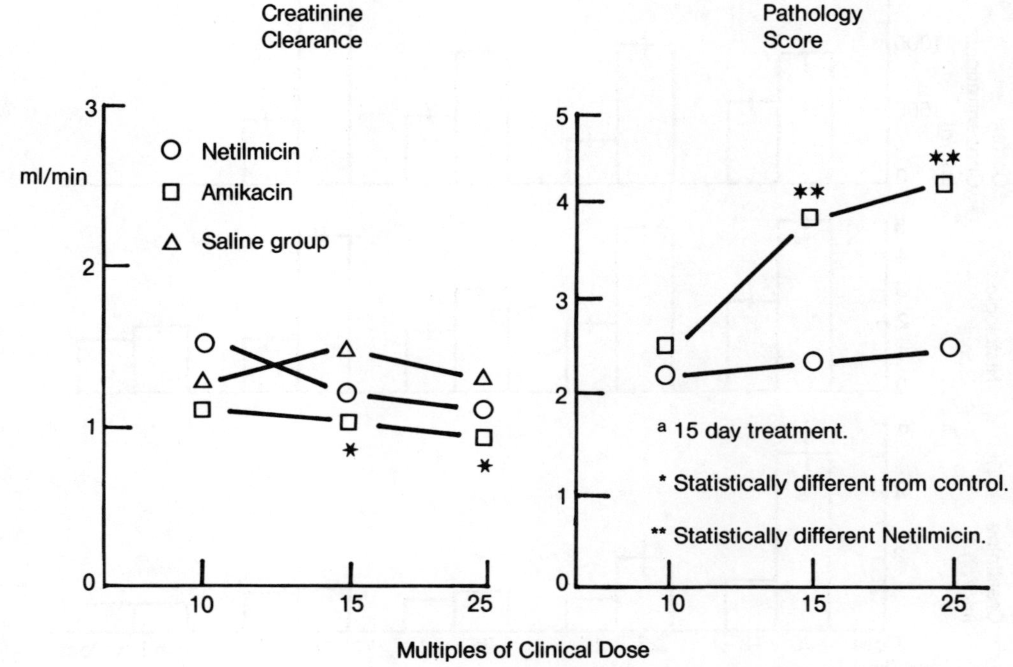

Fig. 6 Rate of Creatinine Clearance (CCR) and Pathology Scores in the kidney of rats (*Luft* et al.).

Dose	Gentamicin	Netilmicin
50 mg/kg	0.64	0.52
150 mg/kg	4.19	0.84
Saline = 0.35%		

Tab. 6 Serum Creatinine Levels (mg %) in rat 14 days therapy (*Bowman* et al.).

4.15 mg% respectively, and the renal lesions in these gentamicin animals were more severe than those seen in the netilmicin animals. In a comprehensive study, *Luft* et al. (1978 a) compared netilmicin, kanamycin, gentamicin, tobramycin, sisomicin, amikacin and streptomycin at 10, 15, and 25 times their respective human therapeutic doses. Streptomycin and netilmicin displayed similar shaped flat-dose response curves, whereas the other aminoglycosides showed both steeper dose response curves and considerably more renal damage than netilmicin or streptomycin employing many of the parameters described above. Figure 6 displays a comparison of netilmicin and amikacin by *Luft* et al. (1978 a). The creatinine clearance was not significantly altered by netilmicin whereas amikacin displayed significant effects on this parameter of kidney function. Similarly, the dose-response curve for netilmicin's effect on tubule damage was almost flat, whereas the curve for amikacin was steep. It should be noted again that *Luft* et al. (1978 a) employed a histopathology grading system of 0–5 and thus the score for the high dose of amikacin of 4.2 indicates severe renal damage. These investigators also concluded that pathology

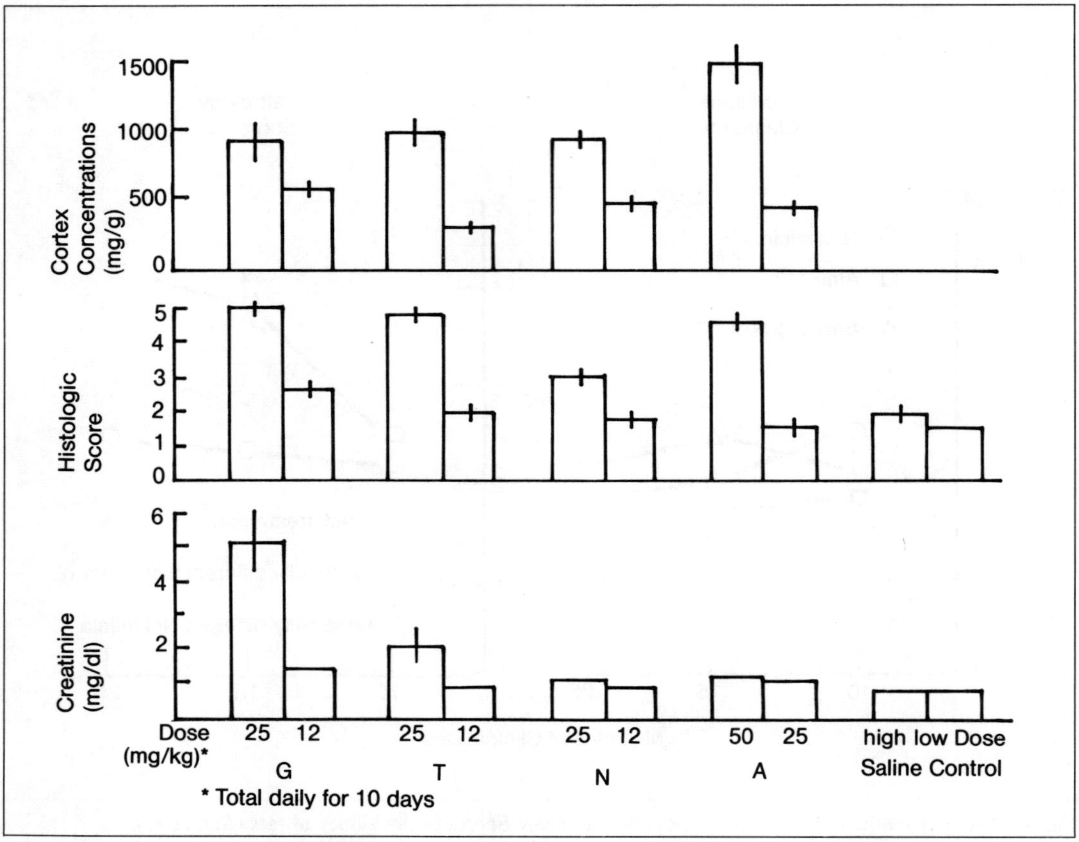

Fig. 7 Cortical Concentrations, Histologic Toxicity Score and Serum Creatinine Concentration (*Barza* et al.).

score did not correlate with renal concentrations of the various aminoglycosides tested in this comprehensive study.

Soberon et al. (1979) have extended the earlier work of *Bowman* et al. (1977) and compared tobramycin, gentamicin and netilmicin in the rat. In their study, histopathology was identified as the most sensitive measure of renal damage. Doses of 75 mg/kg to 150 mg/kg of netilmicin yielded less damage than seen with similar doses of tobramycin. At 150 mg/kg, serum creatinine and creatinine clearance values were normal in netilmicin-treated rats but levels obtained in tobramycin-treated rats were significantly elevated as compared to the saline controls.

Recently, *Ormsby* et al. (1979) also compared gentamicin, netilmicin and tobramycin and showed no differences between tobramycin and netilmicin in serum creatinine, urinary osmolality and blood urea nitrogen. *Ormsby* et al. (1978) reported that tobramycin showed more pathologic changes than netilmicin. Other investigators have also shown that netilmicin is less nephrotoxic in the rat than gentamicin or tobramycin (*Dikman* et al., 1977, *Kahn* et al., 1979). As seen in Figure 7, *Barza* et al. (1978) have compared gentamicin (G), tobramycin (T) and netilmicin (N) given at total daily doses of 12 and 25 mg/kg with amikacin (A) and given at total daily doses of 25 and 50 mg/kg. They concluded that the

Aminoglycoside	Bun (mg/100 ml)	Serum Creatinine (mg/100 ml)
Control (n = 5)	12.4 ± 1.1	0.9 ± 0.01
25 mg/kg/day		
Netilmicin (n = 5)	14.6 ± 1.6	1.0 ± 0.05
Tobramycin (n = 5)	15.0 ± 0.9	0.9 ± 0.04
50 mg/kg/day		
Netilmicin (n = 5)	14.9 ± 2.7	1.2 ± 0.15*
Tobramycin (n = 5)	18.5 ± 1.6*	1.0 ± 0.09*
75 mg/kg/day		
Netilmicin (n = 5)	14.4 ± 2.4	0.8 ± 0.07
Tobramycin (n = 5)	31.9 ± 12.3*	3.6 ± 0.93*

Tab. 7 Effect of Netilmicin and Tobramycin on Renal Function in dogs (*Engle* et al.).**
***p < 0.05, post treatment vs. pre-treatment.**
****I.m. daily for 14 days.**

rank order of nephrotoxicity based on histologic scores and azotemia was: gentamicin > tobramycin > amikacin > netilmicin.

Frame and *Watanakunakorn* (1978) compared gentamicin and netilmicin in a 21-day study in rabbits at 60 and 90 mg/kg. No changes in serum creatinine were found with netilmicin, whereas at these doses, gentamicin resulted in the death of 6 of 11 animals with marked increases in serum creatinine.

In a 21-day squirrel monkey study (*Igarashi* et al. 1978) comparing the ototoxicity of netilmicin and gentamicin, the results of which were reported above, renal function observations were also made. Netilmicin caused milder decreases in glomerular filtration at the higher dose (100 mg/kg) than did gentamicin at lower doses (25 and 50 mg/kg).

A number of dog studies have been reviewed by *Luft* (1978) and reported by *Weinberg* (1981). In one comparative study with gentamicin, *Weinberg* reported that netilmicin (10, 25, 50 and 75 mg/kg, daily for 14 days) was less toxic than gentamicin (15 and 30 mg/kg, daily for 14 days). At 75 mg/kg, netilmicin elicited only mild tubular changes but no functional change in serum creatinine. In contrast, gentamicin at 15 mg/kg showed a significant increase in serum creatinine in 2 dogs and, at 30 mg/kg, all dogs showed severe tubular changes. *Engle* et al. (1977, 1979) compared the effects of netilmicin and tobramycin on renal function (Table 7) in dogs receiving 25, 50 or 75 mg/kg/day for 14 days. Tobramycin at 50 and 75 mg/kg increased BUN and serum creatinine and decreased creatinine clearance in a dose-related fashion. Netilmicin was without effect at these doses. Tobramycin-treated dogs at the 75 mg/kg dose developed glycosuria, proteinuria, and polyuria, displayed significant tubular damage, and 3 of the 5 dogs in this group died. The netilmicin-treated dogs (at 75 mg/kg) showed only mild tubular changes. Otherwise, netilmicin-treated dogs were normal. The comparison of netilmicin with tobramycin extended in a 28-day study by *Szot* et al. (1980). Both aminoglycosides were given at doses of 20, 40 or 80 mg/kg daily for 28 days (Table 8). There were no deaths at any dose level in the netilmicin-treated dogs. For tobramycin, by Day 13, 75 per cent of the dogs in the 80 mg/kg group had died. By Day 21, 50 per cent of the 40 mg/kg group and 100 per cent of the 80 mg/kg group had died or were killed in a moribund state. By Day 27, all dogs in the 40 mg/kg group were dead. Mean serum urea nitrogen values are displayed in Figure 8. Ne-

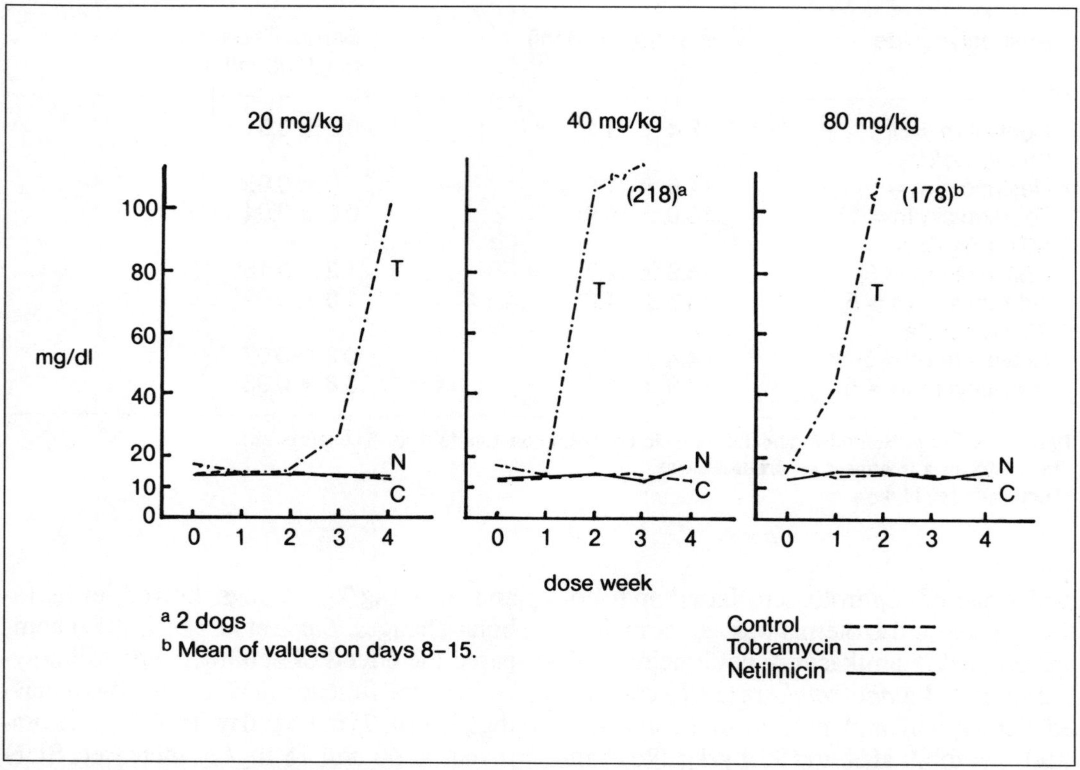

Fig. 8 Mean values of Serum Urea Nitrogen in dogs treated with Netilmicin and Tobramycin (*Szot* et al.).

Dose (mg/kg)	Tobramycin 20	40	80	Netilmicin 20	40	80
Days	% Mortality					
13	0	0	75	0	0	0
21	0	50	100	0	0	0
27	0	100	100	0	0	0

Tab. 8 Comparative Toxicity of Tobramycin and Netilmicin in dogs* (28 days) (*Szot* et al.).
***4 dogs per dose.**

Dose level	Control	Tobramycin	Netilmicin
	0,0,0,0		
20 mg/kg		2,0,3,1	0,0,1,0
40 mg/kg		3,4,4,4	0,1,1,2
80 mg/kg		4,4,4,4	2,2,2,2

Tab. 9 Group aggregates of numerical scores for Renal Tubular Necrosis.

tilmicin did not influence this parameter at any dose whereas tobramycin-treated dogs displayed increaes by the third week of treatment at 20 mg/kg, the second week at 40 mg/kg and the first week at 80 mg/kg. As seen in Figure 9, the serum creatinine levels were not altered by netilmicin but the tobramycin-treated dogs, however, exhibited increases in serum creatinine which were related to dose and duration of treatment.

Pathology scores of the kidney are shown in Table 9. Netilmicin, even at 80 mg/kg, did not seriously influence tubular morphology (score of +2) whereas tobramycin, not unexpectedly at 40 mg/kg, almost completely

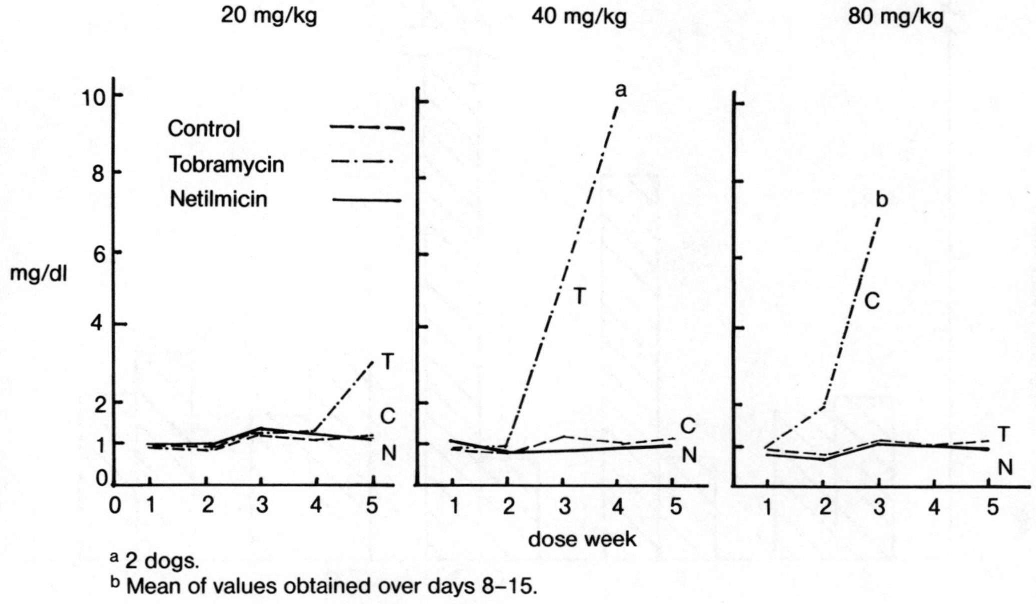

Fig. 9 Mean values of Serum Creatinine in dogs treated with Netilmicin and Tobramycin (*Szot* et al.).

obliterated the tubules. Dogs treated with either 40 or 80 mg/kg of tobramycin died in renal failure.

Studies in rats show that non-aminoglycoside antibiotics, such as ampicillin, carbenicillin, methicillin and several cephalosphorines, either do not influence or may protect against the kidney damage elicited by various aminoglycosides (*Barza* et al., 1978 and *Hagstrom* et al., 1978). *Morin* et al. (1978) employing an in vitro system which measures release of free N-acetyl-β-D-glucosaminidase from lysosomes demonstrated that netilmicin elicited the least release of this enzyme and even this release was substantially reduced by concomitant exposure of the lysosomes to cephalosporin and netilmicin.

Other investigators have compared the interreaction of gentamicin or netilmicin with or without the high ceiling diuretic, furosemide. *Kahn* (1977) administered 100 mg/kg/day of gentamicin or 150 mg/kg/day of netilmicin with and without 5 mg/kg/day of furosemide for seven days. As shown in Figure 10, serum creatinine levels were increased by gentamicin and further increased by the addition of furosemide. In contrast, neither netilmicin alone or in combination with furosemide altered serum creatinine levels. This lack of enhancement of serum creatinine levels was paralleled by a similar lack of enhancement in blood urea nitrogen levels. *Adelman* et al. (1979) studied a similar interaction in the dog and concluded that treatment with gentamicin plus furosemide elicited severe renal damage, whereas netilmicin plus furosemide elicited only mild changes in renal function and pathology.

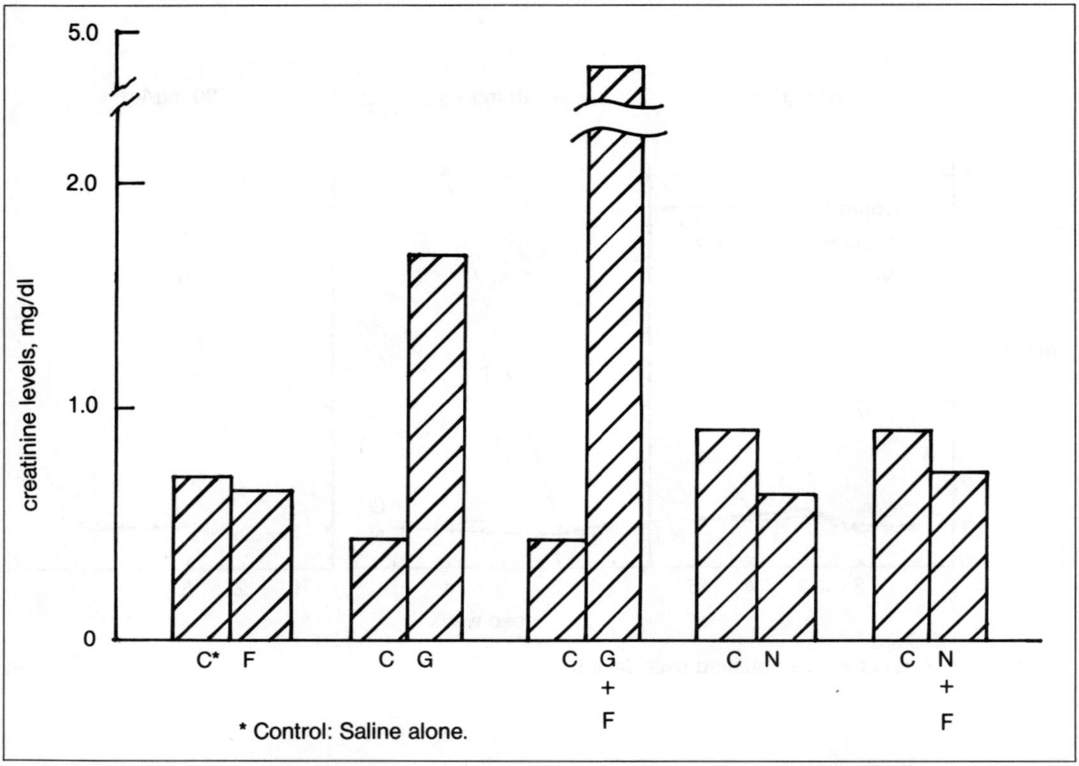

Fig. 10 Effect of Combinations of Furosemide (F) and Gentamicin (G) or Netilmicin (N) on Renal Function in the rat (*Kahn* et al.).

Conclusions

The relative safety of netilmicin has been established in comparison with a number of aminoglycosides in a variety of species by many investigators. The safety margin for nephrotoxicity appears to be approximately 3–4 times in favor of netilmicin and for ototoxicity appears to be 3–5 times in favor of netilmicin. The low potential for toxicity displayed by netilmicin in animals will be confirmed in man.

References

1. *Adelman, R.D., Spangler W., Beasom, F., Ishizaki, G.*: Clinical Research 27 (1979), 96 (Abstract)

2. *Albiero, L., Bamonte, F., Ongini, E., Parravicini, L.*: Archives Internationales de Pharmacodynamie et de Therapie 233 (1978), 343.

3. *Barza, M., Pinn, V., Tanguay, P., Murray T.:* Journal of Antimicrobial Chemotherapy, 4 (Suppl. A) (1978), 59

4. *Bloxham, D.D., Meliere, C.C., Thompson, W.L.*: Clinical Research, 26, 286A (1978), (Abstract)

5. *Bowman, R.L., Silverblatt, F.J., Kaloyanides, G.J.:* Antimicrobial Agents and Chemotherapy, 12/4 (1977), 474

6. *Brummett, R.E., Fox, K.E., Brown, R.T., Himes, D.L.:* Archives of Otolaryngology, 104 (1978a), 579

7. *Brummett, R.E., Fox, K.E., Bendrick, T.W., Himes, D.L.*: Journal of Antimicrobial Chemotherapy, 4 (Suppl. A) (1978b), 73

8. *Chiu, P.J.S.:* Personal communication 1979

9. *Chiu, P.J.S., Miller, G.H., Brown, A.D., Long, J.F., Waitz, J.A.*: Antimicrobial Agents and Chemotherapy, 11/5 (1977), 101

10. *Dikman, S., Busch, J., Churg, J., Kahn, T.:* Clinical Research, 25 (1977), 429A (Abstract)

11. *Engle, J.E., Abt, A.B., Schneck, D.W., Schoolwerth, A.C.*: Submitted for publication (1979)

12. *Engle, J.E., Abt, A.B., Schoolwerth, A.C.*: Kidney International 12 (1977), 466 (Abstract)

13. *Federspil, P.J.* In: Current Chemotherapy, Proceedings of the 10th International Congress of Chemotherapy, Zurich, Switzerland, September 18–23, 1977, Vol. II, p. 975. Editors: *Siegenthaler, W., R. Lüthy.* American Society for Microbiology, Washington, D.C. 1978

14. *Federspil, P., Schatzle, W.*: Les Colloques de l'institut National de la Sante et de la Recherche Medicale, 68 (1977), 319

15. *Federspil, P.*: Infection 4 (1976), 2

16. *Fox, J.E., Brummett, R.E.*: Federation Proceedings March, 621 (1976) (Abstract)

17. *Frame, P.T., Watanakunakorn, C., Cluxton, R.J. Jr.*: Current Therapeutic Research, 24/3 (1978), 344

18. *Hagstrom, G.L., Luft, F.C., Yum, M.N., Sloan, R.S., Maxwell, D.R.*: Antimicrobial Agents and Chemotherapy, 13/3 (1978), 490

19. *Igarashi, M., Levy, J.K., Jerger, J.*: The Journal of Infectious Diseases 137/4 (1978), 476

20. *Kahn, T.*: Nephron (in press) 1979

21. *Kahn, T.*: Kidney International 12 (1977), 527 (Abstract)

22. *Luft, F.C.*: Journal of International Medical Research, 6 (1978), 286

23. *Luft, F.C., Bloch, R., Sloan, R.S., Yum, M.N., Costello, R., Maxwell, D.R.:* The Journal of Infectious Diseases, 138/4 (1978a), 541

24. *Luft, F.C., Rankin, L.I., Sloan, R.S., Yum, M.N.:* Antimicrobial Agents and Chemotherapy, 14/3 (1978b), 284

25. *Luft, F.C., Yum, M.N., Kleit, S.A.:* Antimicrobial Agents and Chemotherapy, 10/5 (1976), 845

26. *Miller, G.H., Arcieri, G., Weinstein, M.J., Waitz, J.A.*: Antimicrobial Agents and Chemotherapy, 10/5 (1976), 827

27. *Morin, J.P., Fillastre, J.P., Vaillant, R.*: Current Chemotherapy 2 (1978), 960

28. *Ormsby, A.M., Parker, R.A., Plamp, C.E., Stevens, P., Houghton, D.C., Gilbert, D.N., Bennett, W.M.*: Current Therapeutic Research, 25/2 (1979), 335

29. *Ormsby, A., Plamp, C., Bennett, W., Gilbert, D., Houghton, D., Porter, G.*: Clinical Research 26 (1978), 141A (Abstract)

30. *Soberon, L., Bowman, R.L., Pastoriza-Munoz, E., Kaloyanides, G.J.*: The Journal of Pharmacology and Experimental Therapeutics (Submitted for publication 1979)

31. *Szot, R., McCormick, G., Chung, M., Christie, B., Weinberg, E., Schwartz, E.*: Tox. & Applied Pharm. 55 (1980), 178

32. *Weinberg, E.H., Field, W.E., Gray, W.D., Klein, M.F., Robbins, G.R., Schwartz, E.:* Arzneimittel-Forschung (in press 1981)

33. *Wersall, J., Björkroth, B.*: In: Current Chemotherapy, Proceedings of the 10th International Congress of Chemotherapy, Zurich, Switzerland September 18–23, 1977, Vol. II, p. 976. Editors: *Siegenthaler, W., R. Lüthy*. American Society for Microbiology, Washington, D.C. 1978

34. *Wright, J.J.*: Journal of the Chemical Society Chemical Communications (1976), 206

Klinik

Place of aminoglycosides in modern therapy

E. Rubinstein

When a young clinician deals with antibiotic therapy one tends to forget that aminoglycosides are rather a new therapeutic modality, e.g. in the Stedman's medical dictionary of 1961 kanamycin is defined as a Japanese antibiotic with alleged wide range of activity. In Pschyrembels Klinisches Wörterbuch 1959 Streptomycin received 21 lines or 120 words. When one asks today a practising surgeon the therapy for peritonitis caused by a perforated viscus, one may get the result G and C meaning gentamicin and clindamycin, or from a burn specialist – for an infected burn T and T meaning Tobramycin and Ticarcillin. Indeed, the use of aminoglycosides alone or in combination became already a "bedingter Reflex".

One of our tasks as clinicians and teachers is to periodically evaluate the use of certain antimicrobials for certain infections, to choose the more appropriate drug for old and new infections and to try and find the therapy of choice for a given patient with a given infection.

I would like now to take as examples some disease states and evaluate the role of aminoglycosides in their therapy.

Endocarditis

Staph. aureus endocarditis: In this state the use of beta-lactam along with an aminoglycoside has been suggested on the basis of in vitro microbiological tests.

In an animal model with Staph. aureus aortic valve endocarditis the following MIC's and blood levels were obtained. Clindamycin MIC 0.06, blood levels 2.5–9 mcg/ml, Rifampin MIC 0.03, blood levels 0.5–5.3 mcg/ml. Cefazolin MIC 0.25, blood levels 1.2–20 mcg/ml. Penicillin MIC 0.04 mcg/ml levels 1.3–2.2 mcg/ml, vancomycin MIC 1.6 levels 4.5–64 mcg/ml, gentamicin MIC 0.25 levels 0.1–14 mcg/ml. Therapy with vancomycin or gentamicin was the most efficacious in sterilizing the vegetations. In a clinical study in 25 heroin-addicts with Staphylococcal endocarditis there was no difference in the clinical course of patients who received beta-lactams to those who received beta-lactam and gentamicin.

Pseudomonas aeruginosa endocarditis: In rabbits with endocarditis of the aortic valve induced by Pseudomonas aeruginosa gentamicin in a dosage 7.5 mg/kg for 6 days achieved in 44% of animals sterilization of the vegetations. 64% sterilization was achieved following 2 weeks of high dosed gentamicin-carbenicillin-therapy and none of the animals suffered a relapse. All other therapeutic modalities were less effective.

Similarly, *Reyes* et al. from Detroit found an overall recovery rate of 86% in patients treated with highly dosed carbenicillin and gentamicin therapy as compared to 50% cure in patients treated with conventional gentamicin-carbenicillin-dosages.

In enterococcal endocarditis: One finds enterococci which are susceptible to 2000 mcg/ml or less of streptomycin and those that are resistant to this dosage. The later which account for 50% of all clinical isolates the combination of penicillin-getamicin or penicillin-netilmicin is significantly better than that of penicillin-streptomycin. In the streptomycin susceptible group the combination of penicillin-streptomycin may be superior. This data suggests that if one does not check the MIC of enterococci the combination of penicillin with netilmicin or gentamicin or gentamicin may be the therapy of choice.

In staph. epidermidis endocarditis: Which has become the most common serious bacterial infection in patients with prosthetic valves, one finds that over 60% of isolated strains are methicillin resistant. In an animal endocarditis model it was found that a methicillin resistant Staph. epidermidis with similar MIC's (0.01–0.1) gentamicin was the most efficacious agent. Initial patients data are similar to those shown here. In evaluating large clinical series one finds similar success rates for patients with non enterococcal endocarditis whether treated alone or in combination with aminoglycosides. Conversely in the treatment of enterococcal endocarditis the addition of an aminoglycoside is mandatory.

In the therapy of infections with aminoglycosides several questions have to be answered. Which factors affect gentamicin level, not only in the blood but at the infected site as well. In addition to weight, renal function and hematocrit fever may also affect the kinetics of antibiotics. We have measured the effect of fever in dogs in which body temperature was elevated and steadily maintained in a climatic chamber. The results obtained show that fever does not affect gentamicin pharmacokinetics as long as renal functions are maintained unchanged.

In rats with endotoxin induced fever no difference was found between febrile animals and controls, in blood gentamicin concentrations nor in T 1/2, AUC, V.C. and gentamicin clearance. The volume of distribution was larger in endotoxic animals probably caused by endotoxin damage to the endothelial membranes.

Another question of interest is the distribution of aminoglycosides in the extravascular space, using an implanted dialysis tube cage with minimal tissue reaction. One can see that the distribution of gentamicin in the interstitial space is similar to that observed in the blood conversely, if one uses the usual ping-pong ball tissue cage which elicits a dense fibrous tissue reaction the levels obtained within this cage are low compared to simultaneous blood levels. If one examines the penetration of gentamicin into abscesses one finds high and prolonged abscess gentamicin levels. However the lack of local oxygen inhibits the uptake of gentamicin by susceptible bacteria and thus these can proliferate in the presence of high and otherwise bactericidal drug levels.

If one further examines the concentration of netilmicin in blood compared to the concentration in the interstitial fluid in anephric uremic animals, one sees that the equilibrium between these two subcompartments is kept stable and equal to the equilibrium of inulin in this setting. Meningitis caused by gram negative bacilli is a special therapeutic challenge. Firstly, it attacks the weakest, the new born and the aged and the immune deficient host. Secondly, because of the absence of opsonins and specific antibodies in the CSF the outcome of such infection is entirely dependent on antibiotics. Thirdly, a large number of potent antimicrobials including the aminoglycosides and most cephalosporins fail to pass the blood CSF barrier. Fourthly, practically no information exists regarding antibiotic penetration of brexin, abscesses which commonly accompany gram negative meningitis.

Regarding aminoglycosides their failure to enter the CSF has been known since the day of streptomycin use in tuberculos meningitis Available clinical data shows that in adults treated with intrathecal and systemic gentamicin 71% survived. The opposite was found in newborns treated with i.t. and i.v. kanamycin and gentamicin.

Present data suggest that in difficult cases intraventricular administration is the preferred route of administration since high drug levels are obtained both in the ventricules and lumbar CSF space. It should be further noted that low pH present in the CSF in meningitis caused by lactic acid may further increase the MIC of the offending microorganism and make the clinical cure even a more difficult goal to reach. Experimental data obtained in our laboratory suggest that the frequency of intrathecal administration of aminoglycosides may be reduced if digoxin is co-administered systemically or intrathecally because digoxin blocks the choroid plexus. ATP'ase which is responsible for gentamicin and other agents clearance from the CSF. It should be noted that intrathecal aminoglycoside therapy may be dangerous and cause arachnoiditis and spongious changes in brain tissue.

Infections in the leukopenic immune compromized host is one of the grave problems of modern antimicrobial therapy. In many centres Ps. aeruginosa is the major pathogen responsible for about half or more of all bacterial infections in these patients. Antibiogram from strains of 40 patients isolated at our center show that tobramycin and netilmicin have the lowest MIC's and that 96% of all strains could be inhibited by attainable serum concentrations of netilmicin and amikacin but not other agents.

Clinical efficacy of single agents tested in a randomized double-blind prospective fashion show as overall efficacy of 54% in bacteremic patients and 68% in septic non bacteremic patients. The efficacy of the combination of carbenicillin and a cephalosporin was not significantly better than that of a single agent. The combination of an aminoglycoside and a penicillin derivative or cephalosporin seemed to be associated with a more favourable – although not statistically significant better outcome. Netilmicin and Ticarcillin being significantly better than all other combinations both for bacteremic and septic patients.

Osteomyelitis is still a disease that in the adult is produced mainly by Staphylococci. Gram negative hematogenous osteomyelitis occurs in the spine in elderly subjects, in neonates and in heroin addicts. Several underlying diseases such as hemoglobinopathy, renal dialysis, illicit i.v. use of drugs, hyperalimentation and umbical catheterization may predispose the patients to more difficulty to treat infections.

In a model of tibial osteomyelitis in the rabbit developed by Norden, it was shown that the long term combination of oxacillin and sisomycin was superior to either agents when administered alone. In a similar model using Pseudomonas aeruginosa again the combination of an aminoglycoside and carbenicillin was superior to either agents given alone. These results may be explained on the low level of semi-synthetic penicillin present in the cortical bone. Interestingly gentamicin levels in cortical and cancellous bone were high and above the MIC for infecting organisms in most instances. Our own experience regarding chronic gram negative osteomyelitis in long bones caused by organisms that were gentamicin resistant was favourable. Against gram negative organisms, aminoglycosides may achieve the best results.

In summary – Aminoglycosides are essential and often life-saving therapeutic modality. Nevertheless they should be used rationally and not indiscriminatively. The need still exists for more active drugs with fewer side effects.

Clinical comparative trials of aminoglycosides

R. Lorber

The search for compounds active against gram-negative micro-organism resulted in the isolation of streptomicin in 1943, neomycin in 1949 and kanamycin in 1957. Each of these drugs provided effective treatment against a variety of pathogens. However, individual disadvantages in spectrum and toxicity limited their usefulness and prompted the continued search for more effective and less toxic agents.

With the discovery of gentamicin in 1963, the aminoglycosides were thrust into the forefront as important antibiotics. Gentamicin offered an unequaled spectrum against most clinically important gram-negative pathogens and staphylococcus aureus. Gentamicin's unique in vitro activity was confirmed by the early clinical trials conducted in a variety of serious infections. Since its introduction in the United States and around the world, gentamicin has been used with increasing frequency and is currently the most commonly used aminoglycoside in the world. However, gentamicin, like the other aminoglycosides, has a potential for causing adverse changes in renal, auditory, and vestibular functions.

Therefore, new aminoglycosides, including tobramycin, amikacin, sisomicin and netilmicin have been developed in the hopes of providing antibiotics with either improved spectrums or lower potentials for causing toxicity, or both.

Early in vitro and animal studies suggested possible advantages or disadvantages for each of the newer aminoglycosides. However, the results of these studies were difficult to translate into clinical practice and did not clearly demonstrate a superiority of one drug over any of the others. The early clinical trials conducted to evaluate these agents did not provide much help since the studies were generally non comparative, utilized various dosage schedules, and different criteria to define effectiveness and toxicity, and were often conducted in small select patient groups. With the number of new aminoglycosides arriving in the clinic, it was obvious that well-controlled prospective randomized comparative studies would be necessary to overcome the problems encountered in drawing conclusions from isolated studies on single drugs.

In a review we conducted of published comparative studies, reports of 19 clinical trials in which two or three aminoglycosides had been compared for effectiveness and safety in a prospective randomized manner, were identified. A list of these reports, which were published between 1974 and 1980, are shown in table 1. As can be expected, gentamicin, being considered the standard aminoglycoside, was one of the comparative agents in 15 of the 19 studies. Amikacin was compared in ten of the trials, tobramycin in nine, and netilmicin in seven. We have excluded sisomicin because of the small number of published comparative studies available.

One could expect that a review of the results from individual comparative studies would answer the question of which of the aminoglycosides ist the most effective and least toxic. However, as we take a closer look at individual results of these studies, an answer

Klastersky	(1974)	GT	Maigaard	(1978)	AN
Madsen	(1976)	GT	Parry	(1978)	GT
Walker	(1976)	GT	Cox	(1979)	GN
Gilbert	(1977)	GA	Love	(1979)	GAN
Lau	(1977)	GA	Schentag	(1979)	GTA
Lerner	(1977)	GA	Smith	(1979)	GTA
Smith	(1977)	GA	Barza	(1980)	AN
Eden	(1978)	GN	Bock	(1980)	AN
Fee	(1978)	GT	Smith	(1980)	GT
Hoyme	(1978)	GN			
G-Gentamicin T-Tobramycin			A-Amikacin N-Netilmicin		

Tab. 1 Comparative Aminoglycoside Trials.

Treatment	Range (%)	Median (%)
Gentamicin	45–97	78
Tobramycin	45–92	71
Amikacin	57–91	76
Netilmicin	57–95	88

Tab. 2 Comparative Efficacy.

Treatment	Range (%)	Median (%)
Gentamicin	0–29	11
Tobramycin	0–12	8
Amikacin	0–25	5.5
Netilmicin	0–18	1

Tab. 3 Comparative Nephrotoxicity.

Treatment	Range (%)	Median (%)
Gentamicin	0–24	7
Tobramycin	0–17	3
Amikacin	0–29	7
Netilmicin	0–16	3

Tab. 4 Comparative Ototoxicity.

remains unclear. As an example, if we separate the studies on the basis of the types of infections treated, we find that six of the studies, namely those by *Madsen, Walker, Gilbert, Hoyme, Maigaard* and *Cox* were conducted in patients with acute or complicated urinary tract infections, and that the remaining studies were conducted in patients with serious systemic infections. Furthermore, in the studies reported by *Lau, Love,* and *Parry* carbenicillin and/or ticarcillin, were administered concomitantly. Also, the studies by *Lau* and *Love* were conducted in patients with granulocytopenia and that by *Fee* in surgical patients.

One might at least expect that a given drug, for example gentamicin, would behave similarly in the various trials. But, if we look at the range of responses reported for treatment efficacy for the aminoglycosides evaluated in the comparative studies (tab. 2), we see that gentamicin therapy resulted in a good therapeutic outcome in 45–97% of cases, tobramycin in 45–92%, amikacin in 57–91%, and netilmicin in 57–95%. A similar observation is made when we look at the reported incidences of nephrotoxicity and ototoxicity for each drug (tab. 3). Looking at nephrotoxicity incidences shows that each drug was reported as non-nephrotoxic in one or more studies, but in other studies incidences as high as 29% for gentamicin, 12% for tobramycin, 25% for amikacin, and 18% for netilmicin were reported. Incidences of ototoxicity are shown in table 4. Each drug was found to cause either no ototoxicity or as much as 24% for gentamicin, 17% for tobramycin, 29% for amikacin or 16% for netilmicin.

The reasons for such variability in results obtained from study to study are understandable. To make valid comparisons between two or more agents, the drugs should be tested in similar patient populations under comparable clinical settings, and using identical criteria to assess both clinical and bacteriologic responses, and to determine the occurrence of adverse reactions. Although these principles were generally applied within individual comparative trials, there were great differences between the studies. The specific patient population studied, the types of infections treated, and the use of concomitant antibiotics and other drugs, as mentioned previously, could all affect the therapeutic responses and toxicity incidence observed.

The most confounding differences seen among the trials are the criteria used to define the occurrence of an adverse effect. Since there is no consensus on what changes in renal or auditory functions constitute a drug-induced reaction, it is difficult to rank the aminoglycosides in order of toxic potential.

Since it is generally agreed that the results of large, well-controlled studies yield more reliable results than studies on small numbers of patient, I would like to briefly present the results of a multicentric prospective randomized study comparing gentamicin and netilmicin in 755 patients. There were 12 participating centers using identical protocols. Patients 16 years of age or older, and suspected of having a serious gram-negative infection were enrolled and randomly assigned to receive either netilmicin or gentamicin. Netilmicin was administered at a dose of 4–6,5 mg/kg/day and gentamicin at a dose of 3–5 mg/kg/day. Dosage was adjusted on the basis of serum aminoglycoside level assays, the patient's response to treatment, and the status of the patient's renal function. Appropriate cultures were obtained before, during, and after therapy to assess bacteriologic responses. Renal and auditory functions were monitored by serum creatinine determinations and audiometric testing done before, during and after therapy. Only those patients who had infections documented by pretherapy cultures and also had appropriate follow up cultures, and those that did not receive other potentially effective antibiotics during therapy were considered evaluable for efficacy comparisons. Of the 755 patients enrolled, 210 treated with netilmicin and 212 treated with gentamicin were evaluable for efficacy. Both groups showed excellent clinical and bacterial responses to treatment although netilmicin was generally superior to gentamicin. If we look at the favorable bacteriologic responses effected by each treatment in the various infection sites, (tab. 5), we see that, overall, netilmicin had a favorable response in 95.5% of sites treated compared to 90.1% for gentamicin, this difference was statistically significant at the 5% level. If we look at the responses for individual sites, we see netilmicin favored over gentamicin in septicemias, genitourinary, intra-adominal, and skin and soft tissue infections. In fact, the difference in responses noted in the skin or soft tissue infections significantly favored netilmicin (P =.03).

Comparisons of overall bacteriologic responses on the basis of specific organisms identified again show a significant advantage at the 1% level for netilmicin, with 95.6% of all pathogens eliminated or their numbers markedly reduced, compared to 89.5% bacterial elimination or reduction for gentamicin. Furthermore, the responses for each organism were superior in the netilmicin group (tab. 6).

Infection Site	Netilmicin	Gentamicin
Septicemia	100 % (85/85)	96.6% (84/87)
Genitourinary	96.1% (74/77)	91.9% (79/86)
Intraabdominal	96.1% (49/51)	91.7% (33/36)
Skin or Soft Tissue	97.0% (32/33)	77.3% (34/44)
Lower Respiratory	73.7% (14/19)	80.0% (16/20)
Bone or Joint	50.0% (1/2)	100 % (1/1)
Overall	95.5% (255/267)	90.1% (247/274)
Netilmicin favored over gentamicin, p = 0.05		

Tab. 5 Favorable Bacteriologic Response by Infection Site.

Organism	Netilmicin	Gentamicin
Escherichia coli	97.5% (118/121)	95.3% (122/128)
Klebsiella pneumoniae	97.7% (43/44)	86.0% (37/43)
Pseudomonas aeruginosa	88.4% (38/43)	80.0% (32/40)
Proteus mirabilis	96.3% (26/27)	84.4% (27/32)
Enterobacter spp	96.0% (24/25)	84.0% (21/25)
All other	94.4% (34/36)	90.1% (50/55)
Overall	95.6% (283/296)	89.5% (289/323)
Netilmicin favored over gentamicin, p = 0.012		

Tab. 6 Favorable Bacteriologic Response by Organism.

Comparisons of clinical responses also favored netilmicin (tab. 7). Favorable clinical responses by infection site were observed in 93.5% of sites treated with netilmicin and 89.9% treated with gentamicin.

Clinical responses based on organisms isolated (tab. 8) again favored netilmicin with a 94.2% favorable clinical outcome with netilmicin and 89.5% for gentamicin. This difference was almost statistically significant at P = 0.085.

The data from all of the enrolled patients were reviewed for the occurrence of adverse reactions, particularly nephrotoxicity and ototoxicity. Patients were considered evaluable if they had pre-therapy determinations of serum creatinine and auditory acuity, and appropriate follow-up examinations.

Data from 724 patients were evaluable for nephrotoxicity. Nephrotoxicity was defined as at least a 25% increase in serum creatinine above baseline to a level ≥ 1.3 mg/dl with an absolute increase of 0.5 mg/dl. Changes in renal function meeting these criteria and considered probably drug related were seen in 8 of 362 netilmicin treated patients and in 14 of 362 gentamicin treated patients.
Data from 334 patients were evaluable for ototoxicity. Audiometric changes considered to be clinically meaningful were defined as a decrease in acuity from baseline in one or both ears of at least 15 db at 2 or more frequencies in the range of 250 to 8000 hz. Of the 168 netilmicin treated patients and 166 gentamicin treated patients evaluable for changes in audiometric function, only one patient in each group had a transient decrease in hearing considered probably drug related.

Infection Site	Netilmicin	Gentamicin
Septicemia	92.6% (75/81)	87.2% (75/86)
Genitourinary	93.4% (71/76)	95.3% (82/86)
Intraabdominal	96.2% (51/53)	86.1% (31/36)
Skin or Soft Tissue	100 % (33/33)	91.1% (41/45)
Lower Respiratory	83.3% (15/18)	80.0% (16/20)
Bone or Joint	50.0% (1/2)	100 % (1/1)
Overall	93.5% (246/263)	89.9% (246/274)
	Neither treatment favored, p = 0.26	

Tab. 7 Favorable Clinical Response by Infection Site.

Organism	Netilmicin	Gentamicin
Escherichia coli	99.2% (117/118)	93.0% (119/128)
Klebsiella pneumoniae	86.7% (39/45)	86.0% (37/43)
Pseudomonas aeruginosa	93.2% (41/44)	92.5% (37/40)
Proteus mirabilis	80.8% (21/26)	78.1% (25/32)
Enterobacter spp	96.2% (25/26)	88.0% (22/25)
All other	97.0% (32/33)	89.1% (49/55)
Overall	94.2% (275/292)	89.5% (289/323)
	Netilmicin favored over gentamicin, p = 0.085	

Tab. 8 Favorable Clinical Response by Organism.

The results of our study clearly indicate the effectiveness and safety of gentamicin and netilmicin in the treatment of serious gram-negative infections. In addition, netilmicin demonstrated a distinct superiority over gentamicin in bacterial responses observed. netilmicin also showed a lower potential for causing toxic reactions. Since this study is the largest series reported to date we were interested in seeing how these results compared with the results of the other comparative studies overall. Accepting the differences in patient populations, treatment regimens, and evaluation criteria employed in the trials, but assuming that results of the individual studies are valid for that study, we pooled the results of our study with those of the 19 studies mentioned earlier and compared the efficacy, nephrotoxicity, and ototoxicity of gentamicin, tobramycin, amikacin, and netilmicin.

When we look at the overall efficacy responses for each treatment (tab. 9), we see that netilmicin is the most effective, with a response rate of 87.2%. This is followed in decreasing order by gentamicin at 79.5%, amikacin at 75.6% and tobramycin at 72.8%. Pairwise comparisons of the treatments, with corrections to avoid excessive type 1 errors, show netilmicin to be significantly more effective than each of the other treatments, whereas, there were no significant differences among gentamicin, tobramycin, or amikacin. Similar differences were observed in the overall comparisons of nephrotoxicity and ototoxicity (tab. 10). Netilmicin was found to be significantly less nephrotoxic than gentamicin, tobramycin,

Treatment	%	Response
Netilmicin	87.2	(327/375)
Gentamicin	79.5	(529/665)
Amikacin	75.6	(220/291)
Tobramycin	72.8	(169/232)
N > G		p < .01
N > A		p < .01
N > T		p < .01

Tab. 9 Overall Comparative Efficacy.

Treatment	%	Incidence
Gentamicin	10.2	(111/1088)
Tobramycin	7.3	(26/355)
Amikacin	7.2	(32/443)
Netilmicin	2.7	(16/591)
N < G		p < .01
N < T		p < .01
N < A		p < .01

Tab. 10 Overall Comparative Nephrotoxicity.

and amikacin. The incidences observed for gentamicin, tobramycin, and amikacin were not significantly different from each other.

In the comparison of ototoxicity incidences, netilmicin was significantly less ototoxic than amikacin or gentamicin and tobramycin was significantly less ototoxic than amikacin.

From the overall comparisons of efficacy, nephrotoxicity and ototoxicity, and notwithstanding the assumptions made in pooling the data, netilmicin stands out as the most effective and least toxic of the four drugs evaluated. Comparisons between gentamicin, tobramycin and amikacin show no clear advantage for any of these drugs. Of the three, gentamicin is the most effective but also the most nephrotoxic. Amikacin is more effective than tobramycin, but also more ototoxic and equally nephrotoxic. Tobramycin while being the least effective, was the least ototoxic.

The overall comparisons between the aminoglycosides we have just seen, especially the incidences of nephrotoxicity and ototoxicity, parallel the findings in animal studies. Such studies have consistently shown netilmicin to be significantly less nephrotoxic and ototoxic than gentamicin, tobramycin and amikacin.

Since no one study is definitive and can conclusively demonstrate the advantages of one drug over another, it is reasonable to examine the results obtained with the different drugs in a number of clinical situations and in different patient populations since the physicans prescribing these drugs will not restrict them to specific patients with specific infections but will use them in the wide variety of patients he/she treats.

Behandlung von Harnwegsinfektionen mit neueren Aminoglykosiden

L. Weißbach

Einleitung

Nosokomiale Infektionen gefährden in zunehmendem Maß den Erfolg ärztlicher Bemühungen. Als Kliniker müssen wir davon ausgehen, daß in unseren Krankenhäusern ständig unbemerkt Kleinraum-Epidemien ablaufen (*Winterhoff* et al. 1976). Eine Analyse der National Nosocomial Infections Study des Center for Disease Control weist eine Beteiligung der Harnwege an den krankenhauserworbenen Infektionen in 41,8% der Fälle nach. Eine Pilotstudie der *Paul-Ehrlich*-Gesellschaft ergibt eine Häufigkeit von 50,5% und Untersuchungen am Universitätsklinikum in Freiburg von 30% (*Daschner* 1981).
Die Behandlung nosokomialer Infektionen hat sich an dem Erreger zu orientieren, der ursächlich hierfür in Frage kommt. Es handelt sich prinzipiell um alle für den Menschen pathogenen und fakultativ pathogenen Mikroorganismen. Im urologischen Bereich kommen vor allem Pseudomonas aeruginosa, Klebsiella-Species, Proteus-Species sowie Escherichia coli in Betracht.
Bei der Entstehung nosokomialer Harnwegsinfektionen spielen endogene Infektionswege durch eigene Darmkeime aufgrund der engen Nachbarschaft von Enddarm und Harnröhre eine übergeordnete Rolle. Bei den exogen vermittelten Infektionen sorgen die Hände des Pflegepersonals für die Keimverbreitung. Neuerdings beobachten wir Erkrankungen durch Keime, die primär als harmlose Kommensalen des Menschen galten wie etwa Serratia marcescens (*Mac Arthur and Ackerman* 1978).
Nach den Untersuchungen von *Titz* (1979) war das Infektionsspektrum der Patienten der Bonner Urologischen Klinik gekennzeichnet durch einen Klebsiellen-Hospitalismus (s. Tab. 1).
Nicht nur der Kliniker wird mit der Problematik des Erregerspektrums nosokomialer Infektionen konfrontiert, sondern auch der Praktiker muß mit diesen oft resistenten Mutanten rechnen, wenn er einen Patienten nach der Klinikentlassung z.B. mit einer Harnwegsinfektion betreut.

Für die Behandlung urologischer Infektionen gilt generell, daß ohne Beseitigung einer Harnabflußbehinderung Dauererfolge, d.h. Keimfreiheit von Urin bzw. Nierenparenchym, nicht zu erreichen sind. Die Obstruktion, gleichgültig ob sie in Form eines Konkrementes in Nierenbecken, Harnleiter oder Blase oder als Harnleiterstenose bzw. Harnröhrenstriktur besteht, gilt es zunächst zu beseitigen. Mit und ohne antibakterielle Chemotherapie droht sonst die Infektion der Niere, die in ihrer schlimmsten Form als abszedierende Pyelonephritis lebensbedrohlich ist. Vor Einleitung einer antibiotischen Behandlung versuchen wir als Urologen den Entzündungstyp je nach Lokalisation des Infektes festzulegen (Tab. 2). Die Auswahl des Antibiotikums erfolgt entsprechend der Einteilung „Hohlrauminfektion, Parenchyminfektion" und entsprechend dem nachgewiesenen oder vermuteten Erreger.

Erreger	n
Klebsiella spec.	105
E. coli	53
Pseudomonas aeruginosa	38
Enterobacter spec.	35
Proteus mirabilis	22
Proteus vulgaris, morganii, retegesi	6
Staphylococcus aureus	24
andere	17

Tab. 1 Differenziertes Keimspektrum der Urologischen Universitäts-Klinik Bonn (*Titz* 1979) (n = Zahl der nachgewiesenen Stämme).

1. Parenchymatöse Organe
   Niere, Prostata, Hoden, Nebenhoden
2. Ableitende Harnwege
   Harnleiter, Urethra
3. Reservoirorgane
   Nierenbecken, Blase

Tab. 2 Lokalisation urologischer Infektionen.

1. Bestehende Obstruktion
   Nephrolithiasis
   Reflux
   Harnröhrenstruktur
2. Beseitigte Obstruktion
   Steinsanierung
   Nierenbeckenplastik
   Ureterneueinpflanzung
3. Fehlende Obstruktion

Tab. 3 Urologische Diagnose bei Netilmicin- bzw. Sisomicin-behandelten Harnwegsinfektionen.

Eigene Untersuchungen

Mit der Neueinführung der Aminoglykoside Sisomicin und Netilmicin haben wir bei urologischen Patienten mit Harnwegsinfektionen beide Substanzen geprüft (*Weißbach* et al. 1976, *Weißbach* et al. 1978). In der Regel handelte es sich um obstruktive und nicht-obstruktive Uropathien, die eine parenchymatöse Organbeteiligung erkennen ließen (vgl. Tab. 3). Patienten mit einer instrumentellen Harnableitung waren von der Prüfung ausgeschlossen.
In der Zwischenzeit hat sich die Zahl der Behandelten erheblich vergrößert. Die anfänglich gemachten Erfahrungen haben sich bestätigt.

Methodik

Entscheidend für die Aufnahme in die klinische Prüfung war neben der subjektiven (Miktionsstörungen, Blasen- bzw. Nierenschmerzen) und objektiven Symptomatik (Fieber, Schüttelfrost, Klopfschmerz der Nierenlager, Nebenhodenschwellung) das Vorliegen einer signifikanten Bakteriurie mit einer Keimzahl von über 10^5. Untersucht wurde Blasenverweilurin, der mittels Katheter bei Frauen und Mittelstrahltechnik bei Männern gewonnen wurde. Ausschlußkriterien waren deutliche Minderung der Nierenfunktion sowie Schwangerschaft.
In allen Fällen wurde vor, während und am Ende der Behandlung ein kompletter Laborstatus erhoben. Die Zell- und Keimausscheidung im Urin wurde quantitativ erfaßt. Bakteriologisch wurden Art und Resistenz des Erregers bestimmt. Die letzte Urinkontrolle zur Beurteilung des Behandlungsergebnisses wurde 2 Wochen nach Abschluß der Therapie durchgeführt. Symptome, die auf die Infektion bzw. auf mögliche Nebenwirkungen der Medikation hinwiesen, wurden genau erfragt bzw. geprüft (Miktionsstörungen, Nierenschmerz, Magen-Darm-Störungen, Schwindel, Kopfschmerz, Lichtempfindlichkeit, Ohrensausen (Tinnitus), Stimmgabelprüfung, Romberg-Versuch, Prüfung auf Nystagmus, eventuell Audiometrie).

Die Behandlungsergebnsse wurden einheitlich eingestuft als

Elimination (Heilung)
Nach Abschluß der Behandlung keine signifikante Bakteriurie bis zur letzten Urinkontrolle (4 Wochen nach Beendigung der Behandlung).

Elimination mit Rezidiv
Nach vorübergehender Keimfreiheit des Urins 5–9 Tage nach Beendigung der Behandlung Nachweis des gleichen Keimes in signifikanter Zahl.

Elimination mit Reinfektion
Nach vorübergehender Keimfreiheit des Urins 5–9 Tage nach Beendigung der Behandlung Nachweis eines neuen Erregers in signifikanter Zahl.

Versager (Mißerfolg)
Persistenz des pathogenen Erregers während der Behandlung und (oder) 1–9 Tage nach Abschluß der Behandlung.

Superinfektion
Auftreten eines neuen, zusätzlichen Erregers während und (oder) 1–9 Tage nach Abschluß der Behandlung.

Sisomicin

In einer randomisierten Studie wurden 30 Patienten im Alter von 15–79 Jahren mit einer Harnwegsinfektion behandelt. In Abhängigkeit vom Körpergewicht erhielt die Gruppe A 1 × 1,4 mg/kg und die Gruppe B 2 × 1,0 mg/kg Sisomicin über 1 Woche appliziert. Die Untersuchungen zur Pharmakokinetik schlossen Bestimmungen der Serumkonzentration am 1. und letzten Behandlungstag sowie die Ermittlung der 24-Stunden-Eliminationsraten nach einmaliger Injektion in 8-Stunden-Perioden ein. Die Sisomicin-Konzentration im Serum und Urin wurde mit Hilfe der Agardiffusionsmethode bestimmt. (Diese Untersuchungen wurden durch Dr. *Lode*, Med. Klinik der Freien Universität Berlin, vorgenommen.)

Ergebnisse

Pharmakokinetik
Die Serumkonzentration betrug nach 1,4 mg/kg Sisomicin 1 Std. nach Injektion 4,63 µg/ml und 6 Stunden später 0,66 µg/ml am ersten Behandlungstag. Am letzten Tag der Behandlung lagen die analogen Werte bei 5,27 µg/ml bzw. 0,74 µg/ml. Nach 2 × 1,0 mg/kg Sisomicin betrug die mittlere Serumkonzentration 1 Stunde nach Injektion 3,97 µg/ml und nach 6 Stunden 0,7 µg/ml am ersten Behandlungstag. Am letzten Tag der Behandlung lagen die analogen Werte bei 4,19 bzw. 0,83 µg/ml.
Die Eliminationsrate im Urin betrug in der Gruppe A 63 bzw. 73% am ersten bzw. letzten Behandlungstag. Die mittlere Urinkonzentration lag am Tag 1 bei 48 µg/ml und am letzten Tag bei 51 µg/ml. In den ersten 8 Stunden nach Injektion von 75 mg Sisomicin wurde eine mittlere Urinkonzentration von 129 µg/ml erreicht.
In der Gruppe B wurde 69 bzw. 77% der applizierten Menge am ersten bzw. letzten Behandlungstag ausgeschieden. Die mittlere Urinkonzentration lag bei 73 (Tag 1) bzw. 86 µg/ml (letzter Tag).

Verträglichkeit

11 der 30 Patienten beobachteten eine oder mehrere Nebenerscheinungen (Tab. 4). Die Prüfung der Hör- und Gleichgewichtsorgane ergab in keinem Fall Hinweise für eine Schädigung im Bereich des 8. Hirnnerven. Schwindel war jedoch die häufigste subjektive Nebenreaktion (n = 5). Er entwickelte sich immer während der Behandlung und bildete sich unmittelbar danach zurück. Lediglich in einem Fall trat er erst 3 Tage nach der letzten Injektion auf und blieb über 2 Wochen bestehen. Der bei 2 Patienten beobachtete Kreatininanstieg war nicht signifikant. Am Ende der Behandlung zeigte ein Patient granulierte Zylinder im Urin verbunden mit einer Erythrozyturie.

Symptom	Zahl der Patienten
Schwindel	5
Müdigkeit	4
Übelkeit	3
Ohrendruck	2
Kopfschmerz	1
Appetitlosigkeit	1
Transaminasenanstieg	3

Tab. 4 Nebenwirkungen einer Sisomicin-Therapie bei 30 Patienten mit Harnwegsinfektionen.

Keim	Gesamtzahl	Heilungsrate (%)
E. coli	13	85
Klebsiella	6	33
Proteus	6	67
Providencia	1	0
Enterobacter	1	0
Pseudomonas	5	40
Enterokokken	2	0
Gesamt	34	

Tab. 5 Erregerspektrum und Effizienz einer Sisomicin-Therapie bei 29 Patienten mit Harnwegsinfektionen.

Wirksamkeit

Bei der Beurteilung der Wirksamkeit muß berücksichtigt werden, daß 17 der 34 Keimarten als problematisch angesprochen werden müssen (Klebsiella, Proteus, Pseudomonas). Das Erregerspektrum ist in Tabelle 5 angegeben.
Bei 18 Patienten konnte anläßlich der letzten Urinkontrolle kein Keimnachweis im Urin geführt werden. Diese Erregerelimination wurde als „Heilung" gewertet. In den übrigen Fällen war das Behandlungsergebnis unbefriedigend, auch wenn teilweise der ursprüngliche Erreger der Infektion eliminiert worden war. Bei 5 Patienten bestanden Rezidive. In 3 Fällen war es zu Reinfektionen und bei weiteren 3 Patienten zu einem Mißerfolg gekommen. Die besten Ergebnisse konnten bei der Behandlung der Coli-Infektionen erzielt werden (11 von 13 Coli-Keimen wurden eliminiert). Demgegenüber wurden nur 2 von 6 Klebsiella species und 2 von 5 Pseudomonas-Keimen eliminiert. Eine Zusammenstellung der Wirksamkeit unter Berücksichtigung des Erregers zeigt Tabelle 5.

Netilmicin

22 Patienten im Alter von 15–66 Jahren, die an einer Harnwegsinfektion erkrankt waren, wurden über 7–9 Tage mit Netilmicin behandelt. Sie erhielten 2 × täglich 2 mg/kg. Bei 10 Patienten wurden Untersuchungen der Pharmakokinetik am ersten und letzten Behandlungstag vorgenommen.

Ergebnisse:

Pharmakokinetik

1 Std. nach Applikation wurden im Serum 8,6 und 6 Stunden danach 2,9 µg/ml gemessen. Am letzten Behandlungstag lagen die entsprechenden Werte bei 9,5 bzw. 3,4 µg/ml. Die mittlere prozentuale Urinausscheidung betrug in den ersten 12 Stunden am ersten und letzten Behandlungstag jeweils 78%. Die mittleren Urinkonzentrationen wurden am ersten Behandlungstag mit 34,3 µg/ml für die Stunden 0–6 und von 79,7 µg/ml für die Stunden 6–12 gemessen.

Verträglichkeit

Die Verträglichkeit war außerordentlich gut; allgemeine Reaktionen konnten nicht festgestellt werden. Gehör- und Gleichgewichts-

Erreger	n	Elimination	Reinfektion	Versager
E. coli	10	10		
Proteus mirabilis	5	4		1
Klebsiella	4	4		
Staphylokokkus epid.	2	1	1	
Enterobacter	1		1	
Pseudomonas	1			1

Tab. 6 Erregerspektrum und Effizienz einer Netilmicin-Therapie bei 22 Patienten mit Harnwegsinfektionen.

funktionen blieben in allen Fällen normal. Lediglich ein Patient zeigte 4 Wochen nach der letzten Netilmicin-Applikation die Ausscheidung granulierter Zylinder im Urin. Bei 3 weiteren Patienten (Leberzirrhose, hypernephroides Nierenkarzinom, keine andere Grunderkrankung) kam es zu einem Transaminasenanstieg.

Wirksamkeit

Unter den 25 Erregerstämmen waren die Problemkeime Proteus mirabilis und Klebsiella-Species gleich häufig vertreten. In den auswertbaren Fällen konnten 19 von 23 Stämmen eliminiert werden. In 2 Fällen kam es zur Reinfektion und zweimal blieb die Infektion mit Proteus mirabilis bzw. Pseudomonas aeruginosa bestehen (vgl. Tab. 6).

Schlußbemerkungen

Die bei unseren Untersuchungen nach 6 bzw. 12 Stunden gemessenen Serumkonzentrationen lagen in den meisten Fällen über den mittleren Hemmkonzentrationen der von uns nachgewiesenen Erreger. Insbesondere zeigen die an unserer Klinik für nosokomiale Infektionen verantwortlichen Klebsiella spec. mittlere Hemmkonzentrationen, für die nach den Untersuchungen von *Knothe* (1978) die antibakterielle Aktivität der Aminoglykoside ausreichend ist. Sie beträgt für die von *Knothe* untersuchten Stämme 0,44 (Netilmicin) bzw. 0,32 (Sisomicin) mg/l. Dieser Autor wies bei 100% der Stämme Gentamicin-Resistenz, bei 12% Netilmicin-Resistenz und bei 77% Sisomicin-Resistenz nach.

Die Nebenwirkungen von Sisomicin veranlaßten uns, bei entsprechender Indikation andere Aminoglykoside zur Behandlung schwerer urologischer Infektionen einzusetzen. Der allgemeine Stellenwert der Aminoglykoside bei der Behandlung von Harnwegsinfektionen wird durch 3 Faktoren wesentlich beeinflußt:

1. Aus einer Uropathie entwickeln sich häufig Nierenfunktionsstörungen.
2. Urologische Patienten haben häufig ein hohes Alter.
3. Es gibt therapeutische Alternativen.

Antibiotika entbinden uns nicht von der Pflicht, besonders im urologischen Bereich auf andere wichtige infektverhütende Maßnahmen Wert zu legen.

Literatur

1. Center for Disease Control: National nosocomial infections study report, 1976, (*Atlanta* 1978). Zitiert nach: *Daschner, F.*: Krankenhausinfektionen in einem Universitätsklinikum. Dtsch. med. Wschr. 106 (1981), 101

2. *Daschner, F.*: Krankenhausinfektionen in einem Universitätsklinikum. Dtsch. med. Wschr. 106 (1981), 101

3. *Knothe, H.*: In: *Hitzenberger, G.* (Hrsg.): Aminoglykosid-Antibiotika. *Urban und Schwarzenberg,* München 1978

4. *MacArthur, B.S., Ackermann, N.B.*: The significance of Serratia as an infections organism. Surg. Gynecol. Obstet. 146 (1978), 49

5. *Mette, U.*: Netilmicin bei der Behandlung von Harnwegsinfektionen. Dtsch. med. Wschr. 103 (1978), 1961

6. *Titz, W.*: Nosokomiale Infektionen in den Universitätskliniken Bonn in der Zeit vom 1. 1. 1978 bis zum 15. 3. 1979. Inaug. Diss. Bonn 1979

7. *Weißbach, L., Lode, H., Jost, M., Gillissen, J.*: Sisomicin-Behandlung von Harnwegsinfektionen. Med. Klinik 71 (1976), 1300

8. *Weißbach, L., Prehn, U., Krasemann, Ch., Gillissen, J., Mette, U.*: Netilmicin bei der Behandlung von Harnwegsinfektionen. Dtsch. med. Wschr. 103 (1978), 1

9. *Winterhoff, D., Otte, H.J., Ritzerfeld, W.*: Resistenzentwicklung von Bakterien gegen Chemotherapeutica im Krankenhaus – Epidemiologische EDV-Analyse. Öff. Gesundheitswes. 38 (1976), 697

Clinical Experiences to Ototoxicity

G. Kahlmeter

The following presentation is based on the results of 12 independent Scandinavian prospective clinical trials of the clinical efficacy and safety of netilmicin (NM) in severely ill patients, young and old. It is based on the evaluations performed by each investigator. The material comprised a total of 413 patients, 235 men and 178 women. 117 patients were younger than 1 year, 67 of these were premature infants (tab. 1, 2).

Only patients suffering from severe infections such as suspected or verified septicaemia, lower respiratory tract infections and deep urinary tract infections, often complicated by severe underlying conditions such as prematurity, various malignancies, severe burns, obstructive urinary and respiratory tract diseases were admitted to the trials.

Netilmicin was given either alone (41%) or in combination with a betalactam antibiotic or, occasionally, one or more other antibiotics such as clindamycin. The duration of therapy varied but was seldom less than seven days and in only 55 instances longer than 14 days (mean 10.6 days). Netilmicin was given intramuscularly or intravenously. The initial daily dose varied from 3.0–10.8 mg/kg divided into two or three injections, depending on the severity of the disease and the renal function of the patient. Doses were adjusted during therapy in accordance with the results of repeated NM serum concentration determinations (tab. 3). These were performed 0.5–1.0 hour after an injection and immediately prior to the next injection (trough value) and repeated throughout therapy. Half hourly to one hourly concentrations of more than 4.0 µg/ml were generally considered satisfactory from a therapeutic point of view, while through values of more than 2.0 µg/ml were avoided by the majority of the investigators. Therapy was monitored with repeated cultures from relevant sites, with general signs of infection and inflammation, and with repeated renal and audio-vestibular function tests. The renal function was monitored with serum creatinine, creatinine and/or ^{51}Cr-EDTA clearance determinations prior to, during and after therapy.

The auditory function was determined with pure tone audiometry at 250–8000 Hz. Vestibular function was determined with rotational and caloric response tests as well as with ENG. All tests were performed prior to or within 48 hours of initiating therapy with

Investigators	No. of patients	Age Range	Age Mean
Alfthan et al.	12	48–79	65
Brandenhoff et al.	25	20–76	59
Denneberg et al.	29	20–74	48
Edén et al.	20	20–89	70
Geisler et al.	74	19–85	60
Hellum et al.	35	19–77	46
Jonsson et al.	19	58–80	72
Nordström et al.	52	11–85	64
Svare et al.	30	18–80	56
	296	11–89	59

Tab. 1 Number of patients and age distribution; grown ups.

Investigators	No. of patients	Postnatal age 1 week	1–4 weeks	4 weeks
Henriksson et al.	49	37	6	6
Michaelsen et al.	30	19	11	
Peitersen et al.	38	26	12	
	117	82	29	6

Tab. 2 Number of patients and age distribution; children.

Investigators	Dosage mg/kg/ 24 h	Duration of therapy (days) Range	Mean
Alfthan et al.	4.5– 6.9	3–10	7.2
Brandenhoff et al.	6.0	3–12	7.0
Denneberg et al.	3.0	7–14	9.7
Edén et al.	3.0– 7.8	3–21	9.0
Geisler et al.	4.5– 7.5	4–37	11.4
Hellum et al.	6.6–10.8	7–10	8.8
Jonsson et al.	3.0– 6.0	3–11	7.9
Nordström et al.	4.5	3–57	14.0
Svare et al.	4.0	4– 9	7.6
Henriksson et al.	5.0– 8.0	6–38	18.2
Michaelsen et al.	7.0– 9.0	–	7.0
Peitersen et al.	3.2– 9.2	5–13	7.6
	3.0–10.8	3–57	10.6

Tab. 3 Netilmicin dosage and duration of therapy.

NM. Further tests were performed during and at the end of and/or after the end of therapy. A minority of patients were also investigated 1–2 months after NM therapy.

Results

The clinical efficacy of NM was deemed satisfactory, i.e. cure or marked improvement was achieved in 332 of 384 evaluable patients (86%). In 34 patients (9%) the cure could not be attributed to NM, while in 18 patients (5%), NM was considered to have failed. Eight of these died within one week of discontinuing NM therapy, five of whom were severely granulocytopenic (tab. 4).

The audio-vestibular function was considered satisfactorily investigated in 389 of the 413 patients (tab. 5). The remaining 24 patients were unable to cooperate due to the severity of their illness. No instance of auditory dysfunction was recorded. In two patients a transient sub-clinical vestibular dysfunction was recorded in the ENG determinations. Their case reports and ENG responses have been evaluated by Professors *Wersall* and *Tjernstrom* separately, and were deemed of doubtful relationship to NM therapy.

No incidence of renal dysfunction was recorded in the 117 infants.

Among the adult patients, nine of 296 (3%) exhibited reversible serum creatinine and clearance changes attributable to the NM therapy and another 22 (7.4%) patients exhibited similar changes of probable multifactorial origin (underlying disease, deep urinary tract infections etc). The recorded serum creatinine increases were 30–75 μmol/l and in patients who survived, serum creatinine returned to pre-treatment values after the end of NM therapy (tab. 6).

No allergic or other adverse reactions such as local irritation at the site of injection, haematological reactions or liver function abnormalities were reported.

Investigators	No. of patients	Clinical result Satisfactory		Unsatisfactory	N.D.
Alfthan et al.**	12	11	92%	0	1
Brandenhoff et al.	25	22	88%	1	2
Denneberg et al.*	29	27	93%	1	1
Edén et al.	20	12	60%	1	7
Geisler et al.	74	60	81%	6**	8
Hellum et al.*	35	33	94%	2	0
Jonsson et al.	19	15	79%	3	1
Nordström et al.	49	44	90%	1	4
Svare et al.*	30	25	83%	0	5
Henriksson et al.	23	20	87%	3	0
Michaelsen et al.	30	30	100%	0	0
Peitersen et al.	38	33	87%	0	5
Total	384	332	86%	18 (5%)	34 (9%)

Tab. 4 Clinical efficacy of netilmicin in 384 patients.
***Netilmicin alone**
****5 patients in final stage of malignant disease with severe granulocytopenia.**

Investigators	No. of patients	Audiovestibular dysfunction Probably associated with N M	Possibly associated with N M
Alfthan et al.	12	0	0
Brandenhoff et al.	25		0
Denneberg et al.	29		1*
Edén et al.	20		0
Geisler et al.	55		0
Hellum et al.	35		0
Jonsson et al.	19		1**
Nordström et al.	47		0
Svare et al.	30		0
Children (3 studies)	117		0
	389	0	2

Tab. 5 Audiovestibular dysfunction during or after netilmicin (N M) therapy.
***Subclinical reversible vestibular dysfunction (furosemide)**
****Reversible vestibular dysfunction in an 80 years old patient (furosemide)**

Investigators	No. of patients	Dosage (mg/kg/24 h)	Changes in renal function Probably associated with N M	Possibly associated with N M
Alfthan et al.	12	4.5– 6.9	0	0
Brandenhoff et al.	25	6.0	0	2
Denneberg et al.	29	3.0	0	0
Edén et al.	20	3.0– 7.8	0	2
Geisler et al.	55	4.5– 7.5	2	8
Hellum et al.	35	6.6–10.8	2	0
Jonsson et al.	19	3.0– 6.0	0	4
Nordström et al.	47	4.5	5	5
Svare et al.	30	4.0	0	0
Children (3 studies)	117	3.2– 9.2	0	0
Total (children not included)	296	3.0–10.8	9 (3.0%)	21 (7.1%)

Tab. 6 Changes in renal function during netilmicin therapy.

Summary

This review was based on all the clinical trials performed with NM in Scandinavia up to July 1980. They involved infectious disease units, units for urology, haematology, neonatology and others.

The clinical efficacy of the drug with an 86% satisfactory response rate, must be termed excellent considering that a large number of the patients had severe infections, complicated by serious underlying disorders.

The audio-vestibular side effects, or rather the lack of them, compares favourably with other aminoglycosides, especially considering that NM in these studies was used in doses both twice and three times as large as those used with gentamicin and tobramycin. In several of the studies trough levels were allowed to venture considerably above 2.0 µg/ml, and in 55 patients the duration of treatment was more than 14 days without any increase in adverse effects being registered. Thus, it seems that the therapeutic/non toxic dose concentration interval is greater with netilmicin than with gentamicin and tobramycin.

Behandlung bakterieller Infektionen bei Neugeborenen

D. Adam

Einführung

Das Neugeborene zeigt im Hinblick auf die Empfänglichkeit für Infektionen und auf seine Immunitätslage ein paradoxes Verhalten: Auf Grund einer meist noch nicht völlig ausgereiften körpereigenen Abwehr sind Neugeborene besonders empfänglich für bakterielle und virale Infektionen besonderer Art. Außerdem bleiben Infektionen selten lokalisiert; es kommt vielmehr fast immer zu einer generalisierten Ausbreitung. Bestimmte Keime, welche bei Erwachsenen kaum Infektionen verursachen, können für Neugeborene lebensbedrohlich sein. So ist z.B. Escherichia coli einer der häufigsten und gefährlichsten Infektionserreger in der Neonatalperiode. Herpes- und Zytomegalovirus sowie Toxoplasmen verursachen bei Erwachsenen lediglich mild oder inapparent verlaufende Infektionen, d.h. die Mutter zeigt keine oder kaum Krankheitssymptome und das Neugeborene ist lebensbedrohlich erkrankt. Auf der anderen Seite sind Neugeborene immun gegen einige Viruskrankheiten, wie z.B. Masern oder Mumps durch die Übertragung materner Antikörper gegen diese Krankheiten.
Als Erreger bakterieller Infektionen im Neu- und Frühgeborenenalter kommen neben Escherichia coli, dem häufigsten Keim in dieser Altersgruppe, überwiegend gramnegative Mikroorganismen vor, wie z.B. Pseudomonas aeruginosa, Klebsiella spezies und seltener Proteus-Arten. β-hämolysierende Streptokokken der Gruppe B sind als Erreger der sogenannten „early onset" disease besonders gefürchtet, jedoch in Deutschland mit 2–3% der Neugeboreneninfektionen wesentlich seltener als in den USA mit 15–25%. Es folgen die Staphylokokken sowie Pneumokokken und Streptokokken der Gruppen A, D und F sowie Chlamydien (Tab. 1).

Behandlung von Sepsis und Meningitis des Neugeborenen

Da Infektionen bei Neu- und Frühgeborenen unabhängig vom Infektionsort (Lunge, Haut, Meningen, Ohr) als generalisierte Septikämie verlaufen, muß jede antibakteriell chemotherapeutische Maßnahme als Behandlung einer Sepsis durchgeführt werden. Da die Infektion häufig nach kürzester Zeit lebensbedrohliche Formen annimmt und das Erregerspektrum breit gefächert ist, muß sofort nach Diagnosestellung zumeist vor dem Bekanntwerden des Erregers und dessen Resistenzverhalten gegenüber Antibiotika mit einer „blinden" Anfangsbehandlung begonnen werden.
Die Neugeborenen-Sepsis ist eine Krankheit, die durch eine Bakteriämie und durch die Zeichen einer Allgemeininfektion gekennzeichnet ist. Die manifestiert sich weitgehend im ersten Lebensmonat. Ihre häufigste und ernsthafteste Komplikation ist die eitrige Meningitis. Die Letalität ist nach wie vor hoch, hängt jedoch sehr vom Zeitpunkt der Diagnosestellung und dem Einsetzen einer adäquaten antibakteriellen Chemotherapie ab. Die Sepsis des Neugeborenen zeichnet sich im Vergleich zur Sepsis des älteren

Häufigste Erreger von Neugeborenen-infektionen (Sepsis und Meningitis) Gramnegative Keime: E. coli Pseudomonas aeruginosa Klebsiella-Species (Proteus-Arten) Grampositive Keime: B-Streptokokken Staphylokokken Pneumokokken andere Streptokokken Pilze: (Candida albicans)

Tab. 1

Antibiotika bei Neugeborenensepsis und Meningitis Cephalosporine: Cefotaxim Cefoperazon Moxalactam (Cefoxitin) (Cefuroxim) (Cefamandol) Penicilline: Piperacillin Azlocillin (Mezlocillin) jeweils in Kombination mit Aminoglykosiden: Amikacin Netilmicin Tobramycin Gentamicin Sisomicin

Tab. 2

Kindes und des Erwachsenen durch einige Besonderheiten aus: uncharakteristische, vage klinische Allgemeinsymptomatik, schlechte Abwehrlage des Kindes.
Es kommen nur Kombinationen von Antibiotika in Frage, die ein möglichst breites antibakterielles Spektrum besitzen. Es eignen sich parenteral applizierbare Cephalosporine wie z.B. Cefotaxim, Cefoperazon oder Moxalactam in Kombination mit Aminoglykosiden wie z.B. Amikacin, Netilmicin, Gentamicin, Tobramycin und Sisomicin (Tab. 2). Außerdem ist es empfehlenswert, als Prophylaxe gegen einen Candida-Befall zusätzlich Amphothericin B als Suspension oral zu verabreichen.
Sobald das Testergebnis der bakteriologischen Empfindlichkeitsprüfung vorliegt, muß die Therapie eventuell geändert und dem ermittelten Antibiogramm angepaßt werden.
Wenngleich bei nachgewiesenem empfindlichem Erreger eine Monotherapie möglich wäre, empfiehlt es sich dennoch bei dieser lebensbedrohlichen Infektion des Neugeborenen die Kombination eines Cephalosporins oder eines Penicillins (z.B. Piperacillin, Azlocillin, Mezlocillin) mit einem Aminoglykosid zur Ausnutzung eines synergistischen Effektes beizubehalten. Es ist erwiesen, daß nach Zerstörung der Zellwand der Mikroorganismen durch ein β-Laktamantibiotikum das Penetrationsvermögen des Aminoglykosids in das Innere des Mikroorganismus erleichtert und damit die Wirksamkeit verstärkt wird.
Seit einiger Zeit werden gehäuft schwere Neugeborenen-Infektionen beobachtet, die durch β-hämolysierende Streptokokken der Gruppe A verursacht werden. Es empfiehlt sich daher bei Verdacht auf eine derartige Erkrankung, die sofortige parenterale Applikation von Penicillin G in einer Dosierung von 500 000 bis 1 Mio. E pro kg Körpergewicht pro Tag verteilt auf drei bis vier Dosen zu verabreichen. Die Letalität liegt bei dieser Erkrankung trotz der Empfindlichkeit der Streptokokken gegenüber Penicillin G bei über 70%, da der Einsatz der Antibiotikatherapie stets zu spät erfolgt. Zeigt ein Neugeborenes kurz nach der Geburt entsprechende Symptome (z.B. einen Abfall der Leukozyten), dann muß diese Infektion in Erwägung gezogen werden.
Da die verursachenden Erreger der Meningitis in dieser Altersgruppe meist mit derjeni-

gen der Sepsis identisch sind, ist die Therapie im allgemeinen dieselbe, insbesondere solange der Erreger noch nicht ermittelt ist.
Bei Coli-Meningitis kann neben der Gabe von Cefotaxim wegen seiner guten Liquorgängigkeit auch Chloramphenicol in Erwägung gezogen werden.
Die antibakterielle Chemotherapie der Neugeborenen-Sepsis und Meningitis wird bis eine Woche nach Normalisierung von Temperatur (nicht mehr erhöht), Eiweiß- und Zukkerwerten im Liquor (bei der Meningitis) sowie Abfall der Zellzahl auf einen Wert unter 30/mm^3 (bei der Meningitis) fortgeführt. Bei Sepsis und Meningitis gilt eine Normalisierung des Blutbildes und des allgemeinen klinischen Zustandes (Gewichtszunahme und Trinkfreudigkeit) als günstigster Zeitpunkt für die Beendigung der Therapie.
Alle anderen „lokalisierten" Infektionen des Früh- und Neugeborenen (z.B. Pneumonie, Osteomyelitis, Impetigo, bakterielle Enteritis) müssen mit Ausnahme der Harnwegsinfektion wie eine Sepsis (wegen der Gefahr der generalisierten Ausbreitung) mit Antibiotikakombinationen im oben angedeuteten Sinn behandelt werden.

Besonderheiten der Pharmakokinetik von Antibiotika im Neugeborenen-Alter

Die pharmakokinetischen Parameter bei Kindern unterscheiden sich von denjenigen der Erwachsenen in verschiedener Hinsicht. Insbesondere bei Früh- und Neugeborenen sowie bei jungen Säuglingen gibt es einige Faktoren der Unreife, welche das pharmakokinetische Verhalten von Antibiotika beeinflussen können. Insoferne ist es auch nicht möglich, von den bei Erwachsenen ermittelten pharmakokinetischen Parametern eines Arzneimittels auf kindliche Verhältnisse zu schließen. Für veränderte pharmakokinetische Daten bei Kindern sind besonders die nachfolgenden Faktoren von Bedeutung;

1. Unreife der Nieren
2. Unreife der Leber
3. Reduzierte Plasmaproteinbindung
4. Erhöhte Durchlässigkeit der Blutgefäße
5. Größeres extrazelluläres Volumen
6. reduzierte Absorption nach oraler Gabe

Das größere extrazelluläre Volumen ist einer der wichtigsten Faktoren für die Dosisfindung und Dosierung bei Neu- und Frühgeborenen, denn es beträgt zum Zeitpunkt der Geburt etwa 40% des Körpergewichtes, während es beim Erwachsenen bei rund 20% liegt. Ganz generell kann man sagen, daß dieses größere extrazelluläre Volumen in dieser Altersstufe höhere Dosen von Antibiotika bezogen auf das Körpergewicht erforderlich macht, um zu ähnlichen Wirkspiegeln in Serum und Gewebe wie bei Erwachsenen zu kommen. Erst etwa im Schulalter sind erreichbare Serumkonzentrationen und die Halbwertszeit der meisten Antibiotika denjenigen des Erwachsenenalters vergleichbar.
Im Gegensatz dazu sind jedoch die Serumkonzentrationen z.B. der Penicilline, Cephalosporine und auch des Chloramphenikols bei Neugeborenen höher als bei älteren Kindern. Der Grund dafür ist die geringere Exkretionskapazität der Niere unmittelbar nach der Geburt. Die Unreife der renalen und anderer vitaler Funktionen in den ersten Lebenstagen hat zwar eine deutliche, jedoch auch sehr unregelmäßige Verlängerung der Halbwertszeiten mit hohen intraindividuellen Schwankungen zur Folge. Insoferne ist bei der Gabe von potentiell toxischen Antibiotika, wie z.B. der Aminoglykoside, wenn irgend möglich eine Kontrolle der Serumkonzentrationen während der Therapie zu empfehlen. Dies gilt besonders für unreife Neu- und Frühgeborene.
Beim Einsatz von Netilmicin bei schweren bakteriellen Infektionen des Neugeborenen fand *P. Henriksson* (1) nach einer Dosierung von 3,5 bis 4,0 mg/kg 2× tgl. eine deutliche Abhängigkeit der Serumhalbwertszeit vom Gestationsalter und vom Gewicht der Kin-

Netilmicin-Konzentrationen bei Neugeborenen nach i.m.-Gabe von 3,5–4 mg/kg 2 x tgl.			
Stunden			
1/2	2	4	8
7,83	5,76	4,21	3,06
nach *Henriksson* et al.; Curr. Ther. Res., 1978			

Tab. 3

Netilmicin-Serumhalbwertszeiten in Abhängigkeit vom Gestationsalter in Stunden nach i.m.-Gabe von 3,5–4 mg/kg	
Geburt in SSW	$t_{1/2}$ (h)
28	5,87
29	5,84
38	4,74
39	4,15
40	4,45
nach *Henriksson* et al.; Curr. Ther. Res. 24, 1978	

Tab. 4

Durchschnittliche Netilmicin-Serum-Halbwertszeiten in Abhängigkeit vom Körpergewicht nach i.m.-Gabe von 3,5–4 mg/kg	
Körpergewicht (g)	$t_{1/2}$ (h)
500– 999	5,47
1500–1999	4,41
3500–3999	4,36
4000	3,79
nach *Henriksson* et al.; Curr. Ther. Res. 24, 1978	

Tab. 5

der. Netilmicin zeigte sich dabei als ein sicheres und wirksames Aminoglykosid (Tab. 3, 4, 5).

Literatur

1. *Henriksson, P., N. Svenningsen, J. Jahlin, K. Haeger*: Netilmicin in moderate to severe infections in neonates and infants: A study of efficacy, tolerance and pharmacokinetics. Curr. ther. Res. 24 (1978), 108-122

Vergleiche Doppelblindstudie von Netilmicin und Gentamicin in der Behandlung von Infektionen in Geburtshilfe und Gynäkologie

E.R. Weissenbacher

Netilmicin, ein neues semisynthetisches Aminoglykosid-Antibiotikum wurde in einer Doppelblindstudie mit Gentamicin verglichen, um die Wirksamkeit und Verträglichkeit der beiden Arzneimittel bei Patientinnen mit Infektionen in Geburtshilfe und Gynäkologie zu ermitteln.

Methodik und Krankengut

120 Patientinnen im Alter zwischen 20 bis 66 Jahren, die entsprechend aufgeklärt worden waren, wurden aufgrund eines randomisierten Codes in zwei Behandlungsgruppen, das heißt, in eine Netilmicin- und eine Gentamicingruppe aufgeteilt. Die Netilmicin- und Gentamicin-Ampullen, jeweils 100 mg/ml, waren im Aussehen identisch und aufgrund des randomisierten Verteilerschlüssels mit der Patientennummer versehen. Nach Beendigung der Studie wurde der Code entschlüsselt und so ermittelt, welche Patientinnen mit welchem Präparat behandelt wurden. Nachdem feststand, daß die isolierten Erreger gegenüber beiden Aminoglykosiden empfindlich waren, wurden den Patientinnen sieben Tage lang jeweils 100 mg des entsprechenden Antibiotikums intramuskulär oder intravenös, 3x täglich, im Abstand von acht Stunden verabreicht.
Das Durchschnittsalter betrug in der Netilmicin-Gruppe 34,5 Jahre und in der Gentamicin-Gruppe 35,8 Jahre (Tab. 1). Das durchschnittliche Körpergewicht war 59,6 kg in der Netilmicin- und 61,3 kg in der Gentamicin-Gruppe. Die Verteilung der Patientinnen nach Alter und Gewicht wies keine si-

	NETILMICIN (N = 60)	GENTAMICIN (N = 60)
Alter (in Jahren)		
Verteilung:	20 -61	22 - 66
Durchschnitt:	34,5	35,8
Gewicht (in Kilogramm)		
Verteilung:	47,4–85,0	45,8–115,5
Durchschnitt:	59,6	61,3
Gesundheitszustand (vor Beginn der Therapie)		
sehr gut:	10	6
gut:	37	41
befriedigend:	13	13

Tab. 1 Alter, Gewicht und Gesundheitszustand der Patientinnen.

Nierenfunktion	NETILMICIN Patientinnen	GENTAMICIN Patientinnen
normal Harnstoff (mg %) = < 16 Serum Kreatinin = ≦ 1.0	31	42
grenzwertig Harnstoff (mg %) = 16–20 Serum Kreatinin = 1.1–1.3	22	11
pathologisch Harnstoff (mg %) = 20 Serum Kreatinin = 1.3	3	4
nicht auswertbar	4	3
Summe	60	60

Tab. 2 Nierenfunktion vor Therapiebeginn.

gnifikanten Differenzen zwischen den beiden Behandlungsgruppen auf. Über drei Viertel (78,3%) des Kollektivs in jeder Therapiegruppe waren in sehr gutem oder gutem Gesundheitszustand vor Beginn der Antibiotikagabe. Der Zustand der Nierenfunktion vor der Behandlung wird in Tabelle 2 gezeigt. Obwohl bei doppelt so vielen Patientinnen in der Netilmicin-Gruppe die Werte für die Nierenfunktion an der Grenze des Normbereichs lagen, bestanden insgesamt gesehen zwischen den beiden Behandlungsgruppen hinsichtlich der Nierenfunktion keine signifikanten Unterschiede.

Bei 72 der 120 Patientinnen handelte es sich um Weichteilinfektionen, bei 48 um HWI nach (Tab. 3) Laparotomien (14), weitere Operationen (11) wie Brust- und Karzinomoperationen, Kürettagen und anderen Eingriffen, Sectio caesarea (10) und Spontangeburten (7), vaginalen (6) und abdominalen (7) Hysterektomien. Je eine Patientin zeigte eine Endometritis bzw. PID nach Pertubation, Legen einer Spirale und bei vorhandenen Douglastumor. Keine Eingriffe waren bei 4 Frauen vorangegangen.

Ergebnisse

Wurden Patientinnen mit Harnwegsinfektionen und solche, die mehrere Infektionsorte oder die zusätzliche Antibiotika erhalten hatten, von der Analyse ausgeschlossen, so konnten 72 Fälle ausgewertet werden (Tab. 4). Klinisch und mikrobiologisch geheilt wurden 31 der 34 Netilmicin- und 35 der 38 Gentamicin-Patientinnen (91,2 und 92,1%). Der Unterschied ist statistisch nicht signifikant, auch nicht (Tab. 5) bei Betrachtung der aufgeschlüsselten Heilungsarten für Wundinfektionen, Endometritiden, pelvic inflammatory diseases, Abszessen und selteneren Erkrankungen. Bei den drei nicht geheilten Netilmicin-Patientinnen wurde einmal der ursächliche Erreger der Infektion eliminiert, jedoch trat eine Superinfektion auf, und zweimal bestand eine Persistenz von Enterokokken als Miterreger.

Bei den drei nicht geheilten Gentamicin-Patientinnen bestand eine Persistenz von Enterobakter cloacae, E. coli, Staphylokokken und Enterokokken. Bis auf einen wurden alle Fälle von Endometritis, PID und Abszesse

Eingriff	NETILMICIN Patientinnen	GENTAMICIN Patientinnen	Summe
Laparotomie	14	13	27
Weitere Operationen	11	11	22
Sectio caesarea	10	12	22
Vaginale Hysterektomie	6	13	19
Partus spontanus	7	5	12
Abdominale Hysterektomie	7	2	9
Keine Eingriffe	4	2	6
Pertubation	1	0	1
IUD	0	1	1
Douglastumor	0	1	1
Summe	60	60	120

Tab. 3 Vorangegangene Eingriffe.

Patientinnen	NETILMICIN	GENTAMICIN
Anzahl	60	60
auswertbar	34	38
geheilt („klinisch" und „mikrobiologisch")	31	35
Heilungsrate in %	91,2	92,1

Tab. 4 Auswertbare Fälle.

	NETILMICIN Patientinnen			GENTAMICIN Patientinnen		
Infektion	auswertbare Fälle	davon geheilt	Heilungsrate in %	auswertbare Fälle	davon geheilt	Heilungsrate in %
Wundinfektion	20	17	85,0	27	25	92,6
Endometritis	9	9	100,0	7	6	85,7
PID	4	4	100,0	1	1	100,0
Abszesse u.a.	1	1	100,0	3	3	100,0
Summe	34	31		38	35	

Tab. 5 Infektionsdiagnose.

Bakterienstamm	NETILMICIN (Zahl der isolierten Stämme) eleminiert	persistent	zus.	GENTAMICIN (Zahl der isolierten Stämme) eleminiert	persistent	zus.
E. coli	23	0	23	26	1	27
Enterobacter cloacae	0	0	0	0	1	1
Enterobacter-Klebsiella-Gruppe	0	0	0	2	0	2
Klebsiella-Species	2	0	2	3	0	3
Pseudomonas aeruginosa	1	0	1	1	0	1
Proteus mirabilis	3	0	3	3	0	3
Proteus-Gr. (indolpositiv)	2	0	2	1	0	1
Serratia marcescens	1	0	1	0	0	0
Staphylokokken	11	0	11	12	1	13
Enterokokken	2	2	4	2	2	4
Streptokokken	2	0	2	1	0	1
Summe	47	2	49	51	5	56

Tab. 6 Pathogene aerobe Bakterien.

Bakterienstämme (Zahl)	NETILMICIN	GENTAMICIN
isoliert	47	51
eleminiert	45	46
Eleminierungsrate	95,7%	90,2%

Tab. 7 Bakteriologische Eliminierungsrate.

geheilt. E. coli war der vorherrschende aerobe Erreger (Tab. 6), Staphylokokkus als zweithäufigster zu finden. Es folgten Enterobacter cloacae, Enterobacter Klebsiella-Gruppe, Ps. aeruginosa, sowohl indol-positive als auch -negative Proteus-Spezies sowie Entero- und Streptokokken. Die bakteriologische Eliminierungsrate lag bei 95,7% für Netilmicin und 90,2% für Gentamicin (Tab. 7). Die Verträglichkeit wurde bei allen 120 Patientinnen bewertet, aufgrund klinischer Beobachtung, objektiver und subjektiver Symptome sowie durch periodische hematologische Nieren- und Leberfunktionstests.

Bei zwei Patientinnen (Tab. 8) in jeder Behandlungsgruppe war eine vorübergehende Nephrotoxizität möglicherweise auf das jeweilige Aminoglykosid zurückzuführen. Eine 32jährige Frau, die mit Gentamicin behandelt worden war, berichtete über einen leichten Gehörverlust fünf Tage nach der Entlassung aus der Klinik. Sie weigerte sich jedoch, zur Audiometrie wiederzukommen und berichtete nachträglich, daß sich ihr Gehör nach 2–3 Tagen wieder normalisiert habe. Eine weitere Nebenwirkung bestand in einem SGPT-Anstieg bei einer mit Netilmicin behandelten Patientin.

	NETILMICIN (N = 60)	GENTAMICIN (N = 60)
Ototoxizität	0	1
Vestibuläre Toxizität	0	0
Nephrotoxizität (Serumkreatinin ≧ 1,3 mg %)	2	2

Tab. 8 Nebenwirkungen.

Zusammenfassend kann gesagt werden, daß Netilmicin und Gentamicin eine etwa gleiche Wirksamkeit aufwiesen bei Patientinnen mit Weichteil-Infektionen. Die mikrobiologische Eliminierungsrate war bei Netilmicin deutlich besser. Nebenwirkungen waren selten und in beiden Behandlungsgruppen gleich.

Neuere Aspekte zur Sepsisätiologie und -therapie

C.M. Warns, B. Fangmann, H. Lode und J. Wagner

Ätiologie und Pathogenese der Septikämie sind seit Einführung der Antibiotika einem deutlichen Wandel unterworfen. An die Stelle von Streptokokken der Gruppe A und Pneumokokken der vorantibiotischen Ära sind heute zunehmend gramnegative Erreger und Staphylokokken getreten. Diese Verschiebung des Erregerspektrums steht im Zusammenhang mit dem zunehmenden Lebensalter unserer Patienten sowie der größeren Zahl von Risikopatienten mit schweren Grunderkrankungen. Aggressivere Therapieformen bieten durch Implantation von Fremdkörpern auch primär apathogenen Keimen wie Staphylococcus epidermidis eine Eintrittspforte zum Gefäßsystem. Ferner führt ein oft ungezielter Einsatz von Antibiotika in den Kliniken zur Selektion von hochresistenten Keimen. In mehreren Studien (1, 2) wurde in den letzten Jahren auf eine zunehmende Bedeutung gramnegativer Septikämien hingewiesen. Einige jüngere Autoren (3, 4) unterstreichen jedoch die Bedeutung grampositiver Keime, vor allem bei nosokomialen Infektionen. Inwieweit diese Entwicklung auf unsere Klinik, eine Universitätsklinik mit 2 200 Betten und 13 verschiedenen Fachabteilungen übertragbar ist, sollte die vorliegende Studie klären. Im Jahre 1979 erfaßten wir 220 Patienten mit Septikämien hinsichtlich mikrobiologischer, klinischer und therapeutischer Gesichtspunkte. In gleicher Häufigkeit fanden sich in den positiven Blutkulturen grampositive (103) wie gramnegative (99) Keime (Tab. 1). 14 Mal lag eine polymikrobielle Infektion vor, 4 Mal eine Pilzinfektion. Bei den grampositiven Kulturen dominierte Staphylococcus aureus mit über 50%, gefolgt von Enterokokken in 16% aller Fälle (Tab. 2). Den größten Anteil unter den gramnegativen Kulturen nahmen E. coli mit 50% und Klebsiellen mit 15% ein (Tab. 3). An den 14 polymikrobiellen Infektionen waren vorzugsweise Staphylokokken, Enterokokken und Escherichia coli beteiligt.

In unserem Patientengut hatten 73 Patienten keine schwere Grunderkrankung, bei den restlichen lagen Malignome, hämatologische Grunderkrankungen, Leberzirrhosen, zytostatische oder immunsupressive Therapie oder ein Diabetes mellitus vor. Häufig-

grampositive Keime	103	(46,8%)
gramnegative Keime	99	(45 %)
polymikrobiell	14	(6,4%)
Pilze	4	(1,8%)

Tab. 1 Keimverteilung bei 220 Patienten mit positiven Blutkulturen.

Staph. aureus			50
Staph. epidermidis			18
Streptokokken			25
– "	A	2	
– "	B	3	
– vergrünende		3	
– anhämolysierende		1	
– Enterokokken		16	
Pneumokokken			6
anaerobe Corynebakterien			4
			103

Tab. 2 Blutkulturen mit grampositiven Keimen.

E. coli	50
Klebsiella pneumoniae	15
Proteus mirabilis	6
Proteus morganii	3
Salmonella B	7
Salmonella typhi	1
Bacteroides spec.	3
Bacteroides fragilis	3
Pseudomonas aeruginosa	4
Enterobacter cloacae	2
E. hafniae	1
E. agglomerans	1
Citrobacter	1
Acinetobacter	1
H. influenzae	1
	99

Tab. 3 Blutkulturen mit gramnegativen Keimen.

Urogenitaltrakt	57	(26%)
Intestinal/peritoneal	41	(19%)
Intraluminale Fremdkörper	33	(15%)
Bronchopulmonal	27	(12%)
Hautinfektionen	20	(9%)
Cholangiogen	9	(4%)
Endokard	3	(1%)
nicht nachweisbar	30	(14%)

Tab. 4 Eintrittspforten bei 220 Septikämien.

ster Ausgangsherd einer Sepsis war der Urogenitaltrakt (57 Mal), vorherrschender Keim hierbei Escherichia coli (Tab. 4). 24 postoperative Septikämien wurden vorwiegend von Enterokokken und Staphylococcus aureus hervorgerufen. Bei Septikämien, die von Fremdkörpern ausgingen, war in erster Linie mit Staphylokokken zu rechnen. Bei 25 der insgesamt 33 gesicherten Fremdkörperinfektionen fanden wir Staphylokokken. Die Mehrzahl aller Patienten (119) stammten aus dem Bereich der Medizinischen Klinik (Tab. 5). Von diesen entwickelten 30% erst stationär eine Septikämie (nosokomial). Ein Drittel aller Patienten kam aus dem chirurgischen Bereich, von denen 95% die Sepsis stationär erwarben. Bei nosokomialen Septikämien im chirurgischen Bereich überwogen Enterokokken (Tab. 6). Auffällig war die Tatsache, daß von den insgesamt 21 Patienten mit Enterokokkennachweis im Blut – unter Hinzuzählung der Enterokokken bei polymikrobiellen Infektionen – 13 der 14 chirurgischen und 2 der 7 internen Patienten vor Beginn der Septikämie mit Cephazolin oder Cephamandol behandelt worden sind. Inwieweit hier ein Selektionsmechanismus durch die Enterokokkenlücke der Cephalosporine eine Rolle spielt, muß offen bleiben. Bei ambulant erworbenen Septikämien wurden Streptokokken, Pneumokokken, Escherichia coli und Klebsiellen am häufigsten isoliert.

Stationsbereich	Septikämien gesamt	nosokomial	(in %)
Medizinische Klinik	119	51	(42,8%)
Medizinische Intensivstation	34	13	(38,2%)
Chirurgische Klinik	23	21	(91,3%)
Chirurgische Intensivstation	25	24	(96,0%)
Urologie	12	6	(50,0%)
Andere	7	4	(57,1%)

Tab. 5 Verteilung nosokomialer Septikämien in der Klinik.

Keimspezies	Septikämien gesamt	nosokomial	(in %)
Pilze	4	4	(100%)
Enterokokken	16	15	(94%)
polymikrobiell	14	11	(79%)
Enterobacter	4	3	(75%)
Staph. aureus	50	34	(68%)
Staph. epidermidis	18	12	(66%)
Bacteroides	6	4	(66%)

Tab. 6 Dominierende Keime bei nosokomialen Septikämien.

Die Gesamtletalität der Septikämien belief sich auf 74 von 220 Pat., d.h. 33%. Davon war die Letalität bei den grampositiven und polymikrobiellen Infektionen am höchsten. Die vermehrte Dominanz grampositiver Keime bei Krankenhausinfektionen sollte bei der Anfangsbehandlung von Septikämien, bei denen noch kein Keimnachweis vorliegt, unbedingt berücksichtigt werden. Die bisher gegebene Empfehlung, eine Kombination von Betalaktam-Antibiotikum + Aminoglykosid einzusetzen, sollte durch die Empfehlung der zusätzlichen Gabe eines gut staphylokokkenwirksamen Mittels ergänzt werden.

Literatur

1. *Mc Gowan, J.E.* et al.: J. Infect. Dis. 132,3 (1975), 316–335

2. *Finland, M.* et al.: J. Infect. Dis. 138,6 (1978), 829–836

3. *Spengler, R.F.* et al.: Johns Hopkins Med. J 142 (1978), 77–84

4. *Daschner, F.*: Dtsch. Med. Wschr. 106 (1981), 101–105

Einsatz vasoaktiver Substanzen bei der Behandlung schwerer Sepsisfälle

H.P. Schuster

Stufenplan der Schocktherapie

Für die Schocktherapie stehen eine Reihe von Behandlungsmaßnahmen zur Verfügung, deren Auswahl und Kombination vom aktuellen Zustand des Patienten abgeleitet und deren Dosierung und Wirkung hämodynamisch kontrolliert und überwacht werden soll. Eine derart geführte Schocktherapie erhebt die gleichzeitige Anwendung mehrerer Behandlungsverfahren aus dem Stand der kruden Polypragmasie in den Bereich pathogenetische und pathophysiologisch orientierte Intensivtherapie.

Versucht man die vielfältigen Behandlungsmöglichkeiten des Kreislaufschocks nach pragmatischen Gesichtspunkten zu ordnen, so kann man zunächst diejenigen Maßnahmen zusammenfassen, die auf eine Korrektur der zentralen und peripheren Hämodynamik gerichtet sind. Ziel einer solchen Korrektur ist nicht die Rückführung auf Normwerte, sondern, wie wir seit den Arbeiten der Gruppe von *Shoemaker* wissen (1), die Anpassung an den aktuellen funktionellen Bedarf. Man kann diesen Behandlungsansatz als pathophysiologisch orientierte Schocktherapie bezeichnen. Die pathophysiologisch orientierte Schocktherapie verwirklicht sich in einem Stufenplan. Basis jeder Schockbehandlung sind die Volumentherapie unter Kontrolle des zentral venösen Druckes, die Sauerstoffinsufflation sowie der Ausgleich einer metabolischen Azidose entsprechend der Analyse des Blutgas- und Säuren-Basen-Status. Läßt sich der Schock durch diese Basismaßnahmen nicht beheben, so kommen in der zweiten Behandlungsstufe Pharmaka mit positiv inotroper und vasoaktiver Wirkung zum Einsatz. Für den septischen Schock kann darüber hinaus aufgrund einer prospektiven Studie von *Schumer* (8) die klinische Wirkung von Steroiden als gesichert gelten. Die hämodynamisch orientierte Pharmakotherapie des Schocks umfaßt die Substanzgruppen der Katecholamine und der Vasodilatatoren. Über den Zeitpunkt der Indikation zur endotrachealen Intubation und intermittierenden oder kontinuierlichen Überdruckbeatmung sind die Ansichten noch kontrovers. Im übrigen zählen zur dritten Behandlungsstufe hoch spezialisierte Maßnahmen wie mechanische Assistsysteme und operative Maßnahmen.

Vasoaktive und positiv inotrope Pharmaka stellen also eine bestimmte Behandlungsstufe dar, die in das Gesamtkonzept der Schocktherapie eingebettet sein muß. Es zählt zu den häufigsten Fehlern, daß ein Behandlungsansatz des Schockes, sei es die Volumensubstitution, sei es die Katecholamintherapie, absolut gesetzt und das Gesamtkonzept vernachlässigt wird.

Ein weiterer Behandlungsgrundsatz zielt auf die Beseitigung der eigentlichen schockauslösenden Ursachen ab. Er kann als ätiologisch oder pathogenetisch orientierte Schocktherapie angesprochen werden, welche allerdings in der Praxis meist erst sekundär zum Einsatz kommen kann. Ätiologisch orientierte Schocktherapie bedeutet für den Fall des septischen Schockes die Beseitigung des Sepsisherdes sowie die Verabreichung von Antibiotika. Im septischen Schock ist eine solche kausale Therapie von besonderer Bedeutung. Es gelingt erfahrungsgemäß nicht, den Schock durch Volumensubstitution und Pharmakotherapie dauerhaft zu beherrschen, wenn der Sepsisherd nicht beseitigt wird. Dies hat seine Erklärung in einer Eigenart der Pathogenese des septischen Schocks.

Aufgrund neuerer Untersuchungen (2) ist es wahrscheinlich geworden, daß am Anfang des Schockverlaufs bei schwerer Sepsis eine Störung der Sauerstoffutilisation in der Zelle steht. Die hämodynamischen Veränderungen der Initialphase des septischen Schocks, die Tachykardie, das gesteigerte Herzminutenvolumen, die periphere Vasodilatation können als Kompensationsmechanismen aufgefaßt werden. Sie sind zu verstehen als der Versuch des Organismus, das zelluläre Sauerstoffdefizit durch Steigerung des Sauerstoffantransportes an die Zelle zu überwinden. Eine kardiovaskulär orientierte Therapie kann verständlicherweise in diesen pathologischen Ablauf nur begrenzt eingreifen, solange die Endotoxinwirkung auf den Zellstoffwechsel nicht unterbunden wird.

Vasoaktive und positive inotrope Pharmaka

Wenden wir uns der speziellen Fragestellung der Anwendung vasoaktiver Pharmaka im septischen Schock zu. Ziel der Therapie ist die Wiederherstellung oder Aufrechterhaltung eines Herzminutenvolumens, das hinsichtlich Größe und Verteilung den aktuellen Erfordernissen des Organismus gerecht wird. Gleichzeitig muß ein arterieller Mindestdruck bestehen, der die Koronarperfusion garantiert. Das Zusammenspiel der einzelnen Einflußgrößen ist komplex. Im Hinblick auf die Pharmakotherapie lassen sich vier pharmakodynamische Wirkprinzipien herausstellen, die den Schockablauf beeinflussen können. Es sind dies die positive Inotropie, die möglichst selektive Vasokonstriktion sowie die kontrollierte, venös/arterielle Vasodilatation. Jedes dieser pharmakodynamischen Wirkprinzipien hat seine erwünschten Wirkungen, aber auch seine unerwünschten Nebenwirkungen. So bedeutet positive Inotropie Steigerung des Schlagvolumens und damit des Herzminutenvolumens, zugleich jedoch Zunahme des myokardialen Sauerstoffverbrauches und unökonomische Herzarbeit durch die begleitende Tachykardie. Vasokonstriktion bedeutet Anhebung des Aortendruckes und damit des Perfusionsdruckes der Koronarien, allerdings zu Lasten einer gesteigerten Nachbelastung des Herzens mit einer Drosselung der kapillaren Perfusion der Gewebe. Vasodilatation führt im venösen Strombett zu einer Senkung der Füllungsdrücke, arterielle Vasodilatation führt bei insuffizientem Myokard zu einer Steigerung des Schlagvolumens. Die möglichen Nachteile einer Vasodilatation liegen in der Gefahr der Blutdrucksenkung mit kritischer Verminderung des koronaren Perfusionsdruckes. Auf dem Hintergrund dieses komplexen Zusammenspiels der Determinanten des Herzminutenvolumens und in Anbetracht der Tatsache, daß das pathophysiologische Muster des Herz-Kreislaufversagens von Patient zu Patient recht unterschiedlich sein kann, wird es verständlich, warum ein einziges ideales Therapeutikum kaum zu finden sein wird.

In der Pharmakotherapie des Schocks wurden in letzter Zeit die beiden Katecholamine Dobutamin und Dopamin untersucht (4), so daß sich nun die Frage stellt, wie deren Wirkung im septischen Schock zu charakterisieren ist.

Katecholamine

Regnier et al (5) sowie *Carlet et al* (2) haben die hämodynamischen Effekte von Dopamin und Dobutamin im septischen Schock vergleichend untersucht. Der Herzindex stieg unter beiden Substanzen um 33% an, entsprechend verhielt sich das Schlagvolumen, das anstieg um etwa 25%. Der arterielle Blutdruck nahm unter Dopamin um 17% zu, zeigte jedoch unter Dobutamin keine Veränderung, bedingt durch eine Reduktion des Gefäßwiderstandes um 19%. Unter Dobutamin fiel der linksventrikuläre Füllungsdruck um 28% ab, während er unter Dopamin geringgradig anstieg. Das pulmonale Shunt-Volumen vergrößerte sich unter Dopamin um 47%, unter Dobutamin nur um 16%. Zusammenfassend kamen die Autoren zu dem Schluß, daß im septischen Schock Dopamin das Mittel der ersten Wahl darstellt, da der septische Schock durch eine Erniedrigung des arteriellen Blutdrucks mit Vasodilatation charakterisiert ist. Ein weiteres Argument für die Anwendung von Dopamin ist dessen selektive Einwirkung auf dopaminerge Rezeptoren im Splanchnicusgebiet, die zu einer Steigerung der Nierendurchblutung, der Glomerulusfiltration und der Diurese führt (7). Diese Wirkung ist beim septischen Schock besonders erwünscht, da die Sepsis weit mehr als der kardiogene oder hypovolämische Schock zum akuten Nierenversagen prädestiniert. Über ähnlich günstige Ergebnisse in der Anwendung von Dopamin beim septischen Schock berichteten *Winslow et al* (9). Die Nebenwirkungen, die Dopamin mit sich bringt, nämlich Zunahme des pulmonalen Shunt-Volumens und Anstieg der Füllungsdrücke des Herzens können durch gleichzeitige Beatmung mit kontinuierlichem Überdruck korrigiert werden (2).

Prenalterol als neue positiv inotrope Substanz

Reiz und Friedman (5) haben kürzlich Ergebnisse über die Anwendung einer neuen positiv inotropen Substanz, des Prenalterol in der Therapie des Schocks bei gramnegativer Sepsis mitgeteilt. Die Substanz erwies sich als sehr gut wirksam und hatte gegenüber Dopamin und Dobutamin den Vorteil, bei vergleichbarer Steigerung des Schlagvolumens die Herzfrequenz nicht zu beschleunigen, sondern eher zu einer Frequenzabnahme zu führen. Die Substanz ist bisher in Deutschland nicht im Handel und endgültige Aussagen bleiben zukünftigen Untersuchungen vorbehalten.

Zusammenfassung

Faßt man die angeführten Thesen und Untersuchungsergebnisse zusammen, so kommt man zu folgenden Schlußfolgerungen. Basis der Therapie des septischen Schocks stellt die hämodynamisch kontrollierte Volumensubstitution mit Azidoseausgleich und Sauerstoffinsufflation dar. Steroide sind indiziert. Gelingt mit den Basismaßnahmen keine Stabilisierung des Zustandes, so sind positiv inotrope und vasoaktive Pharmaka indiziert, wobei Dopamin das Mittel der ersten Wahl darstellt. Bei Zunahme einer Herzinsuffizienz unter Dopamin ist die Kombination mit Dobutamin wirksam. Eine Verminderung des Sauerstoffpartialdruckes unter Dopamin, bedingt durch Zunahme des pulmonalen Shuntvolumens, kann durch Beatmung mit endexspiratorischem Überdruck unterbunden werden. Besteht trotz kombinierter Anwendung von Dopamin und Dobutamin in steigenden Dosen eine arterielle Hypotension, so kann der Blutdruck durch zusätzliche Gabe von Noradrenalin in kleinen Dosen gesteigert werden. Entscheidend für den Behandlungserfolg bleibt die Beseitigung des Sepsisherdes.

Literatur

1. *Bland, R., W.C. Shoemaker, M.M. Shabot*: Physiologic monitoring goals for the critically ill patient. Surg. Gynec. Obstet. 147 (1978), 833

2. *Carlet, J., M. Francosual, F. Lhoste, B. Regnier, F. Lemaire:* Pharmacological treatment of pulmonary oedama. Intens. Care Med. 6 (1980), 113

3. *Harken, A.H., R.S. Lillo, H.V. Hufnagel*: Direct influence of endotoxin on cellular respiration. Surg. Gynec. Obstet. 140 (1975), 858

4. *Herbert, P., J. Tinker*: Inotropic drugs in acute circulatory failure. Intens. Care Med. 6 (1980), 101

5. *Regnier, B.,D. Safran, J. Carlet, B. Teisseire:* Comparative haemodynamic effects of dopamine and dobutamine in septic shock. Intens. Care Med. 5 (1979), 115

6. *Reiz, S., A. Friedman*: Hemodynamic and cardiometabolic effects of prenalterol in patients with gram negative septic shock. Acta anaesth. scand. 24 (1980), 5

7. *Rosenblum, R., A.R. Tai, D. Lawson*: Dopamine in man. Cardiorenal haemodynamics in normotensive patients with heart disease. J. Pharmacol. Exp. Ther. 183 (1972), 256

8. *Schumer, W.*: Steroids in the treatment of clinical septic shock. Ann. Surg. 184 (1976), 333

9. *Winslow, E.J., H.S. Loeb, S.H. Rahimtoola, S. Kamath, R.M. Gunnar:* Hemodynamic studies and results of therapy in 50 patients with bacteremic shock. Amer. J. Med. 54 (1973), 421

Bakterielle Endokarditis – Klinik, Therapie und Verlauf bei 92 Erkrankungen

H. Lode, C.N. Warns, B. Behn, J. Wagner und R. Schröder

Die Endokarditis stellt nach *Bouillaud*, der die Erkrankung 1841 erstmals definierte, eine exsudative und proliferative entzündliche Schädigung vorwiegend des valvulären, seltener auch des parietalen Endokards dar.
Trotz Anwendung wirksamer Antibiotika stellt die bakterielle Endokarditis bei einer Letalität von 20–30% auch heute noch eine schwerwiegende Erkrankung dar. Wegen der häufig unklaren Symptomatik, der Verschiebung des Erregerspektrums vom gram-positiven zum gram-negativen Bereich, Auftreten von resistenten Keimen, Befall von Klappenprothesen und steigender Infektionsrate von Abwehrgeschwächten und Drogenabhängigen wirft die Erkrankung zahlreiche neue diagnostische und therapeutische Probleme auf.
In einer prospektiven Studie über 11 Jahre beobachteten wir im Klinikum Steglitz 86 Patienten mit 92 Manifestationen einer bakteriellen Endokarditis.
Es handelte sich um 86 Patienten (34 Frauen und 52 Männer) im Alter von 19–73 Jahren, im Mittel 46 Jahre. 12 Patienten waren jünger als 30 Jahre. Die Altersgruppe von 30–50 Jahren war mit 38 Patienten am stärksten vertreten. Bei den 86 Patienten fanden sich 92 Endokarditismanifestationen; 4 Patienten erlitten im Beobachtungszeitraum ein Rezidiv, ein Patient zwei Rezidive, hervorgerufen durch den gleichen Keim wie bei Ersterkrankung.
Die Verdachtsdiagnose einer Endokarditis ergab sich aus der Trias von Symptomen wie Fieber, kardialer Geräuschbefund und Emboliephänomene.
Bei 71 Erkrankungen gelang eine bakteriologische Sicherung der Diagnose durch Nachweis von identischen Bakterien in mindestens zwei venösen Blutkulturen. Vierzehnmal konnte zusätzlich eine eindeutige pathologisch-anatomische Bestätigung der bakteriellen Endokarditis erbracht werden. Bei 7 Patienten blieb die Erkankung ohne bakteriologische oder pathologisch-anatomische Sicherung. Diese Patienten boten jedoch eine typische klinische Symptomatik, ohne daß eine Erregerisolierung gelang. *Weinstein u. Mitarb.* beschrieben bei größeren Patientenzahlen in 15–20% aller Endokarditiden negative Blutkulturen. Ursächlich hierfür werden falsche mikrobiologische Abnahmetechniken, Übersehen von atypischen Bakterien wie Chlamydien, Anaerobiern, L-Formen und Pilzen oder eine antibiotische Vorbehandlung angenommen. 6 unserer Patienten waren ambulant antibiotisch vorbehandelt. Bei der überwiegenden Mehrzahl der Patienten wurde echokardiographisch der Verdacht auf Vegetationen an einer Klappe ausgesprochen, was die klinische Diagnose erhärtete.
Die vor der Therapie isolierten bakteriellen Erreger zeigten folgende Verteilung: Insgesamt 65 gram-positiven Keime mit 35 Streptokokken, 17 Staphylokokken und 11 Enterokokken standen 13 gram-negative Stäbchen gegenüber, darunter Escherichia coli, Klebsiellen und Pseudomonas aeruginosa.
Streptokokken zeigten mit einem Auftreten von 45% bei den Endokarditiden mit Keimnachweis ihre unverändert große Bedeutung bei der Ätiologie der bakteriellen Endokar-

ditis, obwohl sie zahlenmäßig zurückgegangen sind. Der Rückgang erfolgt zugunsten von Staphylokokken mit einem Anteil von knapp 25%, Enterokokken und gram-negativen Erregern (knapp 17%). Hierbei ist die Zahl von Postkardiotomie-Endokarditiden zu berücksichtigen, bei denen Keime aus dem Hospitalbereich in den Vordergrund treten. Staphylococcus aureus konnte insbesondere bei Patienten mit Postkardiotomie-Endokarditis nachgewiesen werden, darüber hinaus bei einem Patienten mit Heroin-Abusus und bei chronischer Hämodialyse; Staphylococcus epidermidis wurde bei 4 Patienten mit Klappenprothesen und bei einer Frau mit septischem Abort isoliert.
Von den 86 Patienten wiesen 10 ein kongenitales Vitium auf, 35mal war die Aortenklappe befallen, wobei die Insuffizienz die häufigste Veränderung war; 6mal beobachteten wir eine Infektion einer Aortenklappenprothese. 25mal war die Mitralklappe infiziert, 15mal kombiniert Aorten- und Mitralklappe. Bei einem heroinabhängigen Patienten entwickelte sich eine Trikuspidalinsuffizienz.
Der stationären Aufnahme der Patienten ging eine klinische Symptomatik von 3–100 Tagen, im Mittel 36 Tagen, voran. Im Vordergrund standen bei 90% Fieber über 38°, bei 30% Schüttelfrost, Gewichtsverlust und Leistungsabfall der Erkrankten. Oft bot sich ein oligosymptomatisches Bild wie bei grippalem Infekt.
An klinischen Befunden fielen bei 93% der Patienten febrile Temperaturen auf und bei 97% ein kardialer Geräuschbefund. 65% der Patienten boten das Bild einer myogenen Herzinsuffizienz. Eine Splenomegalie, die früher zu den klassischsten Zeichen einer Endokarditis zählte, war palpatorisch nur bei etwa 21% der Patienten feststellbar. Bei 25% ließen sich Emboliephänomene unterschiedlicher Lokalisation nachweisen. Bei diesen Embolien handelte es sich um Absiedlungen in die Haut, in die Augen, Lunge, Gehirn und Nieren.
Unter den Laborbefunden war die beschleunigte BSR mit einem 1h-Wert von über 30 mm bei 84% der Patienten der häufigste pathologische Befund. Nur bei knapp der Hälfte ließ sich eine Leukozytose von mehr als 10 000 und eine Anämie von weniger als 12 g% erheben. Ein positiver Antistreptolysin-Titer von mehr als 200 IE/ml ergab sich nur bei 10. Bemerkenswert erscheint die geringe Zahl von Patienten mit Leukozytose. Bei Infektionen mit gram-negativen Bakterien zeigte sich selten eine Granulozyten-Vermehrung, wohingegen sie bei Strepto- und Staphylokokkeninfektionen selten fehlte.
Zwei typische Verlaufsformen lassen sich unterscheiden: Die akute häufig mit Schüttelfrost, Leukozytose, Hautembolien einhergehende Form, bei der sich hochpositive Blutkulturen finden, die meist einen foudroyanten, therapeutisch kaum beherrschbaren Verlauf nimmt. Als Erreger finden sich häufig Staphylokokken, die Letalität ist mit 40–60% hoch.
In zweiter Linie die subakute Verlaufsform mit allmählichem Beginn, subfebrilen Temperaturen, geringer Anämie, positiven Blutkulturen und guter Prognose. Erreger sind häufig Streptococcus viridans und Enterokokken. Bei unseren Patienten bestanden 30 akute und 62 subakute Verläufe.
Grundlage der antibiotischen Therapie waren die Empfehlungen der *Paul-Ehrlich*-Gesellschaft für Chemotherapie. Vor Therapiebeginn erfolgten eine exakte Erregerdifferenzierung, ein Plättchendiffusionstest und zusätzliche Bestimmung der antibakteriellen Hemm- und Bakterizidie-Werte im Reihenverdünnungsverfahren. In Einzelfällen wurde während der Therapie die Serumbakterizidie bestimmt.
Um eine effektive Therapie der bakteriellen Endokarditis zu gewährleisten, müssen folgende Basisforderungen erfüllt sein:
1. Bakterizide Medikation,
2. parenterale und langdauernde Therapie,
3. Bestimmung der in vitro-Empfindlichkeit der Keime.

Die Antibiotika-Therapie bestand vorwiegend in der Gabe von Penicillin G oder anderen Penicillin-Derivaten mit in vielen Fällen zusätzlicher Applikation eines Aminoglykosides. Bei Penicillin-Allergie wurden vorsichtig Cephalosporine oder in Einzelfällen Penicilloyl-Absorbentien eingesetzt. Bei allergischen Reaktionen auch gegen Cephalosporine wurde bei Kokkeninfektionen auf Vancomycin übergegangen. Die Therapiedauer lag im Mittel bei 4–5 Wochen.

Aus einer nicht unbeträchtlichen Zahl von Komplikationen wie arteriellen Embolien, Lungeninfarkten, Super- und Katheterinfektionen, allergischen Reaktionen und progredienten Klappenzerstörungen mit Entwicklung schwerer Herzinsuffizienzen resultierte häufig eine Behandlungsverlängerung. Von 92 Erkrankungen konnten 69 erfolgreich behandelt werden mit negativen Blutkulturen bis mindestens 2 Monate nach Therapieende.

23 Patienten verstarben. Unter den letalen Verläufen waren eine Spät- und eine Frühendokarditis mit gram-negativen Keimen nach prothetischem Ersatz der Aortenklappe, 6 Staphylokokkenendokarditiden mit progressivem, nicht beherrschbarem schweren septischen Krankheitsbild und 2 Pseudomonasinfektionen. Bei 5 Patienten wurde nach vergeblicher konservativer Therapie noch der Klappenersatz durchgeführt; eine Patientin überlebte diesen Eingriff 10 Wochen trotz schneller postoperativer Entwicklung einer Nahtinsuffizienz. Eine junge Patientin mit einem kombinierten Aortenvitium verstarb 6 Wochen nach Therapieabschluß an einer Subarachnoidalblutung.

Die hohe Mortalitätsrate von Staphylokokken- und Pseudomonasendokarditiden sowie von Protheseninfektionen steht in Übereinstimmung zum amerikanischen Schrifttum. Der relativ frühzeitige operative Klappenersatz kann nach den Mitteilungen von *Griffin* und *Mitarb.* sowie von *Robinson* und Mitarb. bei diesen Krankheitsbildern die Prognose offensichtlich verbessern.

Chemische Analytik von Antibiotika in Körperflüssigkeiten. Indikationen und Methoden

K. Borner

Die Anforderung der Bestimmung von Antibiotika in Serum, Harn, Galle, Liquor oder anderen Körperflüssigkeiten läßt sich zumeist auf zwei Gruppen von Fragestellungen zurückführen:
1. Pharmakokinetische Studien,
2. Individuelle Therapiekontrolle, sog. drug monitoring.
Diesen unterschiedlichen Zielvorstellungen entspringen verschiedene Anforderungen an die analytische Zuverlässigkeit der einzusetzenden Methode und die organisatorischen Randbedingungen. So ist bei pharmakologischen Studien der Zeitpunkt der Bearbeitung bei ausreichender Stabilität der zu untersuchenden Substanzen unkritisch. Eine Verarbeitung im Stapel zu einem beliebigen Zeitpunkt ist also möglich. Allerdings wird manchmal eine höhere Nachweisempfindlichkeit verlangt oder auch die gleichzeitige Konzentrations-Bestimmung von Metaboliten. Beim drug monitoring steht dagegen der Analytiker unter Zeitdruck, besonders bei schnell eliminierten Substanzen. Meist interessiert nur ein relativ enger Konzentrationsbereich. Anderseits steht oft nur wenig oder weniger geeignetes Untersuchungsmaterial zur Verfügung, etwa bei Säuglingen oder Kleinkindern. Für das drug monitoring dennoch geeignete Methoden können sehr kostenintensiv in Bezug auf Reagenzien, Personal und Geräte-Ausstattung sein.
Die zur Zeit noch am häufigsten eingesetzte Methode zur quantitativen Bestimmung von Antibiotika in Körperflüssigkeiten ist der mikrobiologische Assay, z.B. der Agar-Diffusionstest, der die Hemmung von Testkeimen durch das zu bestimmende Antibiotikum ausnutzt (1, 2). Die Methode ist universell einsetzbar und sehr flexibel in Bezug auf neue Substanzen, einfach in der Handhabung und kostengünstig. Sie erlaubt die Verarbeitung großer Probenzahlen und erfordert keine besonders aufwendige Einrichtung. Leider ist die Methode wenig präzise und erfordert relativ große Probenmengen. Die Ergebnisse stehen meist erst nach einem Tag zur Verfügung. Der Hauptnachteil der Methode ist jedoch ihre geringe analytische Spezifität. So können mehrere Antibiotika in einer Probe nebeneinander nur in Ausnahmefällen bestimmt werden. Mikrobiologisch aktive Metabolite führen zu unrichtigen Ergebnissen. Inaktive Metabolite werden überhaupt nicht erfaßt.
Diese genannten Begrenzungen der mikrobiologischen Bestimmung erzwingen den Einsatz von chemischen Methoden. Letztere sind spezifischer und präziser, aus diesem Grunde aber auch in ihrer Anwendung stärker eingeschränkt. Chemische Methoden sind außerdem häufig teurer. Die zur Zeit wichtigsten Methoden sind

1. die Hochdruckflüssigkeitschromatographie (HPLC),
2. kompetitive Immunoassays;
3. enzymatische Methoden in besonderen Fällen (β-Lactam-Antibiotika, Aminoglykoside).

Die beiden zuerst genannten Techniken möchten wir nachstehend mit Beispielen aus der Arbeit unserer Gruppe demonstrieren.

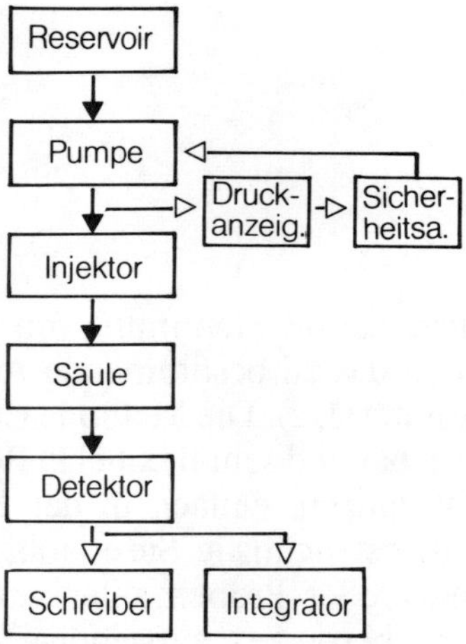

Abb. 1 Funktionsdiagramm eines Hochdruckflüssigkeitschromatographen.

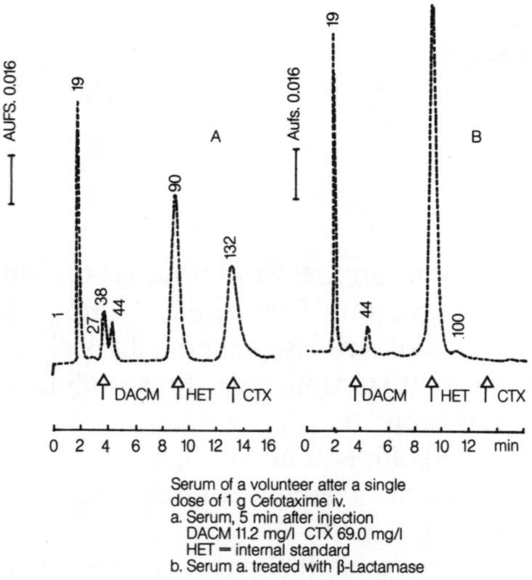

Abb. 2 Analyse von Cefotaxim mit der Hochdruckflüssigkeitschromatographie.
2A. Trennung von Cefotaxim (C), Desacetyl-Cefotaxim (D) und Hydroxyethyl-Theophyllin (H, interner Standard) aus dem Serum eines Freiwilligen 5 min nach iv. Verabreichung von 1 g Cefotaxim. Konzentrationen: Cefotaxim 69,0 mg/l, Desacetyl-Cefotaxim 11,2 mg/l
2B. Wie 2A, jedoch nach Inkubation mit β-Laktamase. Cefotaxim und Desacetyl-Cefotaxim sind vollständig abgebaut.

Analyse von Cefalosporinen

Für die Analyse von Cefalosporinen und ihrer Derivate hat sich die Hochdruckflüssigkeitschromatographie (HPLC) in den letzten Jahren zur Methode der Wahl entwickelt (3, 4, 5, 6, 7). Das Prinzip eines Flüssigkeitschromatographen zeigt Abbildung 1. Ein wesentlicher Punkt des Verfahrens ist die Trennung der zu bestimmenden Substanz an einer Säule aus nicht-komprimierbarem Material (Kieselgur) von konstanter Partikelgröße, etwa 5–10 μm. Bei dem am häufigsten verwendeten Verfahren, der reversed phase chromatography (8), sind diese Partikel mit einer kovalent gebundenen hydrophoben Schicht bedeckt. Substanzen mit apolaren Gruppen werden reversibel an diese Schicht gebunden. Durch Variation der mobilen, wäßrig-organischen Phase besteht ein breites Spektrum von Möglichkeiten, die Bedingungen der Bindung und damit auch der Trennung zu variieren. Da Cefalosporine Licht im Bereich von 200 bis 300 nm Wellenlänge stark absorbieren, ist nach erfolgter Trennung eine direkte photometrische Messung ohne vorangehende chemische Reaktion möglich. Zur Vorbereitung für die Chromatographie müssen eiweißhaltige Proben lediglich enteiweißt werden, wobei extreme pH-Verhältnisse und intensive Lichtbelastung wegen der Instabilität der Cefalosporine vermieden werden müssen. Die Nachweisgrenze der Methode liegt bei den bisher untersuchten Cefalosporinen (Cefotaxim,

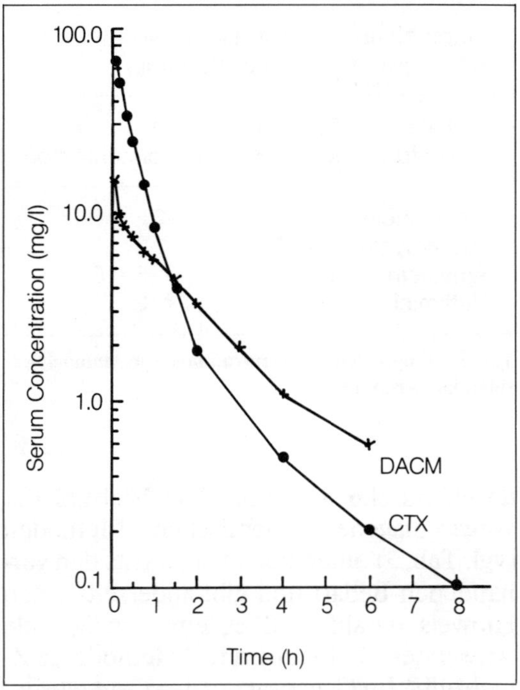

Abb. 3 Mittlere Serum-Konzentrationen von Cefotaxim (CTX) und Desacetyl-Cefotaxim (DAC) bei 5 gesunden Freiwilligen nach einmaliger iv. Gabe von Cefotaxim.

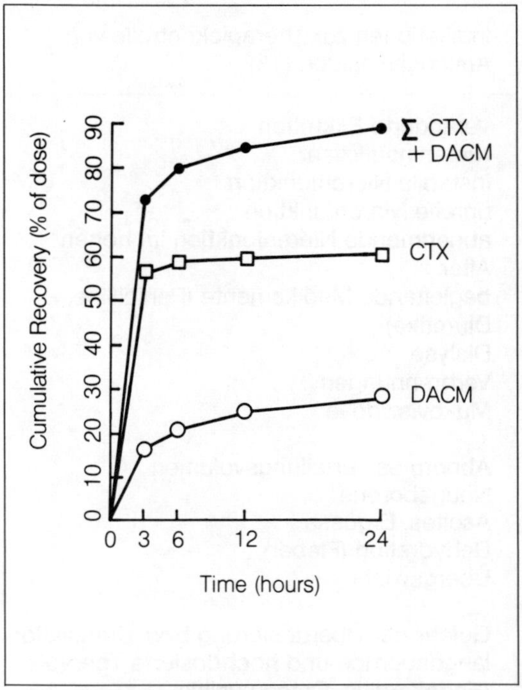

Abb. 4 Mittlere Wiederfinding von Cefotaxim und Desacetyl-Cefotaxim im 24-h-Harn von 5 gesunden Freiwilligen nach einmaliger Gabe von 1 g Cefotaxim iv.

Cefoperazon, Ceftazidime) bei 0,5 bis 1,0 mg/l ohne zusätzliche Anreicherungsprozeduren.

Als Anwendungsbeispiel zeigt die Abbildung 2A–B ein Chromatogramm von Cefotaxim und Desacetyl-Cefotaxim im Serum vor und nach intravenöser Injektion von 1 g Cefotaxim (9). Eine wesentliche Schwierigkeit in der Auswertung von HPLC-Diagrammen ist die geringe Spezifität des UV-Detektors, da in biologischen Flüssigkeiten oft unvermutet UV-absorbierende Substanzen vorkommen. Durch enzymatischen Abbau des Cefalosporins und derjenigen Metabolite, die noch einen intakten β-Laktamring haben, gelingt mit sehr hohen Konzentrationen β-Laktamase ein spezifischer Nachweis auch in sehr überfüllten Chromatogrammen. Durch diese unseres Wissens noch nicht beschriebene Kombination von HPLC und enzymatischer Analyse gelingt es, auch bei neuen Cefalosporinen bisher nicht bekannte Metabolite zu erkennen. So fand man z.B. bei einer Patientin mit einer obstruktiven Gallenwegserkrankung nach intravenöser Gabe von Cefoperazon den sog. Metaboliten A im Serum, im Urin und in der Galle (10).

Die Serum-Konzentrationen von Cefotaxim und seinem Hauptmetaboliten Desacetyl-Cefotaxim nach einmaliger intravenöser Gabe von 1 g Cefotaxim an 5 gesunde Freiwillige zeigt Abbildung 3. Die Wiederfindung im 24-Stunden-Harn betrug 60% Cefotaxim und 29% Desacetyl-Cefotaxim (Abb. 4). Die im Vergleich zur Muttersubstanz langsamere Elimination des Metaboliten kann bei nieren-insuffizienten Patienten nach eigenen und anderen Beobachtungen zu erheblichen Serum-Konzentrationen führen.

Indikationen zur Therapiekontrolle von Aminoglykosiden (13)
Veränderte Exkretion Niereninsuffizienz instabile Nierenfunktion unreife Nierenfunktion abnehmende Nierenfunktion im hohen Alter begleitende Medikamente (Penicilline, Diuretika) Dialyse Verbrennungen Mukoviszidose
Abnormes Verteilungsvolumen Neugeborene Ascites, Ergüsse Dehydration (Fieber) Übergewicht
Gefahr der Überdosierung bzw. Kumulation langdauernde und hochdosierte Therapie (Endokarditis, Osteomyelitis)
Anzeichen von Nephro- oder Ototoxität
Unklare Resorption Lokale Verabreichung (Knochen, Muskel)

Tab. 1 Indikationen zur Therapiekontrolle von Aminoglykosiden.

Empfohlene Konzentrationen von Aminoglykosiden im Serum (mg/l)		
Aminoglykosid	Spitzenkonzentration	Talkonzentration
Gentamicin	4–10	<2
Tobramycin	4–10	<2
Amikacin	15–25	5–10
Netilmicin	4– 8	<2

Tab. 2 Empfohlene Konzentrationen von Aminoglykosiden im Serum (mg/l).

Analyse von Aminoglykosiden

Aminoglykosid-Antibiotika werden nicht nur in pharmakologischen Studien, sondern auch häufig zur individuellen Therapiekontrolle („drug monitoring") bestimmt (11, 12). Dabei spielt eine veränderte Nierenfunktion in unserem Krankengut die Hauptrolle (Tab. 1). Für die Analytik wichtige Fakten sind die zu bestimmenden Serum-Konzentrationen im Bereich von wenigen mg/l (Tab. 2), die Abwesenheit von Metaboliten sowie das Fehlen einer ausreichend empfindlichen, direkten physikalischen Nachweismethode, d.h. ohne vorhergehende chemische Reaktion. Die Vielzahl der vorgeschlagenen chemischen Methoden (vgl. Tab. 3) unterstreicht einerseits den vorhandenen Bedarf und gibt anderseits einen Hinweis darauf, daß es eine einzige alle Anwender befriedigende Methode z.Z. nicht gibt. Im Gegensatz zu den Cephalosporinen spielt bei den Aminoglykosid-Antibiotika die HPLC nur eine Nebenrolle, auch bei den neuen Monosubstanzen. Die Ursache liegt im erhöhten Aufwand für die Derivatisierung und für den Fluoreszenzdetektor. Es dominieren dagegen die immunchemischen Methoden. Wenn es auch Unterschiede in der Qualität von Antikörpern gibt, so liegt doch der Hauptunterschied zwischen den einzelnen Immunoassays in der Art der Markierung und dem Nachweis derselben. Die erforderliche Empfindlichkeit von 0,5 bis 1,0 mg/l wird von allen angebotenen Methoden erreicht. Die Auswahl des jeweiligen Immunoassays wird sich daher in erster Linie nach der vorhandenen Einrichtung mit Meßgeräten und der vorhandenen Erfahrung der Mitarbeiter des Labors mit den verschiedenen Meßtechniken richten. Die zunehmende Reglementierung des Umgangs mit radioaktiven Stoffen wird wohl das durchschnittliche Krankenhauslaboratorium eher zum Einsatz nicht-radioaktiver Methoden veranlassen. Von diesen sind z.Z. der homogene Enzymimmunoassay

Chemische Bestimmungsmethoden von Aminoglykosiden (vgl. 14) Immunchemische Methoden *RIA (Radioimmunoassay): Gentam., Tobram., Netilm., Sisom., Amikacin (15) *EMIT (homogener Enzymimmunoassay): Gentam., Tobram. (16) *SLFIA (substrate labelled fluorescent immunoassay): Gentam., Tobram., Netilm., Amikacin (17, 18) Polarization fluorescence immunoassay: Gentam. (19) *Fluorescence quench immunoassay: Gentam. (20) ELISA (enzyme linked immunosorbent assay): Gentam. (21) *Solid phase immunofluorescence assay: Gentam. (22) Hämagglutinations-Hemmungs-Test: Gentamicin (23) *Radioenzymatische Methoden (24) HPLC (Hochdruckflüssigkeitschromatographie) Derivatisierung vor oder nach der Chromatographie (25–27)
*Fertigreagenzien im Handel erhältlich

Tab. 3

(EMIT) und der ebenfalls homogene Substratmarkierte Fluoreszenzimmunoassay (SLFIA) die am meisten eingesetzten Methoden. Bei allen Immunoassays ist weiterhin zu beachten, daß die jeweiligen Antikörper mit Gruppen von Aminoglykosiden reagieren. So reagierte ein bestimmter Antikörper gegen Gentamicin C1A auch mit Sisomicin und Netilmicin. Der Fall, daß mehrere Aminoglykoside in einer Probe gleichzeitig vorkommen, dürfte praktisch kaum vorkommen. Umgekehrt kann man die geringe Spezifität eines solchen Antikörpers zur Bestimmung eines ähnlichen Aminoglykosides ausnutzen: Abbildung 5 zeigt die Bestimmung von Netilmicin mit einem SLFIA, der ursprünglich zur Bestimmung von Gentamicin dienen sollte. Zum Abschluß sei die Nützlichkeit der Bestimmung von Aminoglykosiden an einem ungewöhnlichen klinischen Beispiel demonstriert: Abbildung 6 zeigt die Ausscheidung von Gentamicin bei einer Patientin mit schwerer Muskelnekro-

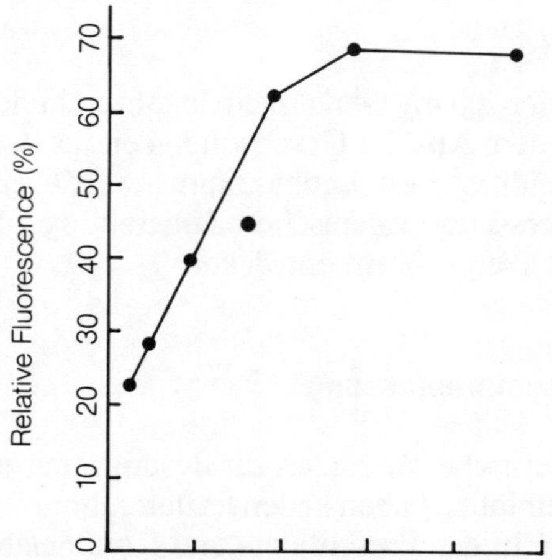

Abb. 5 Substratmarkierter Fluoreszenzimmunoassay von Netilmicin. Eichkurve.

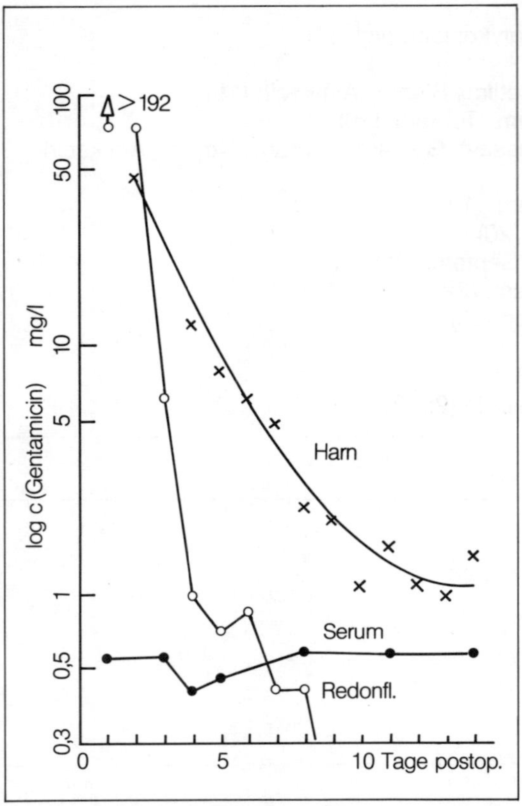

Abb. 6 Ausscheidung von Gentamicin nach lokaler Applikation bei Muskelnekrose.

se, der 200 mg Gentamicin lokal verabreicht wurden. Aus der Geschwindigkeit der Ausscheidung des Antibiotikums wurde eine verbesserte galenische Zubereitung der Applikationsform entwickelt.

Zusammenfassung

Chemische Methoden zur Bestimmung von Antibiotika haben in den letzten Jahren Eingang in das Forschungs- und Routinelabor gefunden, da sie in Bezug auf Spezifität, Präzision und Schnelligkeit dem mikrobiologischen Assay überlegen sind. Die z.Z. höheren Kosten für Reagenzien, Personalbedarf und Geräte müssen gegen die genannten Vorteile abgewogen werden. Die analytische Leistungsfähigkeit wird am Beispiel der Hochdruckflüssigkeitschromatographie von Cefalosporinen und des quantitativen Immunoassays von Aminoglykosid-Antibiotika demonstriert. Für die Aminoglykosid-Antibiotika werden die klinischen Indikationen zur Serumspiegel-Kontrolle (drug monitoring) referiert. Auf die Notwendigkeit einer methoden-unabhängigen externen Qualitätskontrolle sei abschließend hingewiesen.

Literatur

1. *Kavamagh, F.*: Antibiotic Assays – Principles and precausions. Meth. Enzymol. 43 (1975), 55–69

2. *Reeves, D.S. and M.J. Bywater:* The assay of microbiological agents in selected topics In: Clinical Bacteriology, p 21–78. *de Couvois, J.* (ed). Ballière, Tindall London 1976

3. *Tsuji, K.:* High pressure liquid chromatography of antibiotics. Meth. Enzymol. 43 (1975), 300–320

4. *Yoshikawa, T.T., S.K. Maitra, M.C. Schotz, L.B. Guze:* Application of high pressure liquid chromatography for monitoring antibiotics in biological fluids. In: Biological/Biomedical applications of liquid chromatography, p 603–617. *Hawk, G.L.* (ed). Marcel Dekker, New York-Basel 1979

5. *Nilson-Ehle, I., P. Nilson-Ehle*: Liquid chromatographic assay of cefuroxime in serum. Clin. Chem. 24 (1978), 365–367

6. *White, L.O., H.A. Holt, D.S. Reeves, M.J. Bywater, R.P. Bax:* Separation and assay of cefotaxime (HR-756) and its metabolites in serum, urine and bile. J. Antimicrob. Chemotherapy 6, Suppl. A (1980), 153–154

7. *Suzuki, A., K. Noda, H. Noguchi:* High performance liquid chromatographic determination of ceftizoxime, a new cephalosporin

antibiotic, in rat serum, bile and urine. J. Chromatography 182 (1980), 448–453

8. *Engelhardt, H.*: Hochdruckflüssigkeitschromatographie. 2. Aufl., Springer, Berlin 1977

9. *Borner, K., H. Lode:* Determination of cefotaxime and desacetyl-cefotaxime in serum and urine by high performance liquid chromatography (abstract). J. Clin. Chem. Clin. Biochem. 18 (1980), 719

10. *Lode, H., K. Borner:* In Vorbereitung

11. *Barza, M., M. Lamann:* Why monitor serum levels of gentamicin? Clin. Pharmacokinetics 3 (1978), 202–215

12. *Pechere, I.-C., R. Dugal:* Clinical pharmacokinetics of aminoglycoside antibiotics. Clinical Pharmacokinetics 4 (1973), 170–199

13. *Lode, H.*: Aminoglycosid – Antibiotika im aktuellen Vergleich. Stuttgart 1979

14. *Maitra, S.K., T.T. Yoshikawa, L.B. Guze, M.C. Schotz*: (1979) Determination of aminoglycoside antibiotics in biological fluids. A review. Clin. Chem. 25 (1979), 1361–1367

15. *Ashby, C.D., J.E. Lewis, J.C. Nelson:* Measurement of three aminoglycoside antibiotics with a single radioimmunoassay system. Clin. Chem. 24 (1978), 1734–1737

16. *Rubinstein, K.E., R.S. Schneider, E.F. Ullmann*: „Homogenous“ enzyme immunoassay. A new immunochemical technique. Biochem. Biophys. Res. Comm. 47 (1972), 846–851

17. *Burd, J.F., R.C. Wong, J.E. Feeney, R.J. Carrico, R.C. Boguslaski:* Homogenous reactant-labelled fluorescent immunoassay for therapeutic changes exemplified by gentamicin determination in serum. Clin. Chem. 23 (1977), 1402–1408

18. *Burd, J.F., R.J. Carrico, H.M. Kramer, Ch.E. Denning:* Homogenous substrate-labelled fluorescent immunoassay for determining tobramycin concentrations in human serum. In: Enzyme labelled immunoassay of hormones and drugs, S. 378–403. *Pal,* SB. (ed.) Berlin 1978

19. *Watson, R.A.A., I. Landon, E.J. Shaw, D.S. Smith*: Polarisation fluoroimmunoassay of gentamicin. Clin. Chim. Acta 73 (1976), 51–55

20. *Shaw, E.J., R.A.A. Watson, J. Landon, D.S. Smith:* Estimation of serum gentamicin by quenching fluoroimmunoassay. J. Clin. Path. 30 (1976), 526–531

21. *Standefer, J.L., G.C. Saunders:* Enzyme immunoassay for gentamicin. Clin. Chem. 24 (1978), 1903–1907

22. *Tsay, Y.-G., L. Wilson, E. Keefe:* Quantitation of serum gentamicin concentration by a solid phase immunofluorescence method. Clin. Chem. 26 (1980), 1610–1612

23. *Mahon, W.A., R.T. Feldmann, G.H. Scherr:* Hemagglutination inhibition for gentamicin. Antimicrob. Agents Chemother. 11 (1977), 359–361

24. *Haas, M.J., J. Davis*: Enzymatic acetylation as a means of determining serum aminoglycoside concentrations. Antimicrob. Agents. Chemother. 4 (1973), 497–499

25. *Peng, G.W., M.A.F. Gadella, A. Peng, V. Smith, W.L. Chiou:* High-pressure liquid chromatographic method for determination of gentamicin in plasma. Clin. Chem. 23 (1977), 1838–1844

26. *Anhalt, J.P.:* Assay of gentamicin in serum by high-pressure liquid chromatography. Antimicrob. Agents Chemother. 11 (1977), 651–655

27. *Bäck. S.-E., I. Nilsson-Ehle, P. Nilsson-Ehle:* Chemical assay, involving liquid chromatography for aminoglycoside antibiotics in serum. Clin. Chem. 25 (1979), 1222–1225

Schlußwort

G. Linzenmeier

Die Tagung hieß: „Neuere Aspekte in der Behandlung schwerer Infektionen“. Es war also keine Aminoglykosid-, nicht einmal eine Netilmicin-Tagung. Das finde ich sehr gut. Dafür danken wir der Firma *Byk Essex*, dank deren Großzügigkeit wir alle etwas mehr als nur ein Firmenpräparat kennenlernen konnten. Wir haben zwar von Netilmicin Einiges noch nicht erfahren, so daß ein paar Gesichtspunkte zur Ergänzung gegeben werden dürfen, die teilweise schon angeklungen sind.

Alle Aminoglykosid-Präparate – sie können heißen wie sie wollen – wirken bei Granulozytopenie nicht ausreichend. Trotz Empfindlichkeit der Keime benötigen wir offensichtlich das immunologische System. Es gibt also leider keine Therapie im Sinne von *Paul Ehrlich*, der sich auf die Chemotherapeutika allein verlassen wollte.

Die andere Seite der Therapie mit Aminoglykosiden ist die, daß man in Gewebekulturen (*Fischer, A.B.,* Med. Microbiol. Immunol. 161 (1975), 23–39), und im Eiter (*Vaudaux, P.* und *F.A. Waldvogel,* J. Inf. Dis. 142 (1980), 586–593) eine ausgesprochene Wirkungsminderung der Aminoglykoside beobachten kann. Beim Versuch, Gewebekulturen von Fremdkeimen freizuhalten, wurde früher meist Penicillin mit Streptomycin verbunden benützt, mit Gentamicin geht dies auch, aber Pseudomonas aeruginosa, der in einem *Mueller-Hinton-Medium* bei 1,56 µg/ml gehemmt wird, läßt sich in HeLa-Zell-Kulturen erst bei 100 µg/ml zurückdrängen. Ein sehr wichtiges Beispiel für die beachtliche Einschränkung der MHK dieses Keimes. Weitere Einschränkungen der Unwirksamkeit von Aminoglykosiden sind die Verminderungen des Sauerstoffgehaltes, die im anaeroben Bereich, also im niedrigen Redoxpotential, wie sie ja in entzündlichen Gewebsbereichen, auch im Eiter vorliegen, zu beobachten sind.

Aminoglykoside sind gegenüber obligaten Anaerobiern, ob Sporenbildner oder Sporenlose wie Bacteroides, unwirksam, aus Prinzip aber auch gegenüber aeroben oder fakultativ anaeroben Keimen, wie etwa dem Proteus mirabilis, immer dann, wenn in einem dem natürlichen Redoxpotential angepaßten halbanaeroben oder mit CO_2 versetzten Medium die Testung durchgeführt wird. Dazu kommen noch gewisse pH-Einflüsse, gegenüber denen Aminoglykoside auch empfindlich sind.

Im Kapitel Pharmakokinetik ist wenig über Gewebs- und Blutspiegel gesagt worden. Soweit wir sie beim Netilmicin kennen, sind sie nicht sehr viel anders als im großen und ganzen die vom Gentamicin bekannten. *Herr Adam* hat bei den Gewebsspiegeluntersuchungen von Kindern gezeigt, daß man nur 4–5 µg/ml erreicht, so daß die im Firmenprospekt mit 8 µg/ml erwähnte Grenze der Empfindlichkeit sicher zu hoch liegt. Ich brauche also nicht *Herrn Naumann* zu zitieren und zu sagen, daß dieser „break-point“ optimistisch viel zu günstig liegt.

Das Kapitel Toxikologie wurde entsprechend der Herkunft des Wortes vom griechischen „Toxon“, dem Gift so richtig schön giftig behandelt und die fünffach hohe Dosierung, wie sie von den auf die Otologie spe-

Ergebnisse von Resistenzbestimmungen im Agardiffussionstest von 150 Bakterien-Stämmen gegenüber Amikacin, Gentamicin und Netilmicin.
Auswertung (nach DIN 58 940) mit 10 µg-Disks auf DST-Agar (Oxoid)
R = resistent (Hemmhof = 12 mm bei Amikacin, = 15 mm bei Gentamicin und Netilmicin
S = empfindlich (Hemmhof = 18 mm bei Amikacin, Gentamicin und Netilmicin).
MS = mäßig empfindlich (Zwischenwerte)

	Stämme	Amikacin	Gentamicin	Netilmicin
1. Enterobakterien				
E. coli	12	12 S	12 S	12 S
K. pneumoniae	6	6 S	1 S	6 S
			2 MS	
			3 R	
Enterobacter sp.	14	14 S	13 S	14 S
			1 R	
Citrobacter	13	13 S	11 S	13 S
			2 R	
Serratia sp.	15	8 S	6 S	11 S
			1 MS	3 MS
		7 R	8 R	1 R
Proteus sp.	32	28 S	32 S	32 S
(5 mirabilis,		4 MS		
8 vulgaris,				
15 morganii,				
4 rettgeri)				
Providencia	4	3 S	1 S	–
		–	–	1 MS
		1 R	3 R	3 R
2. Acinetobacter	2	1 S	–	2 S
		1 MS	1 MS	–
		–	1 R	–
3. P. aeruginosa	25	19 S	8 S	12 S
		6 MS	2 MS	–
		–	15 R*	13 R**
4. S. aureus	15	14 S	11 S	15 S
		1 MS	–	–
		–	4 R	–
5. Enterokokken	12	–	1 MS	–
		12 R	11 R	12 R***

* davon sprachen 9 als S und 5 als MS auf Amikacin an, auf Netilmicin 4 als S.
** Hemmhöfe auf DST zwischen 12,5 und 14,5 mm, nicht auf Mueller-Hinton II!
*** Hemmhöfe zwischen 12 und 14 mm nur bei Netilmicin!

Tab. 1 Tabellarische Zusammenstellung einiger eigener Diskussionsbemerkungen.

zialisierten Toxikologen gegeben wurde, ist glücklicherweise gleich wieder von den Nephrologen dementiert worden, da hier - wie *Herr Dettli* sehr eingehend gezeigt hat - die Niere ebenso wie bei anderen Aminoglykosiden tangiert wird. Im Prospekt muß sicher noch Einiges geändert werden.

Doch zurück zu meinem Fach der Bakteriologie. Ich glaube nicht, daß ein Grund besteht - und das ist der Schluß aus den pharmakokinetischen Daten, die wir gehört haben - mit discs zu 30 µg zu testen, wenn es bei Gentamicin, Tobramycin und Sisomicin ohne weiteres mit 10 µg geht und wenn sogar Amikacin mit 10 µg, andernorts mit 30 µg getestet werden kann. Für Netilmicin sind weder die pharmakokinetischen Daten noch die bakteriologischen Daten so, daß mit dieser hoher Beschickung getestet werden muß, es sei denn, wir arbeiten mit außerordentlich großen Hemmhöfen, die uns aber in praxi die halben Platten bereits besetzen und damit die Testung außerordentlich verteuern. Als Belege dafür gelten die Ergebnisse einer eigenen vergleichenden Testung von Amikacin, Gentamicin und dem vorgestellten Netilmicin (Tab. 1).

Die Bestimmung der Spiegel von Aminoglykosiden findet zunehmende Bedeutung, da sich nicht alles nur aus der Niereninsuffizienz und den Clearance-Daten errechnen läßt. Andererseits wissen wir, daß Bakteriologen, die den klassischen Essay auf der Platte mit Bakterien anbieten, in kurzer Zeit mit Einsendungen und mehr oder weniger berechtigten Wünschen überschwemmt werden. Leider kommt der Plasmaspiegel als Befund relativ spät. Er ist eine gewisse Hilfe, keine absolute, um Toxizitäten durch Überhöhung der Spiegel zu vermeiden.

Heute stand der Begriff der Sepsis im Mittelpunkt, unabhängig von dem Streit um die Definitionen. Sicher ist eine Bakteriämie noch keine Sepsis. Hier muß *Herrn von Oldershausen* sicher Recht gegeben werden, obwohl Amerikaner gewisse Vereinfachungen der Benutzung von Begriffen lieben.

Aus der kritischen Sicht aller Daten, die wir gehört haben, ist Netilmicin eine Substanz, die im Wirkungsbereich zwischen Gentamicin und Amikacin liegt, die vielleicht auch einige andere günstige Faktoren hat, außerhalb des wissenschaftlichen Bereiches, so daß wir als Bakteriologen diese Substanz in die Testserie der Aminoglykoside einzubeziehen hätten, wenn wir nicht vom Gentamicin den Schluß ziehen, daß Netilmicin in der Regel auch anspricht, daß aber im Fall der Gentamicin-Resistenz Netilmicin und natürlich auch Amikacin zu testen wären, um therapeutische Möglichkeiten auszuschöpfen.

Dieses Schlußwort ist zugleich der Dank für die sonstige gute Betreuung des Hauses *Byk Essex*. Mit diesem Dank verbinde ich auch die Erfüllung einer im Anfang begründeten Erwartung; Darstellung und Kritik durch Redner und Diskussionsteilnehmer können allen Tagungsteilnehmern ein objektives Bild vom Netilmicin gebracht haben.

Sachregister

Autorenverzeichnis

Prof. Dr. Dr. D. Adam
Universitäts-Kinderklinik
Lindwurmstraße 4
8000 München 2

Prof. Dr. K. Borner
Universitäts-Klinikum Steglitz
Innere Abteilung
Hindenburgdamm 30
1000 Berlin 45

Prof. Dr. I. Braveny
Institut für Mikrobiologie
der Technischen Universität
Trogerstraße 9
8000 München 80

Prof. Dr. L. Dettli
Med. Universitäts-Klinik
Dep. für Innere Medizin
Kantonsspital Basel
CH-4031 Basel

Prof. Dr. P. Federspil
Cranachstraße 25
6650 Homburg/Saar

Dr. W. Graninger
Klinikum für Chemotherapie an der
Universität Wien
Lazarettgasse 14
A-1090 Wien

G. Kahlmeter, M. D.
Dept. of Mikrobiology
University of Lund
S-22362 Lund

Prof. Dr. H. Knothe
Zentrum der Hygiene
Johann-Wolfgang-Goethe-Universität
Paul-Ehrlich-Straße 44
6000 Frankfurt/Main 70

Dr. H. Langmaack
Universitäts-Frauenklinik
Hugstetterstraße 55
7800 Freiburg

Prof. Dr. G. Linzenmeier
Institut für med. Mikrobiologie
der Universität Essen
Hufelandstraße 55
4300 Essen

Prof. Dr. H. Lode
Universitäts-Klinikum Steglitz
Innere Abteilung
Hindenburgdamm 30
1000 Berlin 45

R. Lorber, M. D.
Schering Corporation
60 Orange Street
Bloomfield, New Jersey 07003
USA

Prof. Dr. A. W. Mondorf
Zentrum für Innere Medizin
Klinikum der Johann-Wolfgang-
Goethe-Universität
Theodor-Stern-Kai 7
6000 Frankfurt (Main) 70

Prof. Dr. W. Ritzerfeld
Hygiene Institut der
Westf. Wilhelms-Universität
Westring 10
4400 Münster

E. Rubinstein, M. D.
Head Infectious Desease Services
Chaim Sheba Medical Center
Tel-Hashomer
ISRAEL

Prof. Dr. K. Sack
Klinikum für Innere Medizin
der Med. Hochschule Lübeck
2400 Lübeck

Prof. Dr. H. H. Schassan
Institut für Med. Mikrobiologie
und Immunologie der Univ.-Klinik
Martinistraße 52
2000 Hamburg 20

Prof. Dr. H.-P. Schuster
II. Medizinische Klinik,
Johannes-Gutenberg-Universität
Langenbeckstraße 1
6500 Mainz

PD. Dr. P. M. Shah
Infektions-Labor
Zentrum der Inneren Medizin
Johann-Wolfgang-Goethe-Universität
Theodor-Stern-Kai 7
6000 Frankfurt/Main

I. I. A. Tabachnick, Ph. D.
Vice President
Drug Safety and Metabolism
Schering Corporation
60 Orange Street
Bloomfield, N. J. 07003
U.S.A.

Dr. C. Warns
Universitäts-Klinikum Steglitz
Innere Abteilung
Hindenburgdamm 30
1000 Berlin 45

Prof. Dr. L. Weißbach
Urolog. Klinik und Institut
für Med. Mikrobiologie der
Universität Bonn
Venusberg
5300 Bonn

PD. Dr. E.-R. Weissenbacher
II. Universitäts-Frauenklinik
Station 1–21
Marchioninistraße 15
8000 München 70

Prof. Dr. B. Wiedemann
Institut für Mikrobiologie
Pharmazeutisches Institut
An der Immenburg 4
5300 Bonn